JN135666

ハロルド・ギャティ

自然は導く

人と世界の関係を変えるナチュラル・ナビゲーション

岩崎晋也訳

みすず書房

NATURE IS YOUR GUIDE

How to Find Your Way on Land and Sea

by

Harold Gatty

First published by William Collins, Sons, 1958

ハロルド・ギャティ（1903–1957）

動かない雲とその脇を通りすぎる動く雲は水平線の先に陸地があることを示している（第8章）.

礁湖の色が反映した雲は，水平線の先に環礁があることを示している.

島の周囲で見られる特徴的な曲線とうねりの合流点.
また礁湖からの引き潮がうねりを乱しているのが見てとれる（第19章）.

自然は導く　目次

はじめに

これは新しい種類のアウトドア本だ。ここには、見知らぬ場所で進むべき道を探すときに役に立つ道具となる、自然を利用した方法がまとめられている。陸でも海でも、必要なら地図やコンパスを使わなくても、読者が観察力を駆使し、自然のしるしを読みとる方法を知ることで、正しい道を見つけられるようになることがこの本の目的だ。

自然をもとにしたナチュラルナビゲーションのための手がかりや道しるべを、自然は数えきれないほど残してくれているのだが、現代人はほとんどそれに気づかないし、そのための知識も持っていない。クロノメーターやジャイロコンパス、電波探知機、自動操縦装置といった科学技術の産物があるいまでは忘れられているが、大昔の未開民族*はそうした道具をいっさい使わなくても、たやすく原野を抜け、広い砂漠や

*訳注　premitive peoples（未開民族）は文字を持たない民族に対する偏見に基づく用語であり、今日では使われていないが、本書の古典としての価値に鑑み、そのまま訳語としている。著者自身はそうした民族に対する偏見はなく、ときには彼らの優秀さを知らない文明人への皮肉をこめてこの用語を用いていることはお読みいただければわかるだろう。

海を渡ることができたのだ。この本がほとんど失われてしまった技術を取りもどし、読者が自然を頼りに進路を決めるための実用的で確実な知識を身につける一助となることを願う。

わたしはこの35年間、仕事の一環としてナビゲーションの研究をしてきたが、その対象には現代の方法だけでなく大昔の未開民族が用いていた方法も含まれている。このうち後者について調べていくとすぐに、現代のような航法を持たない昔の探検家たちはおおむね、身のまわりの自然を観察し、その意味を読みとることに頼っていたことがわかった。西洋の探検家だけでなく、ポリネシア人やアメリカ先住民、オーストラリアのアボリジニなどの開拓者も同様だ。そのほかにも現代の科学を知らない多くの民族が、自然のしるしを観察し、読みとく技能だけを用いて原野を越え、大海を渡って長距離を旅するという驚くべき能力を発揮してきた。今日でも、それと同じ方法で進路を導きだすことは、見るべき対象やしるしの読みかたを知っている人にとっては同じように効果を発揮する。

ナビゲーターとしての仕事のなかで、あるいはその他の場面で、わたしはこの本に書かれた方法を試し、実際に使えるものであることを確認してきた。多くの章に分かれているのは、世界中の数多くの場所で遭遇したさまざまな条件を記述するためだ。ここに述べた方法の多くはほかのアウトドア本には見当たらないだろう。野外でさまざまな活動を行う読者の役に立つことを望んでいる。

この本を効果的に使うために、いくつかの注意事項を頭に置いてほしい。世界中のいろいろな場所について述べているが、あらゆる地域について詳細な説明をすることは、一冊の本にできることではない。ここに挙げた例は特定の地域のいくつかのケースに当てはまるものだが、また同時に、どの読者もそこから自分の住む地域について知ることができる。この本の一般的な提言の多くは、地域の特性に合わせて読みかえ、それぞれの地域に適用できるものだ。

これらの方法を使って、身のまわりの自然物に残された跡を観察し読みとるさいに覚えておくべきは、困難な状況ではひとつの観察結果を信頼しすぎてはいけないということだ。それは原則の例外である可能性がある。いくつかの異なった痕跡が一致して示していることこそが、それぞれの痕跡から個別に引きだされる結論を強め、たしかなものにさせる。

また、この本に書かれた方法があれば、地図やコンパスが手元にある場合でもその代わりになるということではなく、それらを補助するものだということも強調しておくべきだろう。地図やコンパスの使いかたについては、アウトドアに関するたくさんの本やマニュアルで扱われており、この本の対象からは外れている。また原野や海で遭難したさいに食べ物や水を得たり、避難場所を見つけるための方法もこの本には書かれていない。そうした内容ならば、すでに充分な説明が載った書籍が軍から発行されている。

太陽から方角を知るための、年間の、赤道から北緯60度、南緯50度までを網羅した太陽方位角の簡易表が巻末に添付されている。データをコンパクトにまとめ、一般的なアウトドア愛好家が実際に使えるように、この本のために特別に作成したものだ。これまでに作成された専門的な太陽方位角の表は詳細で分厚すぎ、訓練を受けたナビゲーターや測量技師だけが持っている専門的な知識がなければ使うことのできないものだった。

この本は自然に分けいって本格的に探検をする人のためだけに書かれたものではない、ということも言い添えておきたい。わたしの経験では、自然を頼りに道を見つけ、自分の位置を知るための知識があれば、家の近くでも世界各地の遠く離れた場所でも、単調になりがちな田舎歩きや船旅の楽しみが大いに増すものだ。だからこの点でどんな状況にあっても、読者諸氏がこの本を用いて身のまわりの自然を理解し、読みとることで、より多くの楽しみを得られることを願っている。

1957年8月
フィジー諸島カタファンガ島
ハロルド・ギャティ

1　自然は導く

「あの人はすばらしい方向感覚の持ち主だ」。わたしは真面目な人々が口癖のようにこう言うのを何百回、あるいは何千回も耳にしてきた。彼らは単純に心から信じて、性質の面でも働きから考えても曖昧でかなり説明しがたいこの謎めいた能力のことを語る。なかにはしたり顔でうなずいて、方向感覚はふつうの人々（そして多くの動物たち）が持って生まれた五感とは異なる特別な感覚、つまり第六感なのだとほのめかす人もいる。

わたしはそのような第六感は存在しないと考えている。方向感覚の優れた人というのは、単に進むべき道を探すのが上手な人、つまりナチュラル・ナビゲーターなのだ。彼らは豊富な経験と知性によって発達した（目で見、耳で聞き、舌で味わい、鼻でかぎ、皮膚で触れるという生まれつきの）五感を使って正しい道をたどることができる。必要なのは感覚と、自然のしるしを読みとるための知識だけだ。

観察し、読みとることのできる自然のしるしや道しるべは無数にある。それらを使えば、人里離れた誰もいない場所で、陸でも海でも、必要ならば地図やコンパスを使わなくても進路を導きだすことができる。自然にはいつも理由がある。この本のおもな目的はその理由を読みとり、それを使って道を探すための助けとなることだ。

巧みに進路を導きだすことができる人は、その技に習熟し、ふつうの人を驚かせるほどになる。もし謎めいた存在でいようと思えば、自分には第六感があるのだと友人たちに言って、それを信じさせるのも簡単だろう。だが正直でありたいと思うなら、そのようなものはいっさいないと認めなければならない。

多くの人が目と耳、鼻、味蕾、そして感覚を備えた皮膚を持って生まれてくる。もちろん、生まれ持った感覚の鋭さは人それぞれだ。人はみな感覚器官を本能的に使う。つまり、誰に教わらなくても、感覚器官そのものの働きに沿ってそれらを使う能力が生まれつき備わっている。ただしそれが上手な人もいれば、そうでない人もいる。しかし、経験や練習によってそれを発達させる力は誰にでも与えられている。感覚をどのように使うかについては、子供のころの環境によるところも大きい。都市生活者の多くは話し、読むことができるようになればさほど真剣に道を探す必要はなくなるが、田園や森の住人、漁師、船乗りなどはまわりの自然にしっかりと親しまなくてはならない。

ますます都市化していく文明のなかで、自然のしるしを観察し、読みとる必要性は少しずつ消えつつあるように思われる。それが生死に関わることは、いまではそれほど多くないからだ。しかし、必要不可欠ではないものはなくなってもいいわけではない。音楽や絵画、バードウォッチング、トボガン〔北米の先住民族に伝わる木製のそり〕、その他の純粋芸術や科学、スポーツでもそうだろう。自然のしるしを読みとることは、地理や数学と同じように学校で教えられるし、またそうすべきだ。自然のしるしから進むべき道を探すことそのものも、誰にとっても重要なことだ。だがそれ以上に、自然のしるしを使う訓練を受ければ、実際にナビゲーションをする機会はめったに訪れないにせよ、身のまわりのたくさんの自然物を楽しめるようになる。自然を観察し、その細かな変化や特徴に気づく習慣は、適切な訓練と練習によって簡単に身につけられ、それがあれば意識的な努力をしなくても驚くようなことができるようになる。

偉大な芸術家、作家、ナチュラリスト、科学者、航海者、探検家、詩人、開拓者たちにはひとつの共通点がある。外部世界に興味を持ち、世界をひとつひとつの部分へと分解してから組みたてなおすことによって、この世界で生きる人類に創造的なものをもたらす能力だ。観察力や、はじめは取るに足らないように思える小さなことに目を向ける能力は、のちに驚くほど重要になり、深い意味を持つ。小さな観察から、大きな発想が育ってくる。感覚の使いかたを訓練し、感受性を備えた精神は膨大な観察結果を蓄えていて、やがて時が来れば、そうして集められたもののすべてがまるで一編の傑作小説のように結びつき、魅力的な模様を織りなして新しいものをもたらしてくれる。

ギルバート・ホワイト〔イギリスのナチュラリスト。（1720－1793）〕やチャールズ・ダーウィン、あるいはほかにも多くの偉大なナチュラリストが、若いころに自然のなかに分けいって長い時間を過ごしていたが、友人たちには、それはなんの目的もない活動だと思われていたにちがいない。ダーウィンは両親や教師たちに怠惰なのではないかとひどく心配されていたが、彼がいつも静かに蓄積していた観察は何年も経ってから花開き、すべてがつながって19世紀最大の科学的アイデアを生みだした。誰もがダーウィンのようになれるわけではないが、進んで自然に分けいったり、眺め、観察し、生まれ持った感覚を磨き、思考をうながし、想像力を刺激し、創造的な能力を目覚めさせるためだけに散歩をすることは誰にでもできる。時間を無駄にすることをあまり恐れずに目で見、耳で聴いていると、あらゆるものが深い意味を持つようになる。

ボーイスカウトの初代総長ベーデン＝パウエルは、視覚と聴覚をもとにした行動体系を作った。「スカウト活動」と名づけられたこの活動は世界中に広まった。わたしは旅暮らしをし、この本の題材を集めているあいだに、幾人もの生まれついてのスカウトと知りあった。また、理論や知識に関して切磋琢磨するなかで、研ぎすまされた観察力を持つ驚異的な人物に数多く出会った。紙幅の関係で、ここではそのうち、たがいにまるで異なる三人を挙げておこう。彼らの能力は、訓練や生まれつきの好奇心、あるいは長きにわたる経験や実践がいかに大きな力になるかということを示している。

１９４９年の夏、フィジーにいたわたしのもとを著名なアメリカの鳥類学者ロバート・クッシュマン・マーフィー博士が訪れた。海鳥に関する世界最高の権威者だ。わたしがはじめて彼の鳥類学に関する能力を知ったのは、魅力的なその妻とわたしを連れて、船からフィジーのわが家まで6・4キロメートルの距離を、おもにスバの街のなかを通って車で来たときのことだった。現在、フィジーにいる鳥の種類はそれほど多くない。フィジーに生息する鳥について最近発表された一覧表があるわけではないが、エルンスト・マイヤー博士の *Birds of the Southwest Pacific*［『南西太平洋の鳥』］を読めばわかるように、スバ近郊の庭や田園でまる一年過ごしても目にすることのできる鳥はおよそ33種にすぎず、より内陸へと入り、深い森や丘に登ったとしても数種増える程度だ。道中は話が途切れることはなかったのだが、家に着いたときマーフィー博士はこう言った。「船を下りてから11種の鳥を見ましたよ」。つまり、一年間暮らしたとして見ることのできる鳥のおよそ3分の1だ。この偉大な科学者は、ほかのことを話しながら鳥を観察し、種を識別することができるほどに訓練されているのだ。

ふたり目は、訓練された観察者でなくても、自然への興味によって見えてくるものがあるという例だ。わたしの妻はオランダで育ち、人生のほとんどを都市で、とりたてて自然を用いて進路を決める必要もなく暮らしてきた。この本の調査のためにわたしとともにヨーロッパと北米全土を旅したのだが、あるときわたしが取り組んでいた主題である、植物や樹木から方角を知ることにとりわけ興味を示し、2カ月の旅のあとサンフランシスコに着いたときには、ホテルの部屋の窓から外を見渡すだけで方角を判断することができるようになっていた。

その窓はユニオン・スクエアに面していた。広場には一本の木があり、四つの辺はヒナギクで囲まれていた。妻はすぐに、東、南、西のヒナギクが咲き誇っているけれども、北側は咲いていないことに気づいた。木で日差しが遮られていたためだ。

そして最後は、実践の成果だ。リチャード・I・ドッジ大佐は著述家として、またアメリカ先住民に関する権威として知られているが、著書 *Our Wild Indians*〔『わが国のインディアン』〕のなかで、必要が探検者にもたらした最高の経験を示す文章を書いている。

距離が1マイル〔1・6キロメートル〕であれ100マイルであれ、遠く離れた場所への行きかたを尋ねると、アメリカ先住民はただその方角を指さす。ちゃんとした答えをせがむと、もし行ったことがある場所ならば詳しく説明することで、もうひとつの驚くべき性質である陸上の目じるしに対するすばらしい記憶力を披露してくれるだろう。

訓練されていない目には似たような変化のないものに見えるが、丘や谷、岩や茂みのそれぞれが彼にとっては異なった特徴を持ち、一度見たものはずっと忘れず、何気なく移動しているように見えて、その特徴はひとつとして忘れていない……。自分が知らない土地を旅することになると、そこを訪れたことのある戦士に相談する。そのさいに旅を成功させるために必要なことのすべてを、ひとりが明瞭に述べ、もうひとりが理解するさまはまさに驚くべきものだ。

わたしには、はじめは海の、のちに空のナビゲーターとして35年の経験があるということは、本書の早い段階でお伝えしておいたほうがいいだろう。また長いあいだロサンゼルスでナビゲーションの学校を運営し、その後アメリカ空軍でも教えてきた。そのころつねに生徒に強調していたのがナチュラル・ナビゲーションの重要性だ。当時もいまも、それは教科書には載っていない。一般的な航空術では、当然ながらあらゆる種類の道具や機材、そして地図が使われる。生徒たちに伝えていたのは、現代の機械による補助だけに頼るのではなく、下に広がる土地を自分の目で記憶にとどめる必要があるということだ。

1931年に世界一周旅行をしたあと、わたしはまだ存命だったワイリー・ポストと5カ月かけてアメリカの各地をめぐる旅に出た。ウィニー・メイ号は合衆国全土を飛びまわり、平均しておよそ一日にひとつの町を訪れた。ワイリー・ポストが操縦士、わたしがナビゲーターを務めた。飛行中、わたしは眼下の土地について、とくにそれまでの地図や航空図には記されていないことをよく知ろうとした。たとえば植生、農作物の種類、農地と、そのどこに建物があるか、家屋や納屋の構造、干し草や穀物の山の形、柵や農地の境界線の形態など。

家から立ちのぼる煙、樹木の曲がりかた、霜で白くなった葉の裏面など、風向きを知るための材料はたくさんあった。また、月曜日には洗濯ロープを見れば風の向きを他の曜日よりも簡単に判断できた。世界のどこでも、月曜は洗濯の日と決まっている。またこうした細かい部分を観察することで、地方にはそれぞれ、ほとんど独特のしるしとも言えるような特色があることを知った。たとえばオハイオ州の農地では小さな納屋までほぼすべての建物に精巧な避雷針が設置されていた。驚くべき数の針が州内のどこでも建物から突きでていた。隣接する他州と比べて、オハイオ州は雷がよく落ちるというわけではない。販売会社に口のうまいセールスマンがいたためにこのような痕跡が残っているのだろう。

もちろん、大陸を横断する飛行機の上から、国土の特徴が変わっていくのを観察するという幸運に誰もが恵まれるわけではない。最初の数回の飛行で、わたしは意識して見ることの価値をはっきりと理解した。またごく短いあいだに、アメリカ合衆国のほとんどの場所で、地図を使わずにその地域性に気づくことができるようになっていた。

だが、かならずしも快適な自宅から外に出なくても田園部のこうした特徴を読みとることはできる。さしあたって飛行機や鉄道、あるいは車のなかから景色を見ることができないなら、写真を観察すべきだ。風景を描いた絵を、解説を隠して細かい部分まで観察するのはとても楽しいことだ。練習をすれば、細かく観察することで、直接よく知らない地域について写真から多くのことを判断できるようになる。素人のインドア自然探偵は、E・A・グートキントの *Our World from the Air*〔『空から見た世界』〕など（イギリス社会学協会の後援により）出版された航空写真集を見て、有意義な時間を過ごすことができるだろう。次ページの素描は、写真に基づいて描かれたブリテン諸島のどこかの風景だ。かりにこれ以外のことを何も知らないとしたら、観察からどんなことが読みとれるだろうか？

丘の中腹に見える自然のおおまかな様子から、この写真がイングランド中央部、南部、あるいは東部で撮られたのでないことは明らかだ。

建物の構造から、場所はイングランド北部である可能性が高いだろう。

植物の状態からしておそらく季節は春の初めだ。

家屋の主要部分はリビングルームを暖かくするために南向きになっているはずだ。まずはここから、この絵の向きに関する最初の推論を引きだせる。

影の長さと方向から、さらにこの写真が撮られたのは正午ごろで、影は北向きだと推測できる。ということはこの道はおおむね東西に走っているはずで、この絵の前景が東の行き止まりになっている。

木の形から、影と建物の向きによって判断した南北の方角が裏づけられる。それがわかるのは、南側の枝はしっかりと陽光を確保するために水平方向へ伸び、北側の枝は垂直方向へ伸びる傾向があるためだ。また南側のほうがより枝が茂っている。

言うまでもなく、シェトランド・ポニーは場所についての判断材料にはならない。シェトランド諸島のなかよりも、その外のほうがシェトランド・ポニーの数は多い。しかもそこではほとんど木が生えず、わずかに生えるものも高さはせいぜい6から9メートルで、建物や丘陵の植物の状態もこの写真とはかなり異なっているため、この写真がシェトランド諸島で撮られたものであるとは考えられない。

わたしはよくこうした写真分析ゲームをする。解説を見ずに写真がどこのものかを当てることで興味

この絵の分析をすると，地方，季節，時間，そして家が建っている向きがわかる
（雑誌 *Coming Events in Britain* 掲載の写真による．イギリス旅行休暇協会提供）

は深まり、認識や推論の力を高めることができる。そのとき、写真は写真であることをやめ、物語になる。

わたしたちは娯楽としてこの写真ナビゲーション・ゲームをすることもできるし、実際に探検をして楽しむこともできる。人類の祖先にとってはこうしたことはゲームなどではなく、生きるために必要なものだったことは忘れられがちだ。実際には、西洋文明に住むほとんどの人の祖先は、かなりよいナビゲーターではあったものの、あらゆる未開民族のなかで最も優秀だったとは言いがたい。自然とともに、自然を利用して暮らし、探検者として画期的な偉業を成し遂げたのは間違いなくポリネシア人であり、オーストラリアのアボリジニであり、アメリカ先住民だった。彼らはたびたび、この章の冒頭で取りあげた謎めいた〝第六感〟や〝土地勘〟、魔法のような〝方向感覚〟があるとみなされてきた。すでに述べた（また、このあともきっと述べることになる）ことだが、これらの未開民族は、それにどんな人間のナビゲーターも、知られているどんな動物のナビゲーターも、これまでに物語や学問のなかで述べられてきた五つの感覚、すなわち視覚、聴覚、嗅覚、味覚、触覚のほかには何も使っていない。もし六番目の感覚があるとすれば、従来の五つとは異なる感覚、あるいは少なくとも五感とはどこか独立した感覚になるだろうが、それは時間感覚だろう。それはおそらく「体内リズム」によって、あるいは少なくとも太陽の動きを観察することだけを判断材料とせずに、経過した時間を正確に感じとることのできる能力だ。時間感覚については、またのちほど述べることにしよう。

原始時代の偉大なナビゲーターたちは、ただ自然をガイドとしていた。その発達した鋭い観察力について語るのにいちばんいい例は、古来の追跡の技法だろう。もちろん追跡にはナビゲーションやオリエンテーションそのものは含まれない。それは人間や動物による移動を、その経路に残された痕跡やしるしから再現することだ。広く知られているように、あらゆる未開民族のなかでその技能が最も高いのはオーストラリアのアボリジニだ。その能力の高さは単に視覚などの感覚が鋭敏なためではない。アボリジニの感覚がかなり高度に発達していることは間違いないが、その信じがたいほどの技術はまた、訓練と知性、推論の能力によるものでもある。アボリジニの優秀な追跡者はブッシュクラフト〔自然の中で生活する技〕や動物と人間の習慣について熟知している。また断片的な観察をまとめ、そこから推論する能力が高い。最小の労力で、ほとんど間違うことなく獲物の居場所を突きとめられる。

以下に、Ａ・Ｔ・マガレーが１８９７年に発表した論文から、アボリジニのすばらしい訓練過程に関する説明を引こう。

> 植物もまばらな荒野に住むオーストラリアの子供たちは、母親が頭に乗せて運ぶゆりかごを出るとすぐに生き物を追いかけ、捕まえはじめる。少しずつ上達すると、甲虫、クモ、アリなどが地面に残した繊細な跡をたどるようになる。こうした訓練は成人するまで続けられる。そしてやがて、地を這うヘビや飛び跳ねるワラビー、あるいは巧みに潜んでいる危険な敵などがつけた跡を、あらゆる地面のしるしを見て記憶にとどめ、解釈し、状況しだいでそれをたどったり、避けたりすることができるようになる。その何も見逃さない目には、できたばかりの明瞭な跡や、突きでているが、誰かがそこを踏みわけてすばやく通りすぎた形のついた草の葉といったひとつひとつが、それぞれのしかたでそれぞれの物語を伝える。

オーストラリア大陸の広大で乾燥した地域に暮らすアボリジニはみな、一般のヨーロッパ人では気づきもしないような跡をたどることができる。ただし、幼いときから訓練され、つねに技術を磨いているとはいえ、その能力には個人差がある。見分けづらい跡をたどることができるのは、秀でた技能を持ったひと握りの者だけだ。

進路を探したり追跡する能力の差は、もちろんあらゆる人間の集団のなかに存在する。西洋文明では、道を見つけ、自然の跡をたどる能力は（軍隊やボーイスカウトでの経験がなければ）ほとんど発達していないため、たとえ素質には差があっても、自然のしるしを読むやりかたの初歩を身につけただけで、知性は高いが経験がないという人を上回ることができる。上回るどころか、頻繁にその相手を感嘆させることができるだろう。西洋人のうち突出した知性を持たない者でも、わずかな練習をするだけで、自然のしるしを道路標識と同じように間違いなく読みとれるようになる。

上達のための練習はいたって簡単だ。初心者はとにかく歩くこと。できれば独りで歩くのがよい。会話をすると気が散り、集中が妨げられるからだ。経験を積んだ探検者は目の前のことだけを意識する。考えるのは、ただ外の世界のことだけだ。心の内側の問題を解こうとしたり、空想にふけりながら歩いていては、ナチュラル・ナビゲーションを習得することはできないだろう。わたしは初心者に対して、観察力を高める練習を始めたばかりのころは、決してあれこれ覚えようと張りきらないようにと言葉をかける。目ざとく追跡をすることができたり、自然を細やかに観察できる人の記憶力が優れているのは、長年の経験の賜だ。初心者は鉛筆とノートを持ち、土地の特徴や目じるしになるもの、またそれらの結びつきを描きださなくてはならない。経験の浅い人は驚くほど色のことを忘れてしまう。絵画やカラー写真についてきちんと学んだことのない多くの人の意識は、白黒なのではないかと言いたくなるほどだ。ふつうの人は色よりも形のほうにずっと意識が向いている。変わった形の岩やねじれた木の幹を、特徴的な色をした樹木よりも心にとどめる傾向がある。また初心者はしばしば、場所には独自の音やにおいがあることを忘れて、感覚のなかで視覚だけに頼ってしまう。不思議なことに（少なくともわたしの経験では）、音とにおいは意識的な記憶よりも、無意識の記憶にすばやく刻みつけられるものだ。

自分の足跡をたどって戻るためには経路を逆から見ることが必要なのだが、初心者の多くはそれができない。わたしはよく、往路でときどき〝肩越しに振りかえって〟地図や目じるしどうしの位置関係をスケッチする練習をするように忠告したものだ。このように意識の半分は復路のことを考えながら移動することを、わたしは「アリアドネの糸を持つ」と呼んでいる。未開民族にうまく探検や追跡ができるのは、方法があるからだ。障害物の迂回路やジグザグ、曲がり角があると、あとで逆にたどることを見越してごく自然にそれを記憶している。

未開民族のナチュラル・ナビゲーターは、目じるしと自分がどれくらい離れているかをたいていは距離ではなく時間で測っている。しかし西洋人は、地図で距離を判断し、計測することに慣れており、また自然な時間感覚をなくしてしまっているため、距離で考える。自然を用いて移動するときには、できるなら出発点の近くの高い場所を選び、周囲の地平線を見渡して特徴ある自然物との距離を推定するとよい。四方それぞれの風景を細かく見て、その概形や山の輪郭、地平線のその他の形をよく観察し、覚える（もし覚えられなければ、スケッチする）。それから意識を東西南北に続く地面に向け、土地の種類や優勢な植物、丘の形、谷や川の方向、建物の構造、そしてそれらすべてのあいだの部分や、いま観察している場所との関係を意識する。このように心のなかで地図を描く習慣をつけると、上達すればしだいにノートに書きとめる必要がなくなってくる。ついには小さな丘や石、木々、茂みなどをごく簡単に、適切な順番で覚えられるようになり、それらがつながりあって記憶に残る。

観察力に関するわたしの結論を述べるにあたり、苛酷な状況から脱出することができたある人物の例を紹介しよう。

およそ50年前、山岳ガイドのイーノス・ミルズは雪盲になり、ロッキー山脈の大陸分水嶺の山頂で道に迷った。そこは標高3600メートルの地点で、いちばん近い建物でも険しい尾根の何キロも先だ。そのときに実際に自然物を観察し、それを巧みに使って進むべき道を見つけたことが、およそ36年前の著書 *Adventures of a Nature Guide*〔『ネイチャーガイドの冒険』〕で語られている。

それは自然のしるしを読みとれるようになることで、それらに気づく習慣がつくという優れた実例だ。ミルズは自然に対する鋭い観察力があり、迷ったときも道を探すことができるという冷静さと自信を失うことはなかった。彼はこの出来事についてこう語っている。「感覚は研ぎすまされた。命を落とすかもしれないなどとは、まったく頭に浮かばなかった」。落ち着いて状況に対処し、その地域の自然のしるし――たとえば山腹に生えているマツの種類、樹皮、木につけられた道しるべ、こだま、ハコヤナギの木を燃やす煙など――を的確に読みとり、彼は生き延びた。

ミルズには自分が陥った苦境から抜けだせるという自信があった。雪が深く積もっていたためトレイルに頼ることはできなかったが、自分が移動してきたスロープを降りるための地図は、はっきりと心のなかに描かれていた。それは雪盲の闇に囚われるまえに集めた記憶によってできたものだった。

長い杖を持ち、雪靴を履いて歩きはじめると、往路に自分で木につけてきたしるしを探した。腕を伸ばして木から木へと移り、樹皮を手で触ってしるしを探りあてる。方角の判断には木を使った。樹木の分布について調べるなかで、この地域では、東西に走る峡谷があり、南の岸に面したフレキシマツと北の岸に面したエンゲルマントウヒを運んでいくことを知っていた。そしてフレキシマツが自分の左に、そしてエンゲルマントウヒが右にあるということは、いまは東へ進んでおり、山脈の東側にいる。確認のため、足下の岩についた地衣類と木の幹を囲んでいる苔を調べ、その一帯にはすべての方向から光が射していると判断した。

峡谷の地形を知るために声を上げ、どの方角からどれくらい強いこだまが返ってくるか、またそれに対する反響に耳を澄まし、それをもとに、いま入りつつあるのは深い森に囲まれた峡谷の源だと考えた。

夜になると、歩いているときに雪崩で埋もれそうになり、巨大な岩の塊や、地面に落ちた枝や葉が絡まりあって、前に進むのがいっそうむずかしくなった。

ふいに、煙のにおいがした。山の住民が調理用の薪として使うハコヤナギの煙だ。よい条件のもとで、鋭い嗅覚の持ち主なら3から5キロメートルほど離れたハコヤナギの煙をかぎとることができる。風上へと進んで森の外へ出ると、煙のにおいが強くなり、人の住居が近くにあることがわかった。通りすぎてしまうことを恐れて、足を止めて耳を澄ました。そのまま聴いていると、小さな女の子が優しく、ものの珍しそうに彼に尋ねた。「今晩ここに泊まるの？」

2 昔の人類はいかにして旅をしたか

「24時間のあいだ、船の脇を大量の見知らぬ木やフルーツが通りすぎていった。南東からの強風にもかかわらず、海は静かだった。状況を考えあわせると、南東方向に陸が迫っていることはたしかだった」

これらの言葉から、ルイ・ド・ブーガンヴィルはおよそ200年前、有名な世界一周航海のとき、(視界に入るまえにすでに)オーストラリアの海岸に近づいていることを知っていたことがわかる。ド・ブーガンヴィルは、昔の偉大な探検家すべてと同じように航海日誌をつけていた。そしてその時代のすべての航海日誌と同じように、そこにはしばしば、今日のナビゲーターに与えられている機材や海図などが欠けた状況で、観察力を駆使してナチュラル・ナビゲーションをせざるをえなかったことが記されている。

近ごろでは、ナビゲーターはあまりに技術的な補助に頼りすぎ、数世紀前の西洋の探検家よりもはるかに、原始的なナビゲーションを信頼することがむずかしくなっている。現代の科学を用いたナビゲーターが、自然を読みとっていた昔のナビゲーターを謎や寓話、神話といった言葉で遠ざけてしまう傾向があるのは、科学的なナビゲーションが技術的に進歩したためだ。わたしたちはコンパスやクロノメーター、六分儀、ラジオ、レーダー、音波発信器などを使ったナビゲーションに親しむあまり、昔の人類はただ通常備わった感覚と伝え聞いた知恵だけを頼りに、未知の領域を遠くまで旅し、前人未踏の荒野を抜け、海図のない海を渡ったということが信じられないのだ。興味深いことに、未開民族や動物には方角を感知する謎めいた第六感があるという神話が目立ってきたのは、科学と電子工学を用いたナビゲーションが盛んになった近年のことだ。すばらしい道具があるため、人々はかえって真実を見失っている。土着の、野蛮な、〝文明化されていない〟未開民族と貶められる人々は、実は現代人よりも細やかな感覚と高度に発達した観察力を持ち、その力を使って地上で進路を見つけ、海で陸地を発見するという信じがたい離れ業をやってのけていたのだ。

未開民族のナビゲーション能力について一般の人々が理解することを妨げている最大の要因は、世界にはかつて〝先住民〟が暮らしていたというイメージを与える従来の歴史書だ。それらの先住民はさまざまな島々や国々に住んでいたが、西洋の偉大な探検家によって〝発見〟されたとされている。その〝先住民〟が、ほぼ例外なく、それ以前に自力で探検し、故郷を〝発見〟していたという事実が本に書かれることはない。また西洋人たちが世界を発見しはじめたとき、地上のほとんどあらゆる場所が、人が生活しうる最も遠い海の島々にいたるまで、すでに人間によって、たいていは白人以外の人種によって占められていたという驚くべき事実は顧みられない。

それらの人々もやはり、もともと住んでいた土地から地上を、あるいは海を渡って長い旅をすることで移住したのだ。記述された記録を持たない彼らには、そこにどのようにしてたどり着いたかを伝える口伝えの伝説や物語がある。そうした伝説や物語は、しばしば事実と異なっていて、信じられるものではない。しかし、文明化されていない、だが間違いなく高い技術を持ったそれらの民族がごく最近まで使っていたナビゲーションの方法を調べることによってようやく、大昔の人々がどのようにして海を渡って移住したかがわかりはじめてきた。

未開民族と昔の西洋人を研究すると、すぐにあることが明らかになる。それは、でまかせな探検は、皆無ではないにせよほとんど行われなかったということだ。行き当たりばったりに未知の領域へと航海や探検をした人々はほとんどいなかった。間違っていたり、実在しないことはたしかにあったが、ほぼ例外なく目的地があった。西ヨーロッパ、とくにアイルランドとポルトガルの歴史や言い伝えには、大西洋の西にあるとされる架空の島々が数多く登場し、それらを探して多くの航海がなされた。わたしは、鳥の渡りの目に見える跡もまた未知の世界を開くうえで強い影響を与えたと考えている。18世紀になっても、西洋では一流のナチュラリストたちが鳥は渡るのかについて議論していたが、未開の民族は、数千年もまえからより正確な知識を持っていた。鳥がたしかに渡ることを知っていた。また陸鳥が年に一度海を越えて飛びたっていくのを見ていた。そしてその鳥たちは海に落ちては生きていけないだろうと推測し、そこから当たり前の常識的な感覚を働かせ、鳥たちが飛んでいった方角に別の陸地があるはずだと結論を下した。

鳥の渡りは南北の方向にしか行われないと考える人は多いだろうが、その原則には例外がある。鳥類学者たちは地球上の渡り鳥の飛行経路、「飛路」の明確なネットワークの地図を作成しはじめている。ただしすべての鳥の移動がこの飛路に沿っているわけではない。大陸を越え、さらには大洋をも越えて、幅広い前線を形成して移動する種も多い。だがそれでも、渡り鳥の多くの種や個体は飛路を通る。それは、決してすべてが単純に南北に走っているわけではない。東西に走るものもあれば、河川の流域や海岸線に沿ったものもある。山岳があれば、迂回するものも、わかりやすい抜け道を通って越えるものもある。また（とくに猛禽類には）豊富な熱が生みだす上昇気流に乗って、筋肉を動かすエネルギーを温存しながら目的地へ行き着くことのできる経路もある。そうした上昇気流による飛路には、太陽熱で温まった砂漠を越えるものや、迂回するものがある。春の飛路は秋とは異なる場合があるが、それはたいてい季節風によるもので、南グリーンランドには秋に偏西風に乗って直接ヨーロッパへ渡り、春になると南風に助けられてブリテン諸島、フェロー諸島、アイスランドと島を伝って帰る種もいる。渡り鳥の経路は、歴史時代に入って種の分布や気候条件の変化に伴って修正されたものもあるにせよ、おそらくとても古い。

かなり多くの種の鳥がスコットランド、フェロー諸島、アイスランドという飛び石の渡り経路を使う。そこから、ノルウェーから西へ航海したスカンディナヴィア人の船が鳥を水先案内にしていたことは充分に想像できる。おそらくアイスランドにはじめに入植したと思われる、クルデと呼ばれるアイルランドの修道士たちは、無甲板のカラック船で春に、アイルランドからおそらくヘブリディーズ諸島を経由し、シェトランド諸島からフェロー諸島、アイスランドという経路を発見したと思われる。その経路を使って、たとえばアイスランドのいたるところに、とりわけこの島の北部中央に位置する猟鳥の宝庫であるミーヴァトン湖に生息するさまざまな種のアヒルのほか、西グリーンランドで夏を過ごし、春になるとアイスランド経由ですぐにグリーンランドへ戻る、嘴が黄色く頭が白いアイルランドのガンのうち少なくとも一種が渡りをする。

鳥の渡りの経路のなかには、緊急経路と呼ぶべきものもある。たとえば、西ヨーロッパの渡り鳥の大多数はノルウェーの海岸と北海に沿って移動するが、(スカンディナヴィア半島で高気圧が停滞するため、よく起こるように)東風が強くなると、多くの鳥はこの経路から逸れ、ブリテン諸島の東岸を使う。その後、シェトランド諸島とノルウェーのいちばん西の地点の、スコットランドとヨーロッパ大陸の間隔が最も狭くなる箇所で大陸の海岸沿いの経路と合流する。これは第二の経路であり、通常は大陸の海岸沿いの経路ほど頻繁に使われるわけではないが、同じ海の隔たりを人間が渡る助けになったことはおそらく間違いないだろう。いずれにせよ、いったん渡り鳥の助けを借りてある経路を渡ることができると示されれば、そのあとに続くナビゲーターは鳥の先導がなくてもよいだろう。昔のポリネシア人の航海者たちがしていたように、長くせり出した船首を持つ船が船団を組んで航海するのであればなおさらだ。

ポリネシア人の航海者(彼らはかつてのアイルランドやヴァイキングよりも偉大で、より果敢な航海者だったように思われる)は、アイルランド人やヴァイキングのように、鳥の渡りの助けを借りていたにちがいない。左の図はウェルズ・W・クック(1858-1916)アメリカ人鳥類学者)による、太平洋における飛路の推定図だ。興味深いのは、作成者は鳥の渡りだけを意識していて、(わたしとはちがって)ポリネシア人がここを移動したことにはとくに関心を抱いていないという点だ。ところがクックの地図をよく見ると、1という番号が振られた経路は、ポリネシア人の太平洋への植民の最初の経路に関する、ほぼすべての権威ある学者の見解と一致している。

著名な科学者のなかで『コン・ティキ号探検記』で有名なトール・ヘイエルダールだけは、ポリネシ

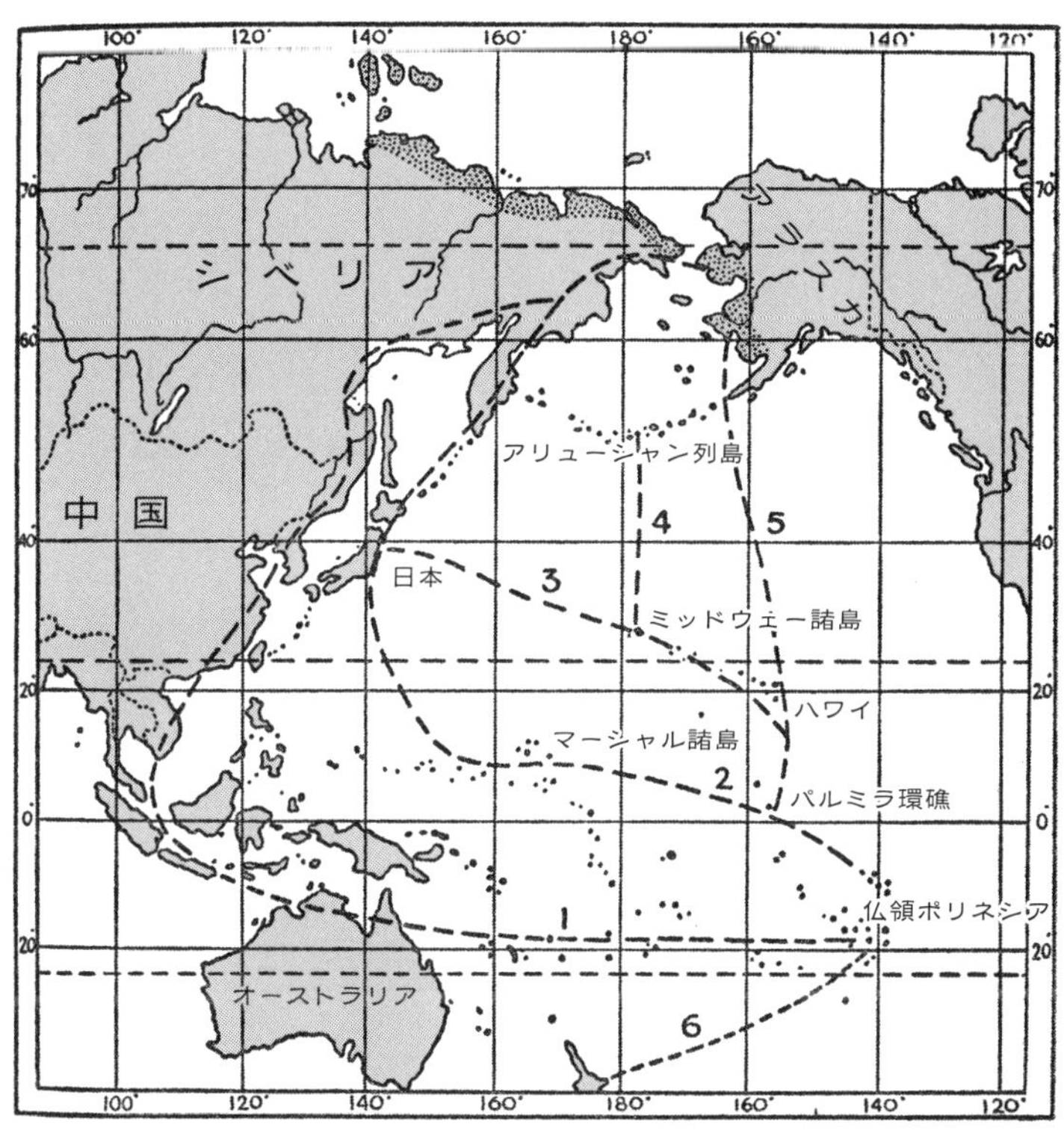

太平洋における鳥の渡り経路（ウェルズ・クックによる）

ア人が南アメリカから来たという主張を譲らなかった。

だが、成功した有名なコン・ティキ号の航海のあと、科学雑誌にはヘイエルダールの説への批判が相次いだ。科学評論家は一様に、彼の主張の大筋は誤謬である可能性が高く、ポリネシア人の祖先が来たのは正反対の、インドやマレー半島からだと考えている。ここから彼らは東へと移住していき、ついに広大な太平洋の島々へと住みついた。初期の人類が行った航海について研究しようとするなら、世界で唯一の真の海洋民族であるポリネシア人のことを知る必要がある。

世界最大の海である太平洋のなかで、ポリネシアが占める領域の広さはいくら強調しても足りないほどだ。それは無数に散らばった島々からなり、一辺6400キロメートルの三角形の海域を占める。頂点のひとつはハワイ諸島、もうひとつはチリの海岸から西へ3200キロにあるイースター島、三番目はニュージーランドだ。そしてこの大きな三角形に、ひとつの文化と言語を持つひとつの民族が定住した。大三角形のなかで、この民族は4000キロ、あるいはそれ以上の距離を、たとえばタヒチとニュージーランドのあいだやタヒチとハワイのあいだを行き来することができたことは間違いない。最後のポリネシア人の大規模な植民の航海が終わった1世紀のちになっても、西ヨーロッパの人々はヘラクレスの柱〔ジブラルタル海峡の入り口〕を越えて暗い緑の海、大西洋へと出ていくことを恐れていたのだ。クリストファー・コロンブスが生まれるはるか以前に、人々は太平洋の島々をすでに発見し、そこへ住みついて幸せに暮らしていた。

ポリネシア人は史上最高の探検者だ。彼らがなぜ探検を始めたのかは誰も知らない。東南アジアの人口過剰による圧力や部族間の不和、戦争が理由かもしれない。偉大なる航海が開始された原因が何であれ、ポリネシア人は世界ではじめての海洋民族だった。植民や、半貴石であるグリーンストーンの交易、あるいは単に友人や親戚を訪れるために、彼らは何千キロも離れた島々のあいだの、その名とは似ても似つかぬ海を頻繁に行き来した。

太平洋はもちろん平らかとはほど遠いし、またしばしば誤った記述がなされてきたが、ポリネシア人が遠距離の航海を行っていた船はとても「カヌー」などというものではなかった。実際には、全長約30

ラロトンガ島からニュージーランドへ向けて出発する６隻のカヌー（1350年ごろ）

メートルのエンデバー号で太平洋を航海したキャプテン・クックが驚いたように、荒れがちな広い太平洋を、この工夫に富んだ島人たちは全長約33・5メートル、2本のマストと帆、甲板の上には船室があって140人が乗ることのできる双胴船、カタマランで渡っていた。ポリネシア人はタヒチに到達するとそこを拠点として分かれていった。つまり、タヒチから北へ向かってハワイ諸島に、南へ向かってニュージーランドに住みついた。タヒチからハワイ諸島への航海は、毎年春にムナグロ（*Pluvialis dominica*〔現在の学名は *Pluvialis fulva*〕）や希少なハリモモチュウシャク（*Numenius tahitiensis*）が使うのと同じ経路によっている。それらの種はいずれも現在にいたるまで毎年アラスカと、ハワイ諸島、タヒチをはじめとする南西太平洋の島々のあいだを飛んでいる。

ポリネシア人の第二の植民の道筋は、クックの地図に描かれた2の経路に沿っていると考えられている。わたしはこの地図に6という経路を追加した。尾の長いカッコウ（*Eudynamis taitensis*）〔現在ではキジカッコウ属に分類されているキジカッコウ（*Urodynamis taitensis*）〕が通るルートだ。それは茶色と赤褐色に白い斑点が入った鳥で白い腹部に黒い筋があり、ニュージーランドで繁殖してポリネシア全域を渡る。この渡り鳥は9月になるとニュージーランドへ南下するのだが、その経路が1350年ごろにマオリ族の艦隊がニュージーランドに植民をしたさいに使ったものと一致しているのは、単なる偶然とは思われない。もちろん、マオリ族はニュージーランドへのはじめての植民者ではなかった。わたしはニュージーランドへのポリネシア人の最初の植民は、やはり渡り鳥の経路にしたがってより近くのソロモン諸島から来ただろうと考えている。それはソロモン諸島ではキジカッコウよりもよく見られ、繁殖期にはやはりニュージーランドに飛んでいくヨコジマテリカッコウ（*Chalcites lucidus*）の渡り経路だ。またオオソリハシシギ（*Limosa lapponica*）もはじめてニュージーランドに移り住んだ人々の補助になった可能性がある。この鳥はシベリア北東部やアラスカで繁殖し、ニュージーランドにいたる南西太平洋全域で冬を越す。カッコウの仲間とは異なり、このシギは南で繁殖しない（つまり越冬するのみだ）が、渡る時期と方向はほぼ同じだ。

ポリネシア人たちは季節ごとに繰りかえされる鳥の渡りを見ていて、一貫した渡りの経路があると確信し、そのあとを追って出発したのだということは疑う余地はない。古い歌謡や伝説からも、鳥が飛んでいく方向を彼らがいかに重視していたかということがはっきりわかる。この海の民がタヒチからニュージーランドへ渡ることができたのは、キジカッコウがそのふたつの場所を何度も渡るのを観察していたから、という以外の要因は見つけられない。その渡りのとき、キジカッコウはいっせいに飛びたつのではなく、2、3週間のあいだにばらばらに出発する。渡りの途中、カッコウは海からそれほど離れた高さを飛ぶことはないため、追いかける航海者は間違いなく、毎日のように渡りの群れを見ることができ、おそらく夜にも鳴き声が聞こえただろう。

渡り鳥の経路をたどるにあたって、ポリネシア人は観察した鳥の飛行の方向へ向けて標識を海岸に並べることで慎重に出発した。遠い島を指したその標識のいくつかはいまだに太平洋で用いられている。ポリネシア人はコンパスを持っておらず、現在のような海図もなかった。後述するが、少なくとも外洋に出ているときは、彼らは星を頼って航海していた。もちろん星によって陸地を示す標識を決めたり、それを確認することはできただろうが、それよりも鳥の経路、鳥が飛行した道筋を目じるしにした可能性のほうがはるかに高いだろう。

1492年の有名な航海のさい、クリストファー・コロンブスは、ポルトガルがすでに渡り鳥の飛ぶ方向に注目してアゾレス諸島を発見していたことを心に留めていた。そして彼自身、じっと観察を続けたことによって北米の鳥類相を見つけ、新世界を発見することができたのだった。コロンブスのアメリカ大陸上陸の地はバハマだった。小さな陸鳥の大群が南西に飛んでいくのを見て、その方角へと進路をとったためだ。

人は文明と同じくらい古くから、飼い鳥をナビゲーションの補助として使ってきた。この方法について書かれた最古の記述は、紀元前数千年のギルガメシュ叙事詩だ。そこに記されたバビロニア版の大洪水の物語には、ノアの原型となった人物がはじめにハトを前方へ飛ばしたと書かれている。鳥は羽を休める場所を見つけられず、戻ってきた。つぎにツバメが解き放たれたが、やはり船に帰ってきた。最後に第三の鳥、カラスが送りだされた。それは飛びたつと、海の合間から木々が覗いているのを見つけて、戻ってこなかった。

紀元前5世紀のヒンドゥー教の伝説によれば、ヒンドゥー教徒の商人は外洋を航海中、船の位置がわからなくなったときに最も近い海岸を探すために鳥を乗せていた。同じ習慣は、プリニウスの時代、紀元1世紀にも、星から方角を知る方法を知らなかったスリランカの船乗りが航海するときにも行われていたと彼は述べている。

当然ながら、ポリネシア人も飼い鳥を使う方法は知っていた。たいていの場合、海鳥のうち最も俊敏で飛ぶのが巧みなもののひとつ、軍艦の名を冠せられたグンカンドリを連れていく。グンカンドリはポリネシアに数多く生息し、外洋を巡回するものの海に浮かぶことはない。もし着水すれば、羽が水浸しになってしまう。翼長が長く、翼面積の広いグンカンドリは広い範囲を活動し、現在でも島から島へメッセージを届けるのに使われている。放たれると、この島は甲板の上の乗組員よりもはるかに遠くが見渡せる高さまで飛んでいく。陸を見つけると、すぐにその方向へ向かう。グンカンドリは着水することを嫌うため、陸が見えなければほとんど例外なく船に戻ってくる。

古代の航海者の例に漏れず、ヴァイキングも陸の方向を知るために海岸を探す鳥を使っていた。伝承（サガ）によれば、探検家フローキは鵜（ウ）を指すと思われる〝海のカラス〟を乗せてシェトランド諸島からアイスランドへ向かった。出発から数日後、彼は鳥を放った。それは空高く昇って円を描いて飛び、後方に陸を見つけてそちらへ向かい、進むべき方向とは反対の出発点を示した。また幾日か経ったのち、フローキは第二の鳥を放った。この鳥はアイスランドへ向けて進んでいき、あとに従うべき方角を教えた。

*

おそらく、屈強の海の王者ヴァイキングは、北大西洋の気候条件のせいで、あまり精度の高い航法を手に入れることはできなかった。北大西洋の空がほとんどつねに曇っていることからして、ヴァイキングは星を使った航法を発達させることはできなかったと考えるべきだ。アイスランドからヨーロッパへの帰路はそれなりのたしかさで航海することができただろうが、アイスランドとグリーンランドを行き来する航海はかなり困難だった。方角を知るための手段は鳥の飛行と風や波の向き、そして太陽しかなかった。

星を利用したナチュラル・ナビゲーションを精度の高い技術へとはじめに発展させたのは、海の気候がより安定しているポリネシアの人々だった。ただし、その星による航海術の原理は古代アラブ人から受け継いだものである可能性がある。

アラブ人はインド洋で、鳥の利用に加えて、北極星を用いた非常に単純な方法で航海していたことがわかっている。伸ばした手の指を使って地平線の先に見える北極星の高度を測り、その角度から緯度を判断していた。のちには一本の紐と短い棒で緯度を知ることができるように方法を改善し、それがさらに発展して、現代のナビゲーターが使う六分儀のような役目を果たした十字棒ができた。インド洋を渡る長い航海では、よく知られたモンスーンなどの季節風の向きをおもな判断材料とすることもあった。

そうした旅をするなかで、彼らは星が年間を通じて同じ場所から昇り、反対の地平線に沈むことに気づいた。磁石は持っていなかったが、彼らは地平線を32の点に分割した。その点は、東の地平線のおよそ同じ間隔を置いた場所から昇る15の星をもとにしている。それらの星が西の地平線に沈む点からさらに15の点を定め、それに北と南を加えて合計32の点が得られる。アラブ人はこれらの点を示す32のしるしが周囲につけられた木製の盤を作った。星やその他のしるしを使って安定した卓越風を確認し、この道具を使って進路を定めた。それは今日では方位盤あるいはダムコンパスと呼ばれる、磁石のない羅針盤だった。

アラブ人に中国から磁針がもたらされたのは2世紀ごろのことだった。それはすぐに32分割の円と組みあわされた。分割された地平線に磁石をつけたもの、つまり羅針盤は十字軍の時代にはじめてヨーロッパに導入され、今日でも数多く見ることができる。

太平洋を航海したはじめてのヨーロッパの探検家は、ポリネシア人が方位磁石のことを知らないにもかかわらず、太平洋の多くの民族が32分割のダムコンパスを使っていることを知って驚愕した。これはポリネシア人がインド、マレー半島から来たことのさらなる証拠になるものとわたしは考えている。彼らはインドの海岸から太平洋に、磁針の導入より早く、すなわち2世紀よりは早く、ただし古代のアラブ人からダムコンパスについて学んだあとでやってきたという証拠だ。

この（磁石のない）ダムコンパスを用いて、ポリネシア人は海に出ているとき、星によって驚くべき正確さと単純さで航海することができた。彼らは蒼穹を球面の裏側と考え、星々は自らのコースをたどってそこを進むものと見ていた。星のひとつひとつは動く光の帯とみなされた。そしてポリネシア人は星、つまり自分たちが関心を抱いている島々の上を通過するその帯のことを知っていた。

熟練の航海者だったポリネシア人は150の星に名前をつけていた。そして、そのそれぞれが地平線のどの点から昇るか、その時間はいつなのかを知っていた。またそれぞれがどの島の上を通過するか知っていた。夜ごと空を見上げているうち、彼らは星どうしの位置関係がいつも同じで、架空の軸のまわりを回っていることに気づいた。来る月も来る月も、同じ星が同じ島の上を通りすぎた。星はいつも同じところを通っている。ただし、夜ごとに少しずつ――わたしたちの時間の計りかたによれば、およそ4分ずつ――現れるのが早まる。ポリネシア人には時計はなかったが、鋭い感覚を持った未開民族の例に漏れず、また野生動物の多くと同じように、驚くほど正確な時間感覚を持っていた。そのため、これらの島に住む海の民はある時間に自分の目的地の上にある星を目指して船を出すことができた。そのシステムは驚くほど単純で、道具はいっさい必要なかった。

この方法を説明するため、静止した状態の星を思い浮かべてみよう。空の星はそれぞれ、地上のどこかの場所の真上にある。もしこの瞬間にハワイ諸島の上にある星を特定することができれば、数千キロメートル先にあるその島々への輝く航路標識を手に入れたことになる。さらに、この星の方向へ舵を切れば、現代のナビゲーターが「大圏」と呼ぶ、行き先への最短コースを進むことになる。それどころか、それはコンパスを用いた現代のナビゲーション方法よりも、理屈のうえではより完璧なシステムなのだ。というのは、行き先が遠い場合、コンパスによるコースは特定の目的地まで大圏航路から外れた、必然的により長いコースになるからだ。

この星は島への方向と最短経路だけでなく、そこへ到着すればその星が真上に来るため、それにかかる時間も教えてくれる。

では、止まっていた空を（より正確には、地球を）ふたたび動かしてみよう。星はいま、特定の経路の上を西へ進んでいる。もはやハワイの真上に静止してはいない。赤道から同じだけ北にある別の星々がまったく同じ経路を動いている。こんどはハワイの上につぎに来る星に舵を切り、それからまた同じ経路上の星へ、次々に目標を変えていけばいい。このように目標とする星を変えていき、ハワイに上陸するときには、その時季のその時刻にちょうど真上に来る星の下にいることになる。

もしまったく時間を考慮しなければ、東から、あるいは西から、単純にこの、毎年目的地の上を回っている星の帯に沿って航海するだけで目的地に着くことができる。どんな方角からでも、必要なだけの正確な時間感覚があり、ある程度の誤差（上陸するためには修正をする必要があるが）を許容することができれば、この本のほかの箇所で扱う自然を使った方法で、目指す島へ向かうことができる。先住民のナビゲーターは、この星による方法で、目的とする島のおよそ80から110キロメートルほどの範囲に到達することができる。わたし自身もこの方法を試したところ、その場で身体を回すことで、自分の真上にある星を1度の誤差で判断することができた。これは海上で100キロ弱の誤差に相当する。

未開民族には昼も夜も時間を知るための機械的な方法はないが、すばらしい時間の概念がある。今日の〝文明〟人は距離をメートルなどの単位で考える。わたしたちの地理的思考のすべては空間に関するものだ。文明人は自分の内なる時間感覚をほとんど使うことはなく、練習をしてそれに磨きをかけることもないが、内なる時間感覚が存在することに疑念の余地はない。マクラウドとロフは、防音装置を施し、時間の経過を知る外的な補助のいっさいない部屋にふたりの人を閉じこめた。被験者のひとりは、86時間後にそこから解放されたとき、その時間を40分の誤差で推定した。またもうひとりは、66時間後に解放され、26分の誤差で正しい時間を言いあてた。それぞれの被験者の誤差は、ここから一日におよそ10分と考えられる。ポリネシア人はこの内的な時間感覚を日常的に鍛え、より正確な判断ができるようになっていたはずだ。その正確さはさまざまな種類の家畜や野生動物の多くと同じ程度だろう。そうした動物については、フランク・W・レーンの *Animal Wonderland*〔『動物の土地』〕のなかに豊富な例が紹介されている。レーン氏によれば、一日に5分以内の誤差という正確な時間感覚を持つのは、主要な哺乳類や鳥類、魚類のいくつか、そしてイソギンチャクやイモ虫、アリ、ハチなどの多数の無脊椎動物だ。ハチは著しく発達した時間感覚を持つだけでなく、時間に関する情報を伝達しあうこともできる。

ポリネシア人には距離や空間を表す言葉がない。すべては時間で考える。ある場所と別の場所のあいだは（何キロメートルではなく）カヌーで何日かかるかだ。日数だけでなくカヌーで何時間、カヌーで何分、という考えかたをしているのは間違いない。ポリネシア人にはすべての動物にあると思われる内なる時間感覚が備わっていて、それをつねに使い、星によって正確さを確認しているのだ。

はじめてポリネシア人と遭遇したとき、キャプテン・クックはコンパス、六分儀、クロノメーターなど、ナビゲーターとして優利な道具を持っていた。また太平洋の航海中の海域では西洋の海図は役に立たなかっただろうが、海図もあった。しかしポリネシア人は頭の中に海図に相当するものを備えていて、それが空間的な位置の違いだけではなく、時間的な隔たりにも基づいていることにクックは気づいた。そこで彼は部下のひとりピッカースギル副官とともに先住民のナビゲーターからの情報をもとに海図を製作し、それがなければ見逃していただろう多くの島へ到達することができた。ポリネシアの有名なナビゲーターであるトゥパイアからの情報によって、80島近い島を含む海図が作成された。それはこの古代からの海の民がいかに並外れた地理的知識を持っているかを示していた。この海図にはタヒチとフィジーが描かれていたが、それらはたがいに4000キロメートルも離れた場所にある。しかしクックと部下たちはトゥパイアの言葉がよくわからず、先住民の北と南を取り違え、海図で多くの島を逆に描いてしまった。それでもそのうち半分はクックの知らない島で、彼はその後公式にそれらの島を〝発見〟することになる。

海の動きを地図にした民族は、知られているかぎりカロリン諸島やマーシャル諸島のミクロネシア人のみで、記憶を助けるために作られた波の図やうねりの図は、ほかの民族にはない航海術があることを示すものだった。はじめてそこを訪れた西洋の探検家は、それらの波の地図を見てもまったく読みとることができなかった。のちになって、しかもまるで異なった民俗学的調査のさいにようやく、ミクロネシア人の海図の謎は解き明かされた。

世界の一体化にあたり未開民族のナビゲーターが果たした役割はひどく誤解されている。西洋人による探検記には、それについてほとんど触れられていない。だが、自ら〝発見〟した土地に住む先住民から地理について教えられたヨーロッパの探検家はキャプテン・クックだけではない。ほぼすべての西洋の探検家や航海者が、地図も海図もない（それゆえ彼らが「未踏の地」だと考えたがる）場所で、ナチュラル・ナビゲーターや正確な海図または地図製作者の役割をする先住民と遭遇することで、実は自分より早くそこに到達して暮らしている探検家がすでにいたことに気づいていた。グリーンランドへの初期の探検家の多くはエスキモーに出会い、非常に正確な海岸線や周囲の島々の地図を描いてもらった。エスキモーは求められた地図を流木を彫って示し、三次元で実物そっくりに自然の特徴を描きだした。

ビーチー〔フレデリック・ウィリアム・ビーチー（1796－1856）。1825年にベーリング海峡を探検した〕がベーリング海峡を渡ったときの記録にも、北太平洋のエスキモーがきわだった記憶力を持っていたことが明白な証拠として残されている。コッツビュー湾で、彼らはその地方の地図を砂の上に描いてくれた、と彼は書いている。「まず彼らは木の棒で海岸線を引き、その縮尺を航海の日数によって測った。それから砂と石で山脈を築き、小石の山でそのサイズや形を表した島々を作った」。しばらくして、山や島が正しく置かれると、「村や漁業拠点を意味する棒を地面に刺し、本物らしくした」。この図は西洋のレリーフマップととてもよく似たものだった。

その地図製作の秘訣は、もちろん頭のなかで、自らの土地や目立つ目じるし、ほかの集団の土地と自分の村の位置関係を中心とした、輪郭とおおまかな形を表した地図を描く習慣にある。その地図は多くの先住民の頭のなかに鮮明に描かれており、いつでも記憶から再現することができる。

ジェームズ・フィッシャーの話では、1953年に彼とアメリカ人の鳥類学者ロジャー・ピーターソンは、アラスカ西部のユーコン川、カスコクウィム川流域のツンドラで、北米大陸では残りわずかな、まだ上空から充分に調査されていない場所に入った。そのふたつの大河のデルタは沖積地と湖沼からなる広大な原野で、詳しい地図を持たずにそこを進むのは、複雑に曲がりくねった湖や川が集まった迷路を抜けるようなものだ。いまは荒れ果てた古いシェバックの集落から新しいシェバックのエスキモーの集落へは、鳥ならばわずか十数キロメートル飛べば着くが、川のうねりに沿って40キロ以上をたどって進まなければならない。若いエスキモー、ジャック・パニヤックは、ピーターソンとフィッシャーのために、すべての川の湾曲、通り道のあらゆる目じるし、行き止まりに対する注意を、余った便箋の裏にほんの2、3分で描いた。現在出版されている小縮尺の地図には間違いが含まれ、存在しない水路が複数書きこまれていて、そのとおりに進もうとするとまる一日無駄になってしまうような代物だが、パニヤックの地図はそれよりもはるかに正確だった。

過去から今日にいたるまでずっと、あらゆる場所で、有能な先住民の道先案内人は西洋の探検家を導いている。生まれ持ったナビゲーションの能力に、コンパス、六分儀、時計などの道具を合わせればさらに優秀になるだろう。オーストラリアのアボリジニは記憶を頼りにスケッチや地図を描き、白人の探検家を何度も助けた。また、シベリア東部の部族は木に輪郭を描き、細かい特徴をトナカイの血で表すことによって心のなかの地図を再現する。それはきわめて正確で、探検家はその図を頼りに新しい発見をすることができた。

先住民はこのようにして、地理的な知識を白人にではなくたがいに伝えあうこともよくある。リチャード・I・ドッジ大佐の *Our Wild Indians* にはこれに関する記述がある。

老案内人のエスピノーサはわたしに平原で暮らすための知恵の初歩を教えてくれた人だが、彼がまだ少年でコマンチェ族の捕虜だったころ、若者たちが知らない国へ襲撃に行くときには、年長の男たちが出発の数日前に若者を集めて指示をする習わしがあったと語っていた。

全員が輪になってすわり、日数を表す刻み目が入れられた棒の束が取りだされた。刻み目がひとつ入った棒から始まり、年長の男は地面に指で初日の旅程を示すおおまかな地図を描いた。川やせせらぎ、丘、谷、峡谷、隠れた池などが、丁寧に描かれた目立つ目じるしで描き加えられた。全員がよく理解すると、翌日の行程を表す棒が同じように描かれ、それが最終日まで続く。また、19歳を年長とする、メキシコへ行ったことのない若者と少年の集団が、本拠地であるテキサス州のブレイディ・クリークを出発し、（直線距離で600キロを超す）メキシコのモンテレイを襲撃したという話も聞いた。そのときに頼りにしたのは、棒によって頭のなかに表され、刻みこまれた情報の記憶だけだった。

もちろん、この頭のなかの地図やそれに基づいて描かれた地図は先住民、つまり〝未開民族〟が旅の途中で行きあたる問題をすべて解決してくれるわけではない。知らない地域ではそれらはガイドの役目を果たさない。探検をするとき（〝未開〟民族は西洋の英雄にも比肩するすばらしい探検家だ）、大昔の人々は道に迷うことがないように方角を知る方法を生みだした。この方法は、あらゆる未開民族に同じように用いられていたようだ。ここに見られる体系性からも、本能的な力、つまり進路を導きだすための〝第六感〟が自分に備わっているという幻想を抱いていなかったことは明らかだ。

ギリシャ神話のなかで、テセウスは怪物を殺したあと、アリアドネからもらった糸を頼りに迷路のような洞窟から抜けだした。彼は自分の出発点、慣れ親しんだ場所にある避難所へと戻るための物理的手段を持っていた。未開民族が使っているのはこれと同じ「ホーム＝センター方式」だ。ただし、この場合は架空の糸が使われる。鳥などの野生動物は間違いなく、もちろん〝帰巣（ホーム）〟するための唯一の方法ではないにせよ、このホーム＝センター方式をかなり重要なものとして使っているだろう。

大昔の人類は食べ物を探して歩きながら、つねに住処（ホーム）に気を配り、自分の出発点との位置関係を確認するために何度も振りかえっていた。外へ出かけるたびに、より広い領域を知っていった。そして謎に包まれた未知の領域へと、決して糸を失うことなく、さらに遠くへと出ていった。

オーストラリアのアボリジニは、未知の領域で自分の位置を知る方法をこう表現している。「はじめは遠くまで行かない。ある程度の距離まで行って戻り、それから、別の方向へ行ってまた戻り、それからさらに別の方向へ行く。少しずつ状況がのみこめてくると、遠くまで迷わずに行けるようになる」

方向を知るこの単純で有効な方法を、より複雑な「セルフ＝センター方式」と比べてみよう。現代人はこの方法を使うとき、（どこにいるときも）自分を中心とみなしている。地平を東西南北に、あるいは現代のコンパスで円周を表す360度に分割する。複雑な計算を行い、コンパスも利用しているのに、しばしば道に迷う。立ち止まってコンパスの針を見るごとに、そのまえに同じことをした場所と自分のつながりは断ち切られる。こうしてあっさりと、現代人は出発点と自分を結びつける糸をなくしてしまうのだ。

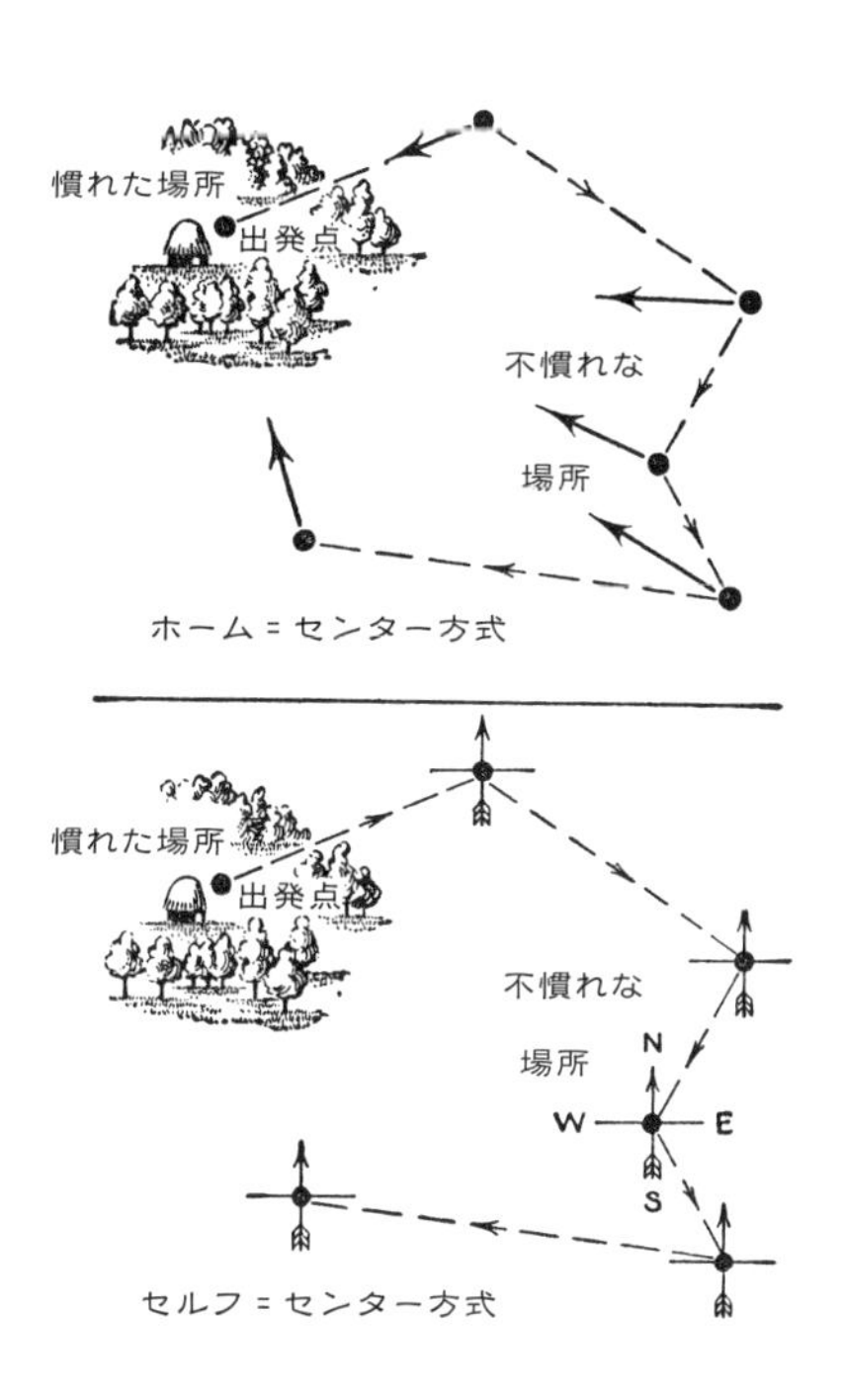

セルフ＝センター方式よりもいい方式は、出発点をホーム＝センター方式と結びつける方法だ。それを「地域参照方式」と呼ぶことにしよう。この方式では、方角を広い丘や川、海岸線、湖岸など、地域のなかで目立つものと関連づける。未開の民族には、この方法を使う人々もいる。ヨーロッパの探検家が出会ったグリーンランドのエスキモーは、この方法をもとにきわめて正確な地図を作成していた。面白いことに、ニューヨークのタクシー運転手が「アップタウン（南から北）、ダウンタウン（北から南）、クロスタウン（東西）」と言っているときにもこの方法を使っている。

ここから、白人の〝文明化された〟旅人は、頭のなかに地図を描き、ホーム＝センター方式を使うことによって、簡単に〝未開民族〟の驚異の力を取りいれられるという結論が導かれると思われるかもしれない。だがそうではない。文明が発展していくなかで、未開の民族にとっては生死を分けるほど重要だった、高度に発達した観察力は失われてしまったからだ。古代人は誰もがその力を持っていた。繰りかえすが、それは視覚、嗅覚、聴覚、触覚が鋭敏に生まれついていて、その点で現代人と本質的に異なっているからではなく、感覚を鍛え、発達させていたためだ。先住民は、これまでにごく少数の文明人しか達したことのないほどの観察力を備えていた。そうでなければ生き残れなかったからだ。現代人が同じくらい鋭い知覚を得るためには、特別なやりかたで相当の努力をしなければならない。

もちろん、知性の高いヨーロッパ人が先住民の道を探す方法を取りいれ、優秀な探検家になった例はある。１８７３年のネイチャー誌で、A・W・ハウイットはオーストラリアのアボリジニとの長年の経験に基づき、以下のような見解を述べている。

> わたしはこれまで、未開人にせよ〝従順な黒人〟にせよ、いろいろな場所で進むべき道を見つけるという点で、能力に違いはあるにせよ、白人の優秀な〝開拓者(ブッシュマン)〟とまるで性質の異なる能力を持ったアボリジニには会ったことがない。彼らの土地に関する知識は完全に地域に結びついたものだ。自らの部族や家族が暮らす地区については格別に詳しく、近隣の部族の土地に関してはおおまかな知識を持っている。それほどよく知っているのは、そこで生まれ、以来ずっとそこを歩きまわってきたためだ。

ハウイットが主張するように、白人は道を見つける技術で、追い抜くまではいかないまでも、先住民に肩を並べることはできる。わたしは読者から、謎めいた第六感である〝方向感覚〟が存在するという幻想を取りのぞきたいと思っている。これがつぎの章の主題だ。

3　第六感は存在するか

かつて書かれ、保存された古代の記録を調べれば、西洋文明以前の文明には「謎めいた方向感覚」といった考えはなかったことがわかる。当時の人々は多くの現代人とは異なり、そうした魔法のような力を人間や動物が持っているとは考えていなかった。むしろオリエントや古代の西洋で書かれたものには、人間が陸でも海でもたやすく迷子になってしまうといういたって現実的な認識がある。

進路を導きだす先住民の能力に関する誤解が一般的になったのは19世紀なかばのことで、元になったのは少数の探検家や宣教師の証言だった。もちろん、そうした旅行者すべてに責任があるわけではない。たとえばイエズス会の宣教師ジョセフ・ラフィトー神父は１７２４年にアメリカ先住民のイロコイ連盟について、彼らは深い森のなかで視覚を使った方法のみによって進むべき道を見つける、とはっきりと書いている。しかし神父ほどの探究心を持たない人々は謎めいた能力のためだと考えた。

べつのフランス人宣教師、フランソワ・ザビエル・ド・シャルルヴォア神父は、アメリカ先住民の道の見つけかたについてひどく誇張した、馬鹿げた理論を唱えた。ド・シャルルヴォアがアメリカ先住民とともに過ごした時間は5カ月にすぎない。ところが１７４４年に彼がパリで発表した見解では、ラフィトーがそれ以前に与えていた明確な説明を無視するどころか、事実をねじ曲げてしまった。

世界各地の先住民が持つ能力に関して同じような主張をし、虚偽を上塗りした探検家はほかにもいる。H・バートル・フレア卿は1857年のインド大反乱が起こる以前、インドのシンド〔現在のパキスタンにあたる〕地方の長官だったが、1870年にロンドンで、自らが副会長を務める王立地理協会で報告を発表した。フレアはなぜシンドの現地民が方向を見失わないのかという問題を解く鍵を与えようとし、果てしなく続く砂丘に吹く卓越風である南西のモンスーンのことを説明した。ところが、このいたって明白な説明では満足しなかったらしく、さらに謎を深めるような発言をしてしまった。

シンドの平坦な土地、とりわけカッチ大湿地においては、自然の目じるしや跡を見つけることはできず、優秀なガイドたちは完全にある種の本能に頼っているものと思われる。彼らは謎めいた科学を装うでもなく、自分の判断に関してなんら理由を述べることができない。それは犬や馬、その他の動物のような本能、過つことのない本能によるものであるようだ……。

どうやらバートル・フレアは当時の進化論に関する議論を知らなかったらしい。というのは、すでにチャールズ・ダーウィンと彼の仲間たちがこうした考えの誤りを示していたからだ。だがこの混乱に関しては、フォン・ヴランゲル〔(1796–1870) ロシアの探検家〕のシベリア探検について記憶を頼りに不正確な引用をしたダーウィンにも責任がある。1873年に、イギリスの科学雑誌ネイチャーは人間と動物の謎めいた方向感覚に関する報告を募った。バートル・フレア同様に、フォン・ヴランゲルも自分が経験した真のナビゲーションの方法について述べたが、その考えを結局「捨てて」しまった。彼は卓越風に沿ってできた雪の吹きだまりを記述し、同行しているコサックの御者が方向を見失わないことを賞賛した。その能力は一行のほかのシベリア人も持っていた。ところが、それに続けて彼はこう書いている。「彼らはある種のたしかな本能によって導かれているようだった」。ダーウィンはこれを誤って、彼らが実際にある種の本能によって導かれているものとして引用してしまった。のちに著述家たちはド・シャルルヴォアとバートル・フレア、そして誤読されたフォン・ヴラングゲルの証言を取りあげ、それについて大々的に記述した。それは19紀後半から20世紀に入ってからも長く西洋人の思考に広く行き渡り、先住民やさらにはヨーロッパ人のなかにも、本能的に方向を知る能力を持つ人々がいるのだと考えられていた。いまだに信じている人も多いのだが、わたしの考えでは、この理論は綿密に計画された科学的なテストに耐えうるものではない。

もちろん、第六感の存在を信じる人々の多くはナチュラル・ナビゲーションを信じている。彼らは「帰巣本能」とは極限状態においてのみ発揮されるものだと思っている。ここで、有名な南極探検家ダグラス・モーソン卿による極限状態でのナビゲーションに関する記述を確認しよう。

（1913年）1月12日、厚い吹きだまりと時速80キロメートルの風で36時間足止めを食う。13日の午後に視界が開けると、8キロほど吹きだまりで厚く覆われていた。とるべき経路については、サスツルギ（まっすぐ伸びる雪の吹きだまり）によって進むため心配ない。もし人が帰巣本能を持っているのなら、こうした状況でこそ露わになるだろう。(1)

そう、モーソンは第六感ではなく、サスツルギによって進路を選んでいたのだ。

第六感を信じる人の多くは、暗黙のうちに、目の見えない人々にはそれが備わっていると思っている。盲目の人が誰も人前に出てきて、この能力を発揮してみせたことがないという事実にもかかわらず、この思いこみはなくならない。だがもし、すべての目の見えない人々のなかでただひとりでも、自分は第六感に導かれていて、通常の感覚は使っていないと証明することができたなら、全世界に知れ渡っているはずだ。

もちろん、目を使わなくても通り道の障害物を避け、進んでいけるということを実感するのはむずかしい。この問題には科学者も悩まされており、それに関する実験は、少なくとも１７４９年から行われている。その年、D・ディドロは「ある盲目の知人に備わった、物体があることばかりか、その自分との正確な距離も判断できる驚くべき能力」に興味を抱いた。ディドロの結論は、被験者は物体の近さを顔面の神経への感覚が大きくなることで判断している、というものだった。これは当時の著述家たちを満足させたようで、ディドロはほかの研究者からも1世紀にわたって支持された。研究者のひとりは、目の見えない人々は頬を〝感覚器〟として使うのだと主張し、またある研究者はこの能力に「顔面知覚（ペルケプティオ・ファキアーリス）」と名づけた。

１９０５年、エミール・ジャヴァルが「第六感」という言葉を生みだした。彼はそれが盲目の人にあ

(1) Sir Douglas Mawson, *The Home of the Blizzard*, London, ©1915.

るとし、触覚に似たもので、「エーテルの波」によって引き起こされると考えた。あるいはそれを、磁気や電気、振動、そして潜在意識などによって説明しようとした研究者もいた。そこにはただ混乱だけがあった。この不思議な感覚を信じる者は通常の感覚しかないと考える者と議論をし、しかもその両陣営の内部でも意見は一致しなかった。誰もが自らの理論を証明する実験を行うことができると考えていた。理論が実験を支配し、その方向性をほとんど決めていた。だが、偏見のない解釈が可能になるのは、実験が理論を方向づけているときのみだ。ほとんどの解釈は偏見でゆがめられていた。

この半世紀前の論争のなかから、正しい方向へ向かう少数が現れた。1904年、T・ヘラーは実験により「何かに近づいているという感覚はなんらかの特別な接触や皮膚の特定の部分への刺激に基づいているわけではない」と結論を下し、「自分（盲人）の足音が変化したことに気づくと、彼は顔面にかかる圧力にとくに注意する。もし特徴的な感覚が表れたら、通り道に障害物があると判断し、程よいタイミングで脇によける」と述べた。

F・B・ドレスラーは目の見えない人々に対し、ヘラーの理論を修正するさらなる実験を行い、「その判断は音の違いによってなされる」と主張した。このふたりの研究によって事実が完全に解きあかされたわけではないが、その結論はこの問題に対する論理的な答えをもたらす基礎となった。1907年に、L・トルーシェルは、人が障害物に近づくとき、足音は音程が徐々に高くなると述べている。ピエール・ヴィレーもまた聴覚に注目した。調査のなかで彼は、目の見えない状況に置かれた兵士への聞きとりを行ったが、そのうち25パーセントが耳によって、25パーセントが触れることで、50パーセントがそのふたつの組みあわせで障害物に気づくと考えていた。ヴィレーは聴覚と触覚の両方が使われており、さらにそのふたつを組みあわせることが障害物を避ける能力を高めると結論づけた。これこそが本当の答えだったのだが、ほかの研究者はそれを信じなかった。そして多くは実験を続け、空想的で非論理的な理論を生みだし、人々を真理から遠ざけてしまった。盲目の人自身が自分の用いている感覚を説明することの難しさのため、問題は簡単に解決しなかった。

1944年に、マイケル・スーパ、ミルトン・コツィン、カール・M・ダレンバックという三人のアメリカ人研究者が大量の実験結果をアメリカン・ジャーナル・オブ・サイコロジー誌に発表した。実験は徹底的なもので、ここで詳細を述べるには膨大すぎるが、盲人による障害物の知覚に関する研究の「理論と実験結果の乖離を解決」しようとするものだった。そこから得られた結論によって、問題は完全に明確になり、混乱は収まった。

三人の研究者は、広い講堂でまったく目の見えない多数の学生をテストし、通り道にある障害物まで歩いてきたときの反応を観察した。また、その学生たちに、どの距離でその存在を感じたかも質問した。

結論の最後のまとめで、彼らは空気や音波による理論、あるいは皮膚の露出した部分が受ける「障害物感覚」による圧力の理論を排除した。彼らは学生の耳をふさぐという単純な方法によって、聴覚が使われていることを確認した。耳をふさがれると、学生たちはみな障害物にぶつかった。ある学生は事前に、自分の判断は「顔への圧力」によっていて、音は重要ではないと主張していた。ところが耳をふさがれると、まるで自信を失い、「感覚がいっさいなくなってしまった」と述べた。彼は身体の前で手を不安げに組んで前進した。「自分はかつて顔にかかる圧力の幕があると言っていたが、それは空想に過ぎなかった」と述べた学生もいた。

スーパ、コツィン、ダレンバックの三人によれば、とりわけ障害物を知覚することが上手なある学生は、障害物が間近になると絨毯が張りつめることからヒントを得ているが、一般には、盲人が障害物を避けるうえで触覚が果たしている役割は小さかった。いくつもの実験のすえ、盲目の学生たちと調査をした科学者たちは完全に見解が一致した。盲人による障害物の知覚は、ときに触覚の補助を受け、聴覚を使うことで行われるものである。そして同じ、あるいは類似した実験が世界中の科学者によって何度も繰りかえされ、その結果が確認された。

盲人には本能的な力があるのではなく、生まれつきの感覚が高度に発達しているのだとわかったことは、盲人たち自身にとって非常に有益なことだった。彼らが障害物の位置を知るための器具が作られるようになったためだ。それまで長く、不毛な論争のせいで、そうした発明は遅れてしまっていた。イギリスとアメリカでは近ごろ、人の前方へ超音波を送る機材の開発が盛んに行われている。またアメリカでは、屈折した光線が笛の音に変換され、それが使い手の耳元で1秒ごとに鳴り、障害物との距離の情報を伝える機材も作られている。こうした発明品はいずれもまだ製作されはじめたばかりだが、日々実際に使われることで間違いなく改良されるだろう。それは盲人たちが〝第六感〟で判断しているのではないという目に見える証拠だ。

4　円を描いて歩く

道に迷った人々が円を描いて移動するのはなぜかという点に関して、これまで多くの理論が提示されてきた。なかにはあまり論理的でなく、謎めいたものに影響されているのだとする説もある。だが、謎は必要ない。人が（迷ったときもそうでないときも）円を描いて歩くことにはいくつかの理由があり、そのどれもがごく単純なものだ。

そのおもな理由を知るためには、ミロのヴィーナス像を観察すればいい。人間の完全なる美を表したこの由緒ある像は、左右対称ではない。顔は左半分のほうが大きい。それはほとんどの右利きの人と共通した特徴だ。右目のほうが位置が低く、左右の鼻の穴の仕切りは顔の中央線よりも左にある。ミロのヴィーナスの彫刻に制作上のミスはない。人は誰しも、身体が左右で不均衡なのだ。98パーセントの人は右利きに生まれ、通常右腕のほうが長くなり、腕まわりも厚みも重さも左腕を上回り、右肩は左よりも1センチ半から3センチ近くも低くなることがある。右手への信号は左脳から来るため、原則として右利きの人の左脳は右脳よりも大きく、そのため頭蓋腔も左側のほうが大きい。

解剖学的に、わたしたちはみな左右の釣り合いがとれていないのだ。

右利き、あるいは左利きであることは船を漕いだり泳いだりするのにそれぞれ異なる影響を与える。右利きの人が泳ぐと、右腕のほうが長く、力も強いため、視覚的な助けがなければ右へ逸れていく。右利きの人が船尾に身体を向けて船を漕ぐと、その船は前方の右側へと進んでいく。右利きの人はたいてい右手が左手よりも大きいということは、手袋製造業の記録も示しているとおりだ。

生まれつき両利きの人というのは、一般的な考えとは異なり、どうやらいないようだ。両利きは、生まれつきではなくあとから獲得されるものだ。多くの人、とりわけスポーツなどの競技に真剣に取り組んでいる人は、練習によって利き腕でないほうを利き腕と同じくらい器用に動かせるようになるが、それでもやはり利き腕のほうがよく使うものだし、それは間違いなく遺伝によるものだ。偶然にも、類人猿はほかの点では人間に近いのだが、この原則にはあてはまらない。類人猿は生まれつき両利きで、左右どちらの手足も訓練しなくても同じように上手に操ることができる。

心理学者によれば、もともと左利きの人に右手をうまく使えるようになることを勧めるのはいいことだが、本来の利き手をまったく使わないよう強いるのはよくない。そのせいで葛藤が生じ、状況によっては吃音を生じることもある。おそらく、運動を司る脳の部位が近くにある言語中枢に影響するためだろう。

右利きや左利きの影響は腕や肩、頭だけに留まるもので、わたしたちの知るかぎり、それ以外の身体の部分が左右対称でないこととは関係がないように思われる。だが身体全体が非対称であることは疑問の余地がなく、2本の脚の長さが寸分たがわず同じだという人はほとんどいない。この違いはもちろん、歩くときにどちらの方向に逸れていくかを判断するうえでとても重要だ。そして一般的には、それぞれの人はいつも同じ方向へ逸れる。さらに、この逸れかたは右利きか左利きかとはほとんど関係がないようだ。

スカウト運動の創始者として有名なベーデン゠パウエルは、スカウトに対して霧のなかでは円形に歩いてしまう危険を語っていた。かつてスコットランドの山のなかで、彼は信頼できる登山家と行動を共にしていた。しばらくして、ベーデン゠パウエルは登山家に風が変わったと忠告した。出発したときには左手から吹いていたのだが、それが右からに変わったのだ。ところが登山家は、その後風が背中から吹いてきたにもかかわらず、自分たちは正しい方向へ進んでいると言い張った。彼らはやがて、きれいな円を描いて出発点に戻ってしまった。ベーデン゠パウエルは人が円を描いて歩く習性のことは知っていたが、その理由や、人それぞれに一貫して同じ方向へ逸れる傾向があることには気づいていなかったらしい。この一貫性については、実地で訓練を行う軍事専門家も現在にいたるまで見落としている。1897年にはすでに、ドイツの研究者マッハが、夜間や吹雪のなか大規模な部隊が行軍すると、円を描いて出発点へ戻ってしまうことを指摘していたのだが。それでも軍の実地訓練において、それぞれの兵士がどの方向へどの程度逸れるかを調べることは有用だろう。軍事演習に参加することで自分がどれだけ道を逸れるかを知っていれば、実際の戦争のさなか、暗闇や視界が失われた状況で大いに価値を発揮するだろう。

逸脱の傾向を自分で調べるのは比較的簡単だ。雪で覆われた野原や、小さなものまで障害物の何もない砂浜など、広い開けた場所で目隠しをして歩くだけでいい。直線から逸れた足跡はしっかりと残っているから、それを見て、測り、評価しておけば、やがて相殺するために使えるだろう。このテストは、逸脱の程度や方向を観察し、障害物にぶつかるのを防いでくれる友人がいれば、大きな講堂でも行うことができる。

わたしの知るかぎり、円を描く動きの一貫性に関する、記録が残された最初のテストはノルウェーの科学者、F・O・グルベリが1896年に行ったものだ。彼の報告によると、進む速度が速いほど逸脱は大きく、人間だけでなく動物の場合でも、身体の非対称性とのあいだに相関関係が見られた。

ところが不思議なことに、逸脱に関するこのごく自然な説明を無視し、ほとんどありえないような原因を重視して、いたって可能性の高い仮説、つまり直線から逸れる人間の脚の長さの違いを考慮しない科学者もいる。よく引用される権威、カンザス大学の（*Spiral Movement in Man*〔『人間の螺旋運動』〕の著者）シェーファー教授はすべての生き物は脳のなかに螺旋を描く作用があり、構造的な差異ではなくこれが逸脱の原因だとしている。脚の長さのはっきりとした違いと逸脱の関係は明らかであるにもかかわらず、彼はその説にしがみついている。

この問題に関する包括的な実験を行ったのはバックネル大学のフレデリック・H・ルンド教授だった。125人の学生に対して3542回の実験を行い、脚の長さの違いが大きいほど、道を逸れる度合いも大きいことがわかった。脚の長さの違いと歩いているときの逸脱の度合いのあいだには、80パーセントの学生で充分な相関関係が見られた。彼のテストではまた、同じ学生は何度も一貫して逸れること、さらに同じ学生が後ろ向きに歩くと一貫して反対側に逸れることもわかった。それにあてはまらなかった20パーセントの場合には、短いほうの脚には強くはずみをつけて相殺することでまっすぐ進む学生もいた。おそらくルンドの発見で最も興味深いのは、学生のうち55パーセントが右に逸れ、45パーセントが左に逸れたことだろう。これは、右利きか左利きかが実際にはほとんど逸脱と無関係だということを意味する。左利きの人はわずか2パーセントしかいないのだから。

さらなる実験結果から、脚の長さの違いが大きいほど、大きく逸脱することが判明した。興味深いことに、1913年に目隠しをした男子と女子に対して行われた実験によると、男子の逸脱は5・7度だったのに対し、女子は10・8度だった。これは1951年にカール・サンドストロムによって再確認された。

事実上、ほぼすべての人はまっすぐ歩くことができない。ほとんどの人は、完全に目隠しをされて歩くと30分ほどで円を描く。あるいは逸れるのがもっとゆっくりで、円を完成させるのに1時間から6時間もかかる人もいる。まっすぐ歩きつづけることができる人はまずいない。被験者が前かがみになっていると、逸脱は大きくなる。前へ歩きながら片側へ頭を向けると、その逆方向へ逸れていく。片側を向きながら後ろへ歩くと、顔の向きに逸れる。頭を片方の肩にもたせると、顔を傾けている方向へ逸れる。

脚の長さという身体的な違いは、ほとんどの場合で直線から逸脱する最大の原因だが、ほかに少なくともふたつ、ひとつは身体的、ひとつは心理的な原因がある。このうち身体的な理由を理解するには、ある簡単なテストを行ってみればいい。

両目をともに開けたまま、人差し指を掲げ、腕をまっすぐ伸ばして自分の目の前にある物に合わせよう。左目をつぶる。もし指がその物とのあいだから動かないなら、右目が利き目で、見るときに使っている目だ（ただし、必ずしも〝視力がいい〟ほうの目とはかぎらない）。では右目をつぶってみよう。もし右が利き目なら、指が物の右側に飛んだように見えるだろう。だが左が利き目なら、物とのあいだで動かない。

利き目は誰にでもあるのだが、多くの人はそのことに気づいていない。野外では、人はまっすぐ歩くために、自分からあまり離れていないふたつの物を一列に並べて見る。そのとき両目を開けているけれども、ふたつの物は片目に対してしかまっすぐに並んでいないのだ。これが、影響は小さいものの、まっすぐ歩くことができなくなるもうひとつの原因だ。

また、ほかにも些細な原因として、肩に担ぐ荷物のせいでバランスが崩れることや、時間の長さにかかわらず、重いものやつるはし、ロープなどを片手で持つことも挙げられる。ふだんのバランスを崩すようなその他の物理的要因も同様だ。

人にはわたしが「刺激の方向」と呼ぶものから遠ざかろうとする傾向がある。風や雨、雪、砂嵐があると、人は道から外れることがある。言うまでもなく、その力から顔を背けようとし、足取りも反対側へ逸れていく。右側から強い日光が当たっている場合も、やはり無意識に左へ寄っていく。丘で平坦な道を通ろうとしているときは、意識せず最も抵抗の少ない場所を進み、徐々に下っていく。

だがそうした身体の構造とバランス、「刺激物」による逸脱のほかに、強い精神的影響によるものを過小評価してはならない。被験者は前方の刺激物に遭遇すると道を逸れるが、その逸脱は心理的な好みに支配されている。人間の根底には、右をより好む傾向がある。それは遺伝か、古い伝統（あるいはその両方）によって引き継がれ、影響を与えているが、それに気づいている人は少ない。こうした好みが最も明確に現れるのは、移動中、単純な障害物に突きあたったときだ。人は一方向にそれを避ける傾向があり、その結果少しずつ右への逸脱が蓄積し、長い旅のあいだにはかなり大きく逸れることになる。

左よりも右を好む傾向はとても強く、選択するとき、それ以外に影響を与えるものがない場合は、人はほとんど決まって右を選ぶ。「右（right）」という言葉そのものもそれを助長する。右手は幸せな、強い、すばやい、そして賢明な手なのだ。世界中のほとんどの民族で、軍隊と道具は圧倒的に「右」に支配されている。賓客は違いをきわだたせるためにもてなす主人の右側に位置し、それ以外の客人はそれぞれの社会的地位による格付けによって左右に並ぶ。古代の戦闘では、右手で持つのが槍で、力で劣る左手で構えるのが防御のための盾だった。右は名誉ある側で、左はその貧弱な従兄弟だった。右手は忠節の手であり、法律に則って宣誓をし、条約を有効にする手だった。右手を結びつけることが結婚を神聖なものにした。

研究者のR・エルツはこの影響を以下のようにまとめている。

> 世界の端から端まで、信心深い者が神と出会う聖なる場所でもまた邪悪なる契約が交わされる呪われた場所でも、王座でも証人台でも、戦場でも平和な機織りの仕事場でも、どこにでも両手の性質を司る法則がある。俗は聖と交わることは許されず、左は右の領域を侵すことはできない。悪い手のみでなされる活動は不法か例外にすぎない。なぜなら俗が聖を、死が生を凌ぐことがあれば、人間とあらゆるものの終わりだからだ。右手の優越はよき創造を支配しつつ保護する秩序の結果にして、必要条件である。(1)

（1）“La prééminence de la main droite”, *Reveu Philosophique*, 2, 1909.

左より右が好まれる傾向はスイス・アルプスではとりわけ顕著だ。ここでは重要な古い峠はほとんど山々の右側にある。ゴッタルド峠、グリムゼル峠、フルカ峠、サンベルナルディーノ峠、シュプリューゲン峠、ユリア峠、アルブラ峠、ブレンナー峠など。さらに、こうした古い道のまわりに広がる平地にも、いずれも同じように右を好む傾向があり、もっと小さな山道も、可能な場所では右側の斜面を通っている。

チャールズ・ウィドマーはスイスの山岳雑誌で、なぜ左より右が好まれるのかという疑問について興味深い記事を書いている。彼は人がひとりでいて、急に決めなければならなくなると、完全にどちらを選んでもいい状況では決して左を選ぶことはないとまで述べている。ウィドマーはこの奇妙な性質を、スキーリゾートのスキーヤーを写した大量の画像を使うという面白く、いたって実際的な方法で確かめている。とはいえ、スキーヤーの前に急に障害物を置いてルールに従うかを見るといったことをするまでもない。ほとんどの人は、自宅でそれをもっと間近に見ることができる。あるいは、入り口がふたつ並んでいる公共の場所ならどこでもかまわない。さらに、このルールの作用はとても重要なため、この研究結果に従って美術館の展示の順番の設計において特別な配置が行われるようになっている。展示室や画廊の入り口に来ると、人は左よりも右に曲がることを選ぶ。たとえばニューヨーク万国博覧会を観察すると、入場者の多数はふたつの方向を選べる場合、右に曲がっていた。

何かに刺激を受けたり、通り道に障害物が現れたときに右へ向かおうとするこの明らかな傾向から学べるのは、ごく単純なことだ。つねにこの影響を念頭に置き、障害物を意識して左右交互に避けるようにすればいい。

まとめると、目じるしに頼らずまっすぐに進むときには、以下のような逸脱のおもな原因に陥らないよう注意し、それによる間違いを予測し、修正する必要がある。

1　泳ぐとき、右利きの人は左に、船を漕ぐときは右に逸れる。それは利き腕のほうがより長く、力が強いためだ。

2　歩くときにはほとんどの人が一方向へ一貫して逸れる。右に逸れるか左に逸れるかはほぼ拮抗している（55パーセントが右へ、45パーセントが左へ逸れる）。多くの場合、その原因は両脚の長さの違いだ。それぞれが実験することで測定し、それによって修正することができる。

3　風や雨、または日光などの刺激によって人は意図した経路から逸脱する傾向がある。

4　予定した経路を進んでいるときに障害物が現れたり刺激を受けた場合には、歩行者はほぼかならず右に避ける。

5　まっすぐに歩く

直線の定義は、2点を結ぶ最短距離だ。これは空間については正しい。ところが道のない場所を進む旅では（飛行機での旅や砂漠などを除いて）、2点間の最短距離は最も早く、簡単に到達できる経路を意味する。出発点と目的地を直接結ぶ理想的な経路にはほとんどお目にかからない。ふつう最も無駄のない経路には、状況から冷静に計算されたまわり道が含まれている。それぞれのまわり道を定めるには、距離や、もとの場所と目的地との位置関係を把握しなければならない。そしてその計算は、記憶する訓練ができていない場合は紙に書きとめる必要がある。あえてまわり道をするときはかならず、なるべくまっすぐにすべきだ。海のナビゲーターなら誰もが知っており、陸のナビゲーターにもすぐにわかるように、曲線を記録するのはとてもむずかしいためだ。

どの地域にも独自の構造と地形がある。雪に覆われた山岳地方にも、深い森や洪水が多い沖積平野と同じように方向を示す一貫した自然のしるしがある。鋭い観察力を持ち、これから旅をするのとよく似た地域での経験があれば、はじめての場所でもまっすぐに歩くことができる。そのような人はそれぞれの木や岩、丘陵や小川の経路から安易に一般化しない。そこに示されている平均的な（あるいは一致した）特徴をふまえて、その地方の〝性質〟を感じとり、まわり道を計画して目的地への経路を見つける。はじめはもちろん――これは木のない見晴らしのいい地方のことだが――遠くにある目じるしを選び、それに合わせて、あるいはそれによって考える必要がある。ふたつの目じるしを見つけて線で結びつけたり、振り返って同じことをするのはごく初歩的な行動だ。背後の目じるしは前方の目じるしに劣らず重要で、もし自然の目じるしが背後にないなら、自分で作ってしまえばいい。R・F・スコットの南極探検のとき、自然の目じるしがほとんどなかったため、T・グリフィス・テイラーは一本の棒の折れた先端を利用した。アザラシの皮をつけて旗にし、黒い煤を塗った。この知恵はのちに活きた。手作りの目じるしは何キロも進んだ先からでも見え、花崗岩の崖にある大きな亀裂という自然の目じるしと結びつけることができた。これは復路でとても役に立ち、湾の8キロ先にある崖の亀裂と一直線になってすばらしい目じるしになった。

森のなかで長距離の目じるしを設置するのはもっとむずかしい。だが先住民の猟師はみな、古くからの信頼できる方法でトレイルを拓き、枝を折り、斧やナイフで木にしるしをつける。森のトレイルで最良のしるしは、幹の表にひとつ、裏にふたつ切り込みを入れることだ。裏のものは、同じ経路をたどって戻るときに重要になる。表のものは、遭難したときに救助隊の助けになる。また、曲がるときには枝を折るという昔ながらのやりかたを守れば、さらに救助隊の役に立つ。

アメリカ合衆国東部の先住民の部族は道に目じるしをつけるとても効果的な方法を工夫していた。それは道の方向に木を変形させることだ。ひとつには、若木の枝を数十センチほど水平に引っぱり、蔓で結ぶ方法がある。時間が経つと、枝は結ばれた場所から垂直に伸びていく。また若木の梢を曲げ、それ

アメリカ先住民のトレイルの目じるし２種類

を地面に埋める方法もある。するとそこから新しい芽が垂直に成長する（上図を参照）。このような、永続的な生きた道路標識の多くは、先住民が日常的に使う分かれ道や重要なまわり道を示しており、今日まで残っている。イリノイ州ハイランドパークやミシシッピ川流域、ペンシルヴェニア州クレスグヴィルでは史跡として保存されている。

森のトレイル開拓は、もちろん慎重に行われなければならない。木に不必要な傷やずっと残る傷を与えたいとは誰も思わない。国立公園でこうした目じるしを作ることは明らかに間違っているが、進路を導きだすことが生死を分ける深い森のなかでは正確に道を拓くことが必要だ。深い森のトレイル開拓者は、自分が開拓したトレイルを高い木に登って頻繁に確認し、遠くの目じるしの位置を確認しなければならない。

生き物をいっさい傷つけることなくトレイルに目じるしをつける、ペーパーチェイスという方法がある。タスマニア島に住んでいた子供時代、〔この方法を使った、「ウサギと猟犬（Hare and Hounds）」と呼ばれる〕クロスカントリーのゲームは人気のスポーツだった。「ウサギ」の少年は袋に詰めた紙を肩に担ぎ、追いかけてくる「猟犬」のために道の途中であちこちに数枚を落としていく。遊びではない旅なら、紙を落とした者自身がそのトレイルをたどって帰ることになる場合もあるだろう。目じるしや木につけた跡を利用しにくい、困難な山野を旅する場合は、雪の上に小石や赤い紙を、砂の上に小石や黒い紙を置いてもいい。ペーパーチェイスは流れの穏やかな水面でも行うことができる。ブリティッシュ・コロンビア州の海岸沿いの静かな入り江では、先住民が釣りをするさいにヒマラヤスギの屑をボートから撒き、霧が濃いときには経路の目じるしにしていた。

トレイルの目じるしを自分で作るときには、独創性を発揮し、新しい工夫をする余地が大きい。オーストラリアでは、アボリジニは平野でスピニフェックスという植物を燃やし、たき火の煙を一直線に並べる。その先へとまっすぐ進みながら、彼らはときどき振りかえって進路を確認する。燃えると緑色になるスピニフェックスはオーストラリア中央部の、植物がまだらな平野で見つかる。この方法には慎重さが欠かせず、また火が広がる危険があるときには決して燃やしてはならない。旅人に必要なのは炎ではなく煙で、また誰であれ、半乾燥地帯のわずかな茂みが減ってしまうことを望んではいないはずだ。

トレイルに目じるしをつけ、後方から一直線で結ぶための最も単純な方法のひとつは石塚を使うことだ。周囲を調べ、まわりの自然の形態からはっきり区別できるように岩を積まなければならない。世界には方角を知る方法は石塚しかないという地方もあるし、それがなんらかの形で使われていない地方はほとんどない。もちろん石塚は雪や氷で作ることもできる。目じるしになるものが何もないまま何週間も単調な旅が続く広大な南極で、人跡未踏の地を探検していた人々にとって、そうした石塚は欠かせないものだった。R・F・スコットは南極への最後の悲劇的な探検の日記でこう書いている。「もし陸地の目じるしを頼りにしていたら、旅は失敗していただろう。石塚を使った方法こそが、この広い雪原で

三つのたき火の煙を使うオーストラリアのキャラバン

の旅の計画として考えうる最善のやりかただったことは明らかだ」

そしてスコットはそのあとの部分で、積みあがった自前の目じるしが往路にあったことが南極点から帰還する隊員たちを勇気づけたと書いている。

1912年2月23日木曜日。データはあまりに乏しく、外へ出て進む必要が大いにあるようだったが、誰もそれを喜んでいなかった。ところがちょうど昼食を食べることにしたとき、バワーズのすばらしく鋭い目がかつて昼食のときに積んだ二連の石塚（往路に建てた、大きな雪の塚）を探しあて、セオドライトによって確認されると、おかげで士気が高まった。この日の午後には歩を進め、もうひとつ石塚を見つけた。さらに進み、デポからわずか4キロメートルの地点に野営した。デポは見えなかったが、好天ならはっきりと見えただろう。そのことに大いに救われた。7時間で13・2キロということは、この路面でも16キロから19キロは進めるということだ。石塚の列に戻ったことで状況はふたたび好転した。まっすぐに帰路をたどっていることを願う。[1]

後年行われた、リチャード・E・バード少将による南極探検でも、人工のしるしを積みあげる同様の方法がとられた。バードの探検では雪の塚ではなく棒に結びつけられたオレンジ色の旗を使い、それを

（1）　Robert Falcon Scott, *The Journals of Captain R. F. Scott* (ed. Leonard Huxley), Vol.1 of Scott's Last Expedition, London, ©1913.

4分の1マイル（400メートル）間隔で食糧と燃料を備蓄したデポの東西に一列に並べることでトレイルの目じるしにした。こうして立てられた旗には4本に1本に対し、1番から始めて、両側にデポを離れるほど大きな番号が振られた。東に立てられた旗にはEの文字がつけられた。W2とつけられた旗はデポから西に8本目、つまり2マイル（3・2キロ）西側の旗を表す。バードの地上部隊は南極への320キロの旅で、トレイルとデポの目じるしをつけるこの方法をとった。

目じるしの少ない見晴らしのいい地域を何人かの団体で旅する場合、一列縦隊で進むことで、集団そのものを目じるしに、あるいは少なくとも方角の目安とすることができる。そうした集団はリーダーに盲目的に従うことはないし、またどんな集団もそうすべきではない。リーダーといえども、部下たちと同じように直線的に進むことから逸れてしまう物理的な影響にさらされていることを忘れてはならない。長い一列縦隊では、リーダーが逸れるのが最後尾からたやすく見てとれる。

アルプス山脈ではこの方法がしばしば使われるが、経験豊富なガイドでも、たがいにロープで結ばれたパーティがまっすぐに進めるよう直線を維持できることはほとんどない。人の列がいつの間にか曲がっていることに気づき、リーダーを導くのは最後方のメンバーだ。こうした確認そのものにも間違いがないわけではなく、定期的にコンパスで確かめる必要がある。だが、これこそがコンパス本来の使いかただ。時間を置いて見るものであって、ずっと確認しつづけるものではない。それは吹雪のなかでも好天でも同じように働く。歩いているときにはコンパスは揺れるため、それを読みとっているあいだは全体が立ち止まる必要があるが、この方法ならば速度を落とさなくてもよい。

R・H・カーンはパーティが一列縦隊で進む技術を身をもって経験している。自分が参加した山岳ガイドのグループで、悪天候であまり遠くまで見渡せない状況でこの方法を使ったときのことをある科学雑誌で書いている。オーストリア西部に聳える美しいグロースグルックナー山のパステルツ氷河の氷原を旅していたときだった。この地方の山岳ガイドには昔から、雪や霧のなかで旅するさい、人と人をロープで鎖のようにつなぐという方法が伝わっていた。先頭のガイドは自分の計算した進行方向へ進み、そこから逸れないようにする。最後方のガイドはゆっくり動く人の柱を見渡し、直線から逸れた場合には修正する。これは先頭のガイドひとりでできることではないと、ガイド全員が、そして本人も知っている。カーンも、リーダーがいつも右に弧を描いて逸れていく傾向があることをすぐに見てとった。最後方のガイドはつねに声を出し、先頭のガイドの方向を修正した。リーダー自身も右に逸れる傾向があることは気づいていたが、自分では修正できず、後方の人に自分がまっすぐ歩けるよう見ているよう要求して、というより、それに頼っていた。

北極や南極で旅の方法として最もよく使われる犬ぞりは、目的地のほうを向け、まっすぐに進んでいるか確認できるだけの長さがある。先頭の犬からそりまではおよそ15メートルで、それだけあれば遠くの目じるしにそりを向けたり、その地方に特有の雪の吹きだまりに対して一定の角度で進むための基準になる。ただしかなり濃い霧やブリザードのときには15メートル先が見えない。こうした状況では、そこで止まり、雪洞を掘って天候がよくなるのを待つことが多い。だが丘や山で、三人以上のパーティが霧に包まれたり、光が乏しく周囲が見えなくなったとき、食糧やシェルターがあることはあまりない。そのため否応なく進むことになる。隊列は視界に収まるぎりぎりまで伸び、それも白い布やハンカチを頭の後ろや背中につけているおかげでどうにか見える程度だ。暗闇や霧のなかでは視覚的なしるしよりも声を上げるほうがよく、よく音の通る笛は声よりも聞こえやすい。どの登山パーティのどのメンバーも、かならず笛を持つべきだ。

この章で扱っているのは、進むべきまっすぐな道を見つけることではなく、まっすぐな道から逸れずに進むことだ。だがもちろん、ときおりパーティのおおまかな進行方向を（すでに述べたように）コンパスだけでなく、雲（その動きは速いほうがいい）から判断した風向き、太陽と影、月と星などで確認することが大切だ。これらの基礎的なナビゲーション方法はあとの章で説明する。だが基礎的な方法のほかに、ここで述べるに値する直線を用いたナビゲーション方法がある。それは意図的に間違える、つまり最終的な目標から逸れた場所を（旅の状況が許せば）あえて目指す方法だ。

飛行機に乗っていたころ、わたしはこの単純な方法で成功したことがある。それを使ったのはワイリー・ポストと1931年に行った世界一周旅行で、地図の参照にする目立った特徴がない地方を通ったときだった。シベリア東部で、およそ1800キロメートルの「区間（レグ）」を飛行し、アムール川の岸にある小飛行場で燃料を補給するためにイルクーツクから出発した。この区間の後半の数百キロは、草が生い茂り、町も、道路もない満州北部の上を越えるが、土地にほとんど特徴がなかった。薄暗くなるまえには着陸できそうにないことと、飛行場には照明がないことはわかっていた。それを探して時間を無駄にするだけの余裕はなかった。そこでわたしはあえて、アムール川の目的地の16キロ左の地点へとコースをとった。そして川に到達すると、ワイリー・ポストに右に曲がるよう指示した。川の曲がった先に、飛行場があった。着いたのは、ちょうど着陸するだけの明るさが残っているときだった。ワイリー・ポストは、あとで説明するとようやく、なぜわたしが確信を持って右に曲がるよう指示したのかを理解し

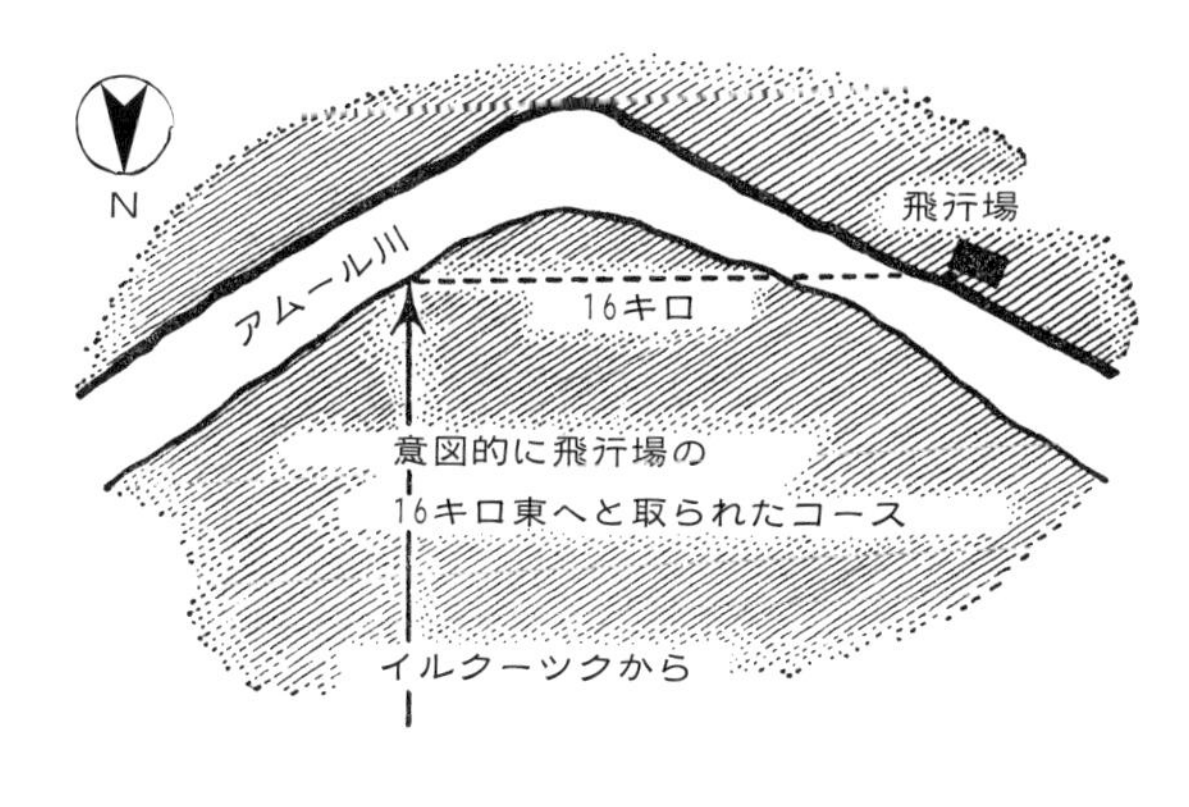

た。飛行経路には最後のチェックポイントがなく、地図は信頼できなかった。もし直接飛行場を目指していて、アムール川に到達したものの目的地を見つけられなかったら、間違った方角へ曲がっているうちに日が沈んでしまっていたかもしれない。

もちろんこの方法で経路を探すのは、目的地の状況が特殊な場合にかぎられる。目的地が川や山脈、海岸など、なんらかの線の上にあることが必要だ。だがこの方法の利点は、そうした線上にありさえすれば、その線に達するのにとくに目じるしはなくてもいいという点だ。

計算された意図的な間違いの価値はこうした点にある。この単純な方法を使えば、自分が望む目的地に通じる線上に到達したときに、（ひどい計算違いをしていないかぎり）どちらへ曲がるべきかを考える必要がない。このように意識的に離れた場所を目指せば、無意識の逸脱はその範囲に収まってしまう。わざと目標の右か左にずれた場所を目標にすることで、こうした不確実性をなくしてたしかに目的地へ着くことができる。

6　耳を使う

数年前、有名な旅行家、探検家のF・スペンサー・チャップマンはグリーンランドの東海岸をエスキモーの猟師の一団とカヤックで進んでいた。海岸には氷はなく、強いうねりのなか、波は海岸に音を立てて打ちつけていた。そのため急に濃い霧に包まれ、視界が数メートルにかぎられてしまっても、一団は海岸の音を難なく聞きとることができた。彼らの村からは距離があったため、チャップマンは村があるフィヨルドの狭い入り口をどうやって見つけるのかと真剣に心配した。ところが彼によれば、「エスキモーたちはいたって落ち着いていた（中略）それどころか彼らは昔から伝わる歌をつぎからつぎに歌い、ときどきは純粋な楽しみのために銛を投げていた」

1時間も櫂を漕ぎつづけたとき、ようやく猟師のリーダーは突然海岸へ向きを変え、狭い入り口へ完璧な正確さで入っていった。どうやってそれほど的確な経路がとれたのかについて、チャップマンが理解するまでには時間がかかった。そのあと自分で観察して、ようやくそのやりかたに納得した。それは単純なものだった。「海岸に沿ってずっとユキホオジロの巣があり、それぞれのオスが（中略）自分の縄張りを目立つ岩の上で歌うことで主張していたのだ。オスのユキホオジロはそれぞれ少しずつ歌がちがい、個々の歌を識別していたエスキモーたちは、自分たちの村へ続くフィヨルドに巣を持つ鳥の歌が聞こえたとき、海岸に向けて曲がったのだった[1]」

多くの人には、ときには経験豊かな旅人にとってさえ、聴力を使い、音を分析することで方角を知ることなど思いもよらないだろう。人の耳にはほぼつねに音が聞こえているが、多くの場合はほとんど、あるいはまったく意識に刻みこまれていない。陸や海で方向を知るために使うことができるのは、雑多な音を聞きわけ、その元を突きとめたときのみだ。この補助的な方法をナビゲーションに用いる機会は、意識を向けさえすれば意外なほどありふれている。

どの感覚も、練習によって研ぎ澄ませることができる。そのなかでも聴覚ほど思いがけず、しかも役に立つものはないだろう。ふだんの生活のなかでよく耳にする音は、人間の発する音であれ、人の活動によるものであれ、家畜や自然のものであれ、すべてが旅のガイドとなる。斧、製材所、教会の鐘、笛、列車や工場、ハイウェイの音、牛や鶏、羊の鳴き声、滝や急流、海によせる波の音に耳を澄ましてみよう。こうした音はどれもランドマークとして使え、旅のさい、心のなかの地図に描かれた場所に結びつけることができる。あるいはほかにしるしがないときには、進むための目標にもなる。

人間の耳は、ほとんどすべての動物と同じように、音の質と量、そして方向を聞きわけられる。（頭の横ではなく）前を向いた目を持ち、「両眼視」をするたいていの動物は、前方から来る音を聞きとる耳を持っている。人は音の元に視覚と聴覚を集中させることができる。人はおおむね、両耳の感覚の鋭さ

---

(1) F. Spencer Chapman, "On Not Getting Lost," *The Boys' Country Book*, ed. John Moore, London, ©1955.

が異なる。右利きならば右耳のほうが鋭いのがふつうだ。左利きなら左耳のほうがよく聞こえる。片耳が聞こえないということがなければ、正常な耳の聴力の差はおよそ9分の1であり、右利きの人の右手と左手の力の差と同じくらいだ。しかし、両耳の感覚の差は音によって方向を知るうえで影響を及ぼさないようだ。方向の判断はそれぞれの耳に聞こえる音量によるのではなく、波の位相の違いによるためだ。ただし、最高の条件下でも、人間の耳は音の方向を水平方向に10度以内の誤差で聞きわけることはできない。垂直方向では精度はさらに下がる。

人間の耳が20ヘルツを下回る、あるいは2万ヘルツを上回る周波数を聞きとったという記録はない。そのうち上限は、とくに個人差が大きい。１１００ヘルツの周波数の音は、ふつうの人なら誰でも聞くことができ、波長はおよそ30センチだ。その音の出所と自分をつなぐ線に対して両耳を結ぶ線の角度が45度になるように顔を向けると、音は片方の耳に０・０００4秒早く達し、音波の位相は一周期のおよそ5分の2ずれる。

人間や多くの動物はおもに波の位相によって音の出所を知るが、とくに外耳を回すことができる動物には、音の強度によって聞きわけて場所を突きとめられるものもいる。この方法は、鳥の歌の多くのような高い音に対しては、人間も使うことができる。

音の出所を突きとめようとするとき、人はおそらく無意識のうちに、音を〝よく聞く〟ために正しい位置をとろうとして、音の来る方向と同じ平面に耳を向ける。音の元を突きとめようとしている人を観察しているとしばしば、音の来る方向と両耳をつなぐ線が45度になるところで動きが止まる。上の方から音が来る場合は耳を斜めに向ける。つまり、頭を一方向へと傾ける。

こうしたすべてを、感覚の鋭い人は無意識に行っているが、それをさらに改善するには、この聞きとりの動きを意識的に行うことだ。つまり意図的に音波の位相が最もずれる角度を探すか、あるいはそれぞれの耳に聞こえる音量がだいたい同じになるように音に対して顔を正面に向けるようにすればいい。位相によって突きとめる過程は音量によるよりもはるかに無意識のうちに行われる。また生理学者や神経学者は今日にいたるまでその仕組みを、つまり脳がどのようにして異なる刺激を読みとり、そこから刺激の元がどの方向から来たのかを推測するかを完全には解明していない。

まだほかにも、意識しなければ耳に入らない音を解釈する方法はある。たとえば風の速さと方向を考慮に入れ、どのような音なのかを判断することだ。さらに、音は空気だけでなく、もちろん空気の揺れを通じて地面や水中を伝わる。アメリカ先住民は疾走する馬の足音を鋭く聞きわけられるが、そのとき地面に耳をつける。フィジー諸島の人々はサメを警戒しながら海中を泳ぐが、ある程度の距離でサメの音をとらえることができ、しかもそれをほかの魚の音と区別することができる。

音の出所を探るよりもむずかしいのは、距離を聞きわけることだ。これにはかなりの意識的な努力と練習、そして長期間の経験が必要になるが、田舎に暮らしていて、木を切り倒す音や鶏の鳴き声の通常の大きさに親しんでいれば、経験によって、音の大きさから距離をかなり推測できるようになる。

いまでは、反響定位はコウモリと鳥という少なくともふたつの種類の動物によって〝発明〟されたことがわかっている。それは人間が機械装置によってそのやりかたを学ぶはるか以前のことだった。だが人間は直接、単純な反響定位を行うことができる。少なくとも自分が距離を測ろうとしているものからある程度離れたところにいれば。丘陵地帯で霧や闇のために視界が悪くなったら、大声を上げてこだまさせることで、音は大気中を1マイル（1・6キロ）約5秒で進むことを覚えていれば、山腹との距離を知ることができる。こだまによって距離を測るのは船の乗組員にも有効だ。音は水上を遠くまで伝わるからだ。そして多くの船が、岩だらけの海岸線の近くを霧のなか、あるいは夜に進むときには、ピストルの発砲やサイレン、あるいは声を上げることで反響する音から海岸との距離を判断してきた。またノルウェー、カナダのブリティッシュ・コロンビア州、ラブラドール地方、アラスカの入り江では、荒れた天候のときには船長や水先案内人がストップウォッチを手にして繰りかえし汽笛を鳴らす。鳴らしてからこだまが帰ってくるまでの時間が1秒かかるごとに、反響した場所から約170メートル離れていることを意味する。

ときに音は水の上をはっきりと伝わってきて、浜辺に打ち寄せる強い波の音が、岸が見えない船の上で聞こえることもある。だが船員に聞こえる音の距離は風の強さと向きに著しく影響を受ける。岸からの音を判断するときにはつねにこの要因を考慮し、できるかぎりそれを見込んで判断しなければならない。岸には多くの音がある。海鳥が止まり、ねぐらにする場所にはそれぞれの音がある。世界の多くの場所で、夜に海鳥の音がする方向には陸地があると言えるだろう。夜に餌を食べる鳥は少なく、そうする場合でもあまり時間をかけない。たしかに昼間には、数羽あるいは群れがすばらしい餌場を見つけて騒ぐ海鳥もいるが、ふつうは海岸の拠点であるコロニーにいるとき以外は静かだ。海鳥の——というよりあらゆる鳥の——声は、おおむね陸地で鳴いている声だ。もちろん地上から海へは、ほかにもたくさんの音が届く。霧のなか、あるいは夜間に海岸沿いを進む航海士は、列車や霧中信号、工場の汽笛、あるいは産業から生じるその他の音を聞きわけられる。霧のなかで船の汽笛やサイレンを耳にしたときは、自分の船の動きを考慮しなければならない。しかし一定の間を空けて鐘の音が聞こえれば、その音は錨を降ろした船から来るのか、ベルブイか、またはほかの何か動かない目じるしから来るのかはわかる。航海士はいつも波の音に耳を澄ましている。波の音が消えたとしても、それは沖に出たからとはかぎらない。寄せる波の音が消えるのは入り江や港の存在を示していることがある。

目の見えない人は周囲の音を聞き、それを頼りに進むことの価値と可能性を疑うことはない。ところがより幸運な多くの人々、つまり目の見える人は日頃そうしたことを考えてみもしない。だがそれはいたって価値があり、有益で、特別なものだ。

7　嗅覚を使う

昔の探検家の多くは地平線の彼方の地へ、鼻に導かれて到達した。スペインから48キロメートル以上離れた沖合でローズマリーの香りがしたという記述もある。ルイ・ド・ブーガンヴィルは1768年にオーストラリアの東の沖で「夜が明けるはるかまえから心地よい香りが漂い、南東に開かれた大きな湾を持った陸が近いことを告げていた」と書いている。

ド・ブーガンヴィル以前にも、そよ風が運んだ甘い春の花や刈りたての干し草、掘り起こされたばかりの土などの自然の香りに導かれた探検家はいた。フランシス・ドレイク卿が1577年に太平洋を航海したときの日記にはこう書かれている。「これよりわれわれは南南西に針路をとる（中略）そのとき陸からの香(かぐわ)しいにおいがした（中略）そして同日の午後3時ごろ陸が視界に入った」

自然の香りは香しいだけでなく、ガイドにもなる。世界のさまざまな場所に、それぞれ特有のにおいがあるからだ。フォークランド諸島の沖合では、泥炭の燃えるにおいがかぎわけられるだろう。ヴェルデ岬諸島の沖ではオレンジの木立の香りが航海者を迎える。熱帯の海を渡る多くの船乗りには、乾燥しかけたココナッツのいくらか甘い、鼻をつくにおいが目に見えない陸の方向から届く。小さな島の海鳥のコロニーは糞の堆積物のにおいを漂わせる。アンモニアが多量に含まれるため、島が目に入るまえにそのにおいが鼻に達することもしばしばだ。茂みの火、森の火、工場や石油精製所など、あらゆる種類の産業のにおいが、陸がさほど遠くないことを告げる。浜や干潟にはそれぞれ独特のにおいがある。耕されたばかりの農地の快い香りは、とりわけ雨のあとは、そよ風に乗ってはるか沖合にまで漂っていく。

しばしばにおいがいちばん強く感じられるのは霧や霞、雨のとき、あるいは夜など、周囲がよく見えないときだ。ポリネシア人は長い航海に出るときよく豚を船に乗せる。嗅覚が高度に発達しているためだ。視界に入らない遠い陸のにおいをかぐと豚は興奮するので、ポリネシア人はそれを観察している。潮風は陸が近いことだけでなく、その方向も教えてくれる。鋭い鼻を持つ船員は、新しいにおいをすぐにかぎわける。彼らは自分の船で生じるふつうのにおいには慣れている。それは町や村にいるときとは異なり、変化しない。新しいにおいがあれば、海の上のほうが陸よりもはるかに容易にそれと気づく。

1924年のこと、三等航海士だったわたしは、カリフォルニアの港から20日間の航海に出たある石油輸送船で見張りの任務についていた。単調に揺れていた船に、とつぜん130キロ離れた陸から刈りたての干し草のにおいが漂ってきたのをよく覚えている。その瞬間、それだけの距離があったのに、ほかの徴候がいっさいなくてもニュージーランドに近づいていることがわかった――もちろんそれは、近代的なナビゲーション装置がすでに告げていたことではあるのだが。

ここから、同じ船旅のそのまえの段階で起こったあることが思いだされる。抜け目のなさを誇る船長が、島から漂ってくる熱帯の花のにおいがすると言った。そこで急いで海図の確認が行われた。ところが誰も、そのにおいの元となる島を見つけられなかった。実はわたしと同僚が機関室で香を焚いていて、それが伝声管から漏れていたのだ。結局、船長にそれを打ち明けることはできなかった。

陸地では一般に、海よりもにおいの種類が多く、複雑に混ざりあっている。それでも多くのにおいは——自然のものも、人間の文明から生じたものも——特徴的で、たやすくかぎわけられ、旅の役に立つ。砂漠地帯では、においは比較的単純だ。たいてい、においのそばにはオアシスか人の生活している場所がある。においだけを頼りに何キロも離れた水たまりやオアシスへ向かうことができる。最近、インスティテュート・オブ・ナビゲーションで学生たちに読みあげられた論文に、R・A・バグノルド准将が砂漠地帯でのにおいの利用法に触れたものがある。

砂漠では夜間から早朝の気候条件が一般にとても快適で、風向きは一定であるため、においだけで生物が集まっている場所へ向かうことができることもある。生物のいない地方ではにおいが少ないため、人の鼻は犬のようになる。たとえば、小さな英国の田園ほどの広さの起伏が多い一帯で、推測航法[1]によって数キロも離れた、どこにあるかわからず、目に見えない水たまりへたどり着くことも可能だ。わたしはかつて、13キロほど離れたところで見つけた一頭のラクダのにおいだけで水たまりを見つけたことがある。[2]

極地は真の砂漠だが、探検する者にとって状況はよく似ている。それどころか、自分自身と連れている動物のにおいしか嗅覚のガイドとなるものはない。それはまた、すばらしい導き手にもなる。犬ぞりで極地を行くチームは食糧のデポを探すときはほぼ決まって、やや風下にそりを向ける。すると犬は

（鋭敏な嗅覚を使って）そちらに経路をとり、デポを見つけて近づいていく。

もちろん犬は人間よりも嗅覚がはるかに優れているほかに、地面に近いところに頭がある。またにおいは、（当然ながら）物体から放出される細かい粒子によるものだから、たいてい地面の近くで最も強い。未開民族はにおいによって獲物を追う方法を知っていて、つまらない誇りなど持たず、ときどき犬のように地面に鼻を当てていた。

だが現代人がにおいで狩りをするためには、獲物が死んでいて、そのうえしっかりと吊されている必要があるだろう。それは現代人が、未開民族とはちがってにおいを追う能力に欠けているからではない。遺伝的にはおそらく同等の能力と、同じくらいよい嗅覚を持っているだろう。だが未開民族は嗅覚が持つ力を自覚し、それを磨いていた。現代人はそのことにもはや興味を抱いていないのだ。

だが、まったく訓練をしていなくても、数多くのにおいに気づかずにいられないだろう。ちゃんと知恵を備えていれば、火の煙の出所を探すときには風上へ向かって進んでいく。さらに観察力があれば、旅をしているときに火による煙の違い、たとえばマツから出る煙とハコヤナギから出る煙の違いを見分けることができる。アメリカ西部のロッキー山脈では、こうした区別ができると価値がある。マツが燃えているにおいは山火事の可能性があるが、第1章で述べたとおり、ハコヤナギが燃えているにおいは近くに人家があることを意味している。ハコヤナギはロッキー山脈の山小屋で炉にくべる薪としてとり

（1）　推測航法とは推測によって進路または場所に到達するナビゲーションの用語だ。

（2）　R. A. Bagnold, "Navigating Ashore," *Journal of the Institute of Navigation*, 4, ©1953.

わけ人気があるからだ。

また、大小さまざまの地域には、それぞれ特徴的なにおいがある。とりわけ都市には独特なにおいが多い。魚市場は花市場とはにおいが異なるし、家畜飼育場は魚市場とはちがう。都市（あるいはその一部）はひどい悪臭とまではいかなくとも、相当なにおいがすることがある。何年もまえのことだが、ワシントンからニューヨークへかなり悪い視界のなか（当時はまだ航空無線もなかった）飛んだときには、いたって安定した航路をとることができた。フィラデルフィア近郊の膠（にかわ）工場のにおいの真上を飛んだからだ。

8 空への反射——動かない雲についての注記

陸や海を旅していると、世界中のほぼどこでも、雲で覆われた空の下を進むことが多い。そのとき、雲の範囲や性質から、山脈や島山があることがわかることがある（そうした〝動かない雲〟については言うべきことはそれだけではない）。だが、どこでも見られるような（砂漠には例外もあるが）雲で覆われた曇り空は、旅のさいに進路を選び、自分の位置を知るうえで大いに役に立つ。利用できる雲のしるしは多様だ。雲はまさに、その下の地面にある要素を反映しているからだ。雲という鏡によって、経験豊かなナチュラル・ナビゲーターは自分の視線の届かない場所にあるさまざまなことを知ることができる。

氷で覆われた海に近い陸地から、雲を見ることで、氷が張っていない水面を見つけることができる。そこは陸や氷上と比べてあまり光を反射しないためだ。それゆえ雲の下側が暗ければ、それは凍っていない海があるというまぎれもないしるしとなる。だが多くの場合、わかるのは水があるということくらいだ。その範囲については信頼できる指標とはならない。広大な海氷の広がりのなかに狭い水路や水たまりがあるだけでも、空に広い影響を与えるためだ。さらに、気温が摂氏0度もしくはわずかに氷点下という程度だと、しばしば氷原に開水面からの蒸気が昇る。水蒸気は光に影響を及ぼし、一般に雲を暗くする。風が吹いていれば、比較的狭い水面が広範囲に雲を暗くし、かなり遠くにいるナビゲーターに情報をもたらす。これは「水空」と呼ばれる現象だ。

ド・ヘイヴン中尉は北極海で失踪したジョン・フランクリン卿の遠征隊を捜索し、結局発見することはできなかったが、北と西に開水面を探し、その方向に水空を見た。ウィリアム・ペリー船長はのちにこの情報に基づいて行動し、この地域に開水面があることを確認した。

オーストラリアの南極探検家ダグラス・モーソン卿は、進路を探すためのほかの手段がなく、この現象を活用した例を挙げている。「丘を離れるとすぐ、まっすぐに小屋へ向かった。曲がるべき場所を示すしるしは北のほうに見える、内陸の上にかかった雲にできた水空だけだった」

水空とは逆の現象が「氷映」だ。暗い空のなかで目に見えて明るい部分を意味し、海水に囲まれた浮氷や定着氷のある一帯で、目に見える反映を作りだすだけの規模のものが下にあるしるしだ。かなり小さい浮氷があるだけでも、遠くから見分けられるほど空が明るくなる。極地探検家はいつも氷映によく注意している。多くの例のなかから、ヘンリク・アルツトウスキー〔(1871-1958) ポーランドの科学者、探検家〕が書いたものを引用しよう。

(1898年) 1月19日、ド・ジェラルーシ隊長は南方の氷映を指し示した。空は一様に厚い層雲に覆われ、地平線には、縦に切り込みを入れたような白い線ができており、周囲の灰色の空からきわだっていた。それは不連続で、少し波うち、地平線から3メートルから7・5メートルほどにすぎない。午後8時、ルコアントが最初の氷山を発見した。それはおよそ16キロの距離に、海から出現した半球体のようだった。

陸上でも雲に覆われた空からさまざまなことがわかる。なかでも最も単純で重要なのは、明かりのともった人間の都市、町、飛行場の誘導灯、あるいはさらに明るい灯台などだ。観察者からは光の元が見えず、光だけが見えていることも多い。

極地や雪山では地表のこまごましたものが曇った高い空に反映していることがある。ときにはあまりに明瞭で、ほとんど空に地図が描かれていると言えるほどだ。雪原や氷原などによって白が一面に広がっている場所に、水面や覆うもののないむき出しの岩があることがある。こうした部分は光を反射せず、雲というスクリーン上に暗い影を作って、像と呼べるほどではないが少なくともそれがあることを示す。（青や緑色をした）凍ったばかりの部分も、雪原のなかにまとまった量があれば、雲の層の低いところに灰色がかった断片を作る。植物が生えている部分や、積もった雪の上に生え、〝ピンク・スノー〟と呼ばれる驚くべき植物〔スノー・プラントとも呼ばれる *Sarcodes sanguinea* のことか〕は、ときに曇った空にピンク色っぽく映ることもある。

反対に、植物に覆われている場所や草木がなく岩だらけの地域に氷の断片やわずかな雪原があると、雲の下側にはっきりと鋼色の部分が現れる。また、雪とむき出しの岩では熱の反射率が異なるため空気がゆらぐことがあり、強い日光が射していれば雪原の端をその現象によって見つけることができる。

砂漠では熱の反射率の違いによる空気のゆらぎが「陽炎（かげろう）」を作りだす。砂漠によってはほとんどつねにそうだが、雲ひとつない晴れた空の下で見られる。砂が白い地域では、より強く光を反射するためはっきりと現れる。また、オアシスでは反射が弱いため陽炎が発生する。

砂漠ではラクダに乗ると目の高さが地面から3メートルほどになる。オアシスは窪地にあることが多く、サハラ砂漠では300メートルもの高さがある丘の尾根に囲まれた場所もあり、遠くまで見渡すことはできない。だが緑のヤシが生えたオアシスと周囲の砂漠の砂では日光の熱放射の量が大きく異なるため、オアシスの上の大気には特別な靄ができる。そうした靄はサハラ砂漠の経験豊富な旅人のあいだでは「シャブール」と呼ばれている。シャブールは底に砂しかなく、水や植物がない窪地や盆地の上にも発生する。窪地の周囲の地表からの熱放射は目に見えるが、窪の底からの熱放射は死角になる。そのため目には、真ん中の空気とは温度の異なる空気の輪が見える。それによって生じる空気の屈折の違いはすぐに見分けることができる。

多湿な地方では多くの場合、雲が山頂から連続してできる。そのため高地や海岸山脈、標高の高い島山では、山頂のまわりに動かない笠雲がある。その多くは山頂のはるか上空まで達している。雲は特定の場所で連続して作られるため、山の横や上を通過する動く雲と比べて、固定されているように見える。それは地平線の下に山頂があることを示していて、はるか遠くからでも見ることができる。

高地があることを示す動かない雲は、未開民族だけでなく、ヨーロッパの昔の航海士にも使われていた。ド・ブーガンヴィルやダンピア〔(1651－1715) イングランド出身の海賊、探検家〕は、航海日誌からも読みとれるように、それをかなり重視していた。太平洋を航海した初期のフランス人探検家のひとり、ラ・ペルーズは近代的な航海計器の多くを持っていなかったが、記録が示すとおり、島や大陸があることを示す、地平線上の固定した雲をよく観察していた。

動かない雲は貿易風帯のふつうの雲と比べてはるかにとらえどころのない外見で、その形や、大洋で動かないことから、島があることがたやすくわかる。さらに熱帯では、島によって動かない雲ができるうえ、そこにはっきりと姿が映っている。島によっては、とりわけそれが珊瑚島である場合は、標高が高いわけでもなく、山もないものがある。平らで低いのに動かない雲ができるのは、環礁の白い砂は周囲の水よりも熱を放射するためだ。こうした島の上空では気温の差が激しく、水蒸気が凝結して雲ができる条件が整う。通常、そうした雲は島の真上ではなく、卓越風の影響を受けて少し風下にある。そしてこの空中の雲の下の面には、その環礁が作る、ほとんどが周囲の海の深い青とは対照的に明るい青緑色をした礁湖が映っている。そうした色のある反映はときに、低いところにある環礁が水平線の上に見えてくるよりも何キロメートルもまえの段階で観察できることがある。さらに、礁湖などの浅瀬は雲ひとつない空に驚くほどはっきりと反映することがある。

アメリカの著名な海洋学者、マシュー・フォンテイン・モーリーは *Explanations and Sailing Directions*〔『解説と水路誌』〕で、珊瑚島だけでなく浅瀬の上にも雲ができることがあると書いている。「熱帯の標高の低い小島や、さらには小規模な珊瑚や暗礁の上でしばしば見られ、その『行く手を示す昼の雲』は海に出ている孤独な船乗りの航路標識となり、測鉛や肉眼ではとらえることのできない浅瀬や危険物があることを教えてくれる」

熱帯の海を航海しているとき、朝早く、まだ夜が明けるまえに特定の方向で稲妻が光るのは、陸があること、とりわけ大きな陸塊や島山があり、そこに動かない雲がかかっていることを示している。

ここまでわたしは動かない雲や雲への反射について一般的な事柄を述べてきた。ここで個別の例を挙げておこう。雲を研究することは、地域の状況を知っていれば、さらにナチュラル・ナビゲーションの役に立つだろう。

＊

カナダ東部、セントローレンス川流域に冬が来ると、川や支流を流れる水は大気よりも温かいため、霧の柱が帯のように連なり、滝の水しぶきによってさらに濃さを増す。ケベック・シティー周辺では、ショーディエール滝やモンモランシーの滝などの瀑布の上に動かない雲が見られることが多い。冬もなかばを過ぎると、小さな、形のはっきりした高さおよそ90から120メートルの積雲が滝の上に姿を現す。周囲の山々の空高く、山頂で雲が作られ、山腹を降りてくるものもあれば、そのまま山頂に〝動かず〟に留まるものもある。前者のような雲は強い雨の前後によく見られ、後者は晴れた日によく見える。

晴れた暖かい天候で、地表が数時間太陽の熱にさらされていたあと強い雨に変わると、セントローレンス川の河口の島々の上に雲ができる。晴れた落ち着いた天候だとそれは正午にかけて現れる。雲は周囲のより冷たい海水に囲まれた、小さい島の上に浮かぶ。そこからさほど離れていない場所では、この反対の現象を見ることができる。陸地に囲まれた水の冷たい湖の上には澄んだ空気がある。雲がこうした形態になるのは、太陽の熱によって水よりも地面のほうが早く温まることによる。しばしばセントローレンス川流域の雲は一日中高地を漂っていて、水の上空は晴れている。そして夜になると陸の温度が下がるにつれその上空は晴れ、雲は川の上へ移動する。

ふつうの感覚を備えていれば、特別な知識がなくてもこうした現象を理解することはできる。動かず、孤立した雲の動きの意味を知るには、とくに気象学者としての修練を積まなくても、地域の気象条件を研究するだけでいい。だが地上のことだけを観察して旅をしていると、多くの機会を逃してしまうことになるだろう。

9　風向き

世界各地の風は（もちろん）それぞれ向きや速さ、温度や湿度が異なる。だがその違いは、決して気まぐれによるものではないし、無秩序でもない。それぞれの地域には（ほぼ例外なく）それぞれの風のパターンがあり、ある季節に、あるいは一年中、特定の方角からの特定の風が最も強い。わたしにはもちろん世界のすべての場所の卓越風や支配的な風〔ある地域で、吹く時間の長さや強さにより、植生に最も大きな影響を及ぼす風〕について詳しく述べることはできない。それはさして重要なことではない。ナチュラル・ナビゲーターにとって必要なのは、それについて知り、見分けられるようになり、それを頼りに進むべき道を知ることだけだからだ。田舎に暮らす人はほとんど誰でも、支配的な風について知り、それが温かいか冷たいか、厳しいか優しいかといったことや、その風がよく吹く日や季節の長さについて教えてくれる。どの地域でも支配的な風はたいてい卓越風（つまり、最も長く吹く風向きの風）と一致しており、木や雪、砂そのほかの地表の物体に最も大きな影響を与え、方角による形の違いを生む。それはほかの風よりも長く（その場合、卓越風でもある）、あるいはより激しく吹く。

一般に中緯度地方、つまり気候が温暖なほとんどの地域では、北半球でも南半球でも卓越風はおおむね西から吹く。卓越風は、低緯度の熱帯では少なくとも一年の大半は、北東または南東から、赤道地方ではしばしば東から吹く。この東風は貿易風と呼ばれる。あまり意識されないが、貿易風は海上だけでなく大陸でも吹いている。

例を挙げると、南太平洋の北部では最も強い卓越風は南東の風だ。強さは中くらいで、たいていは冬の数カ月のあいだだけ吹く。速度は一定で、一年間で最も長い期間吹く。年間を通じて、ほかの風は向きや強さが変わりやすく、その土地の表面に目立った、または長期にわたる影響を及ぼすことはない。

コンパスを持たずに自然を利用して旅するときには、その地域に関する知識がなくても、ある単純で明らかな原則によって風の向きを知ることができる。北半球では北風はふつう南風よりも冷たく、南半球では南風は北風よりも冷たい。さらに南半球では、極度に澄んだ大気を伴って南風が吹き、遠くにある物体の輪郭がはっきりとわかる。砂漠から吹く風は乾燥しているため、間違えることはない。海から吹く風は重い水蒸気を、ときには雨を含んでいる。雪を頂いた山から吹く風は気温を著しく下げることがある。なかには、ほこりや砂、あるいは煙の粒子など、どこから吹いてきたかを示すものを運んでくる風もある。また細かいほこりを運んで世界を半周以上することもある。火山の大噴火があったときは、その後数カ月のあいだ数千キロメートル離れた場所の日没が色に染まっていた。わたしも、風が煙を遠くまで運んでいくのを見たことがある。オーストラリアで大規模な山火事があったとき、わたしはフィジーにいた。その煙は２４００キロ運ばれてフィジーまで到達した。そのときフィジーの住民はみな、どちらが西かと聞かれたら迷わず正しい方向を指すことができただろう。

風に含まれるほこりは遠くへだけでなく、かなりの高さへと運ばれる。かつて強風のときに、アメリカのカンザス州やオクラホマ州といった激しい砂嵐が吹く地域の上空を飛行したことがある。高度3000メートルで陽光は充分だったにもかかわらず、計器飛行せざるをえなかった。砂塵で視界がすべて曇ってしまったためだ。

どの地域でも、卓越風は速さや温度、湿度に関する決まった性質があり、それを利用して風を特定できる。また同じようにして、時間や季節の異なるべつの風も見分けられる。海岸地方ではほぼどこでも海風と陸風の両方の影響を受ける。海面は陸よりも温度が上がるのに時間がかかるが、熱を長く保つからだ。日没後、海岸では地表の温度が下がるが、海の空気は温かいままだ。この温かい空気は上昇し、岸の冷たい空気がその空いた場所へ流れでて陸風（つまり、陸から離れる風）を生みだす。反対方向の海風はふつう午後に、温かい陸の空気が上昇し海の（その時間には冷たい）空気が陸へ流れこむときに吹く。

外洋では風は一定ではないが、卓越風は温度や湿度、強さだけでなく、雲を伴うという特徴がある。風は特徴を保つため、風向きが大きく変わらないことを頼りに、進む方向を決めることができる。意識して見るべきは変化だけだ。たとえば赤道よりも南では、安定した、容易に認識できる南東の貿易風のなか船で進んでいると、急激に気温と湿度が下がることがある。するとコンパスがなくても、南風に変わったことを正しく推測できる。

熱帯の典型的な貿易風の雲は小さくばらばらな綿雲だ。一般に上空2400メートルよりも低いところに均一な層を作り、青空のなかにくっきりとした輪郭を見せる。この雲が姿を消し、空が重い波雲で覆われると、風向きが南西風か、西風に変わったと判断することができる。

海を旅するとき、熱帯の、気候の温暖な夏、日が沈んだあとや夜間に風向きが変わった場合、近くに陸地があることを意味している。また、夜や早朝に風が陸のにおいを運んでくることも多い。

　極地では風の温度が開水面の存在を示す最も信頼できる指標になる。氷や雪の上よりも水の上から来た風のほうが、当然だが温度が高いからだ。風向きが変わらないのに気温が急に下がった場合は、風上に大きな氷山があることをはっきりと示している。

　陸上では、位置を確認し、まっすぐ進むために安定した風を使うことができる。風が自分の身体の同じ部分に当たるように向きを保ち、いつもその強さと温度、湿り気に注意して、変化があればすぐに気づけるようにする。風が弱いときは指を濡らして立てて風向きを確認するという人は多いだろう。だがもっといいのは、感覚がはるかに鋭い頬を濡らすことだ。もちろん微風では、強い風よりも方向が変わりやすいためガイドとしてあまり頼りにならないが、認識できるにおいを運んでくる場合にはとても価値がある。

　草木が多い場所では風を感じられないことも多いが、空を見れば簡単に雲の動きを確認できる。高い雲は低いものよりも動きが安定しており、卓越風の影響を受けている。さらに、高い木の梢が見えるなら、いちばん高い枝が風でどの方向へたわんでいるかを見るとよい。雪が降っていれば、吹きだまりの方向から風向きを知ることもできる。

　世界のどこでも、地方風はきわだった特徴を持ち、住民によって名前をつけられている。有名なミストラルは、フランス南東部、ローヌ川の三角州に北西から吹く。山から吹き下ろす冷たい風で、カマルグの平地から大気中に昇った地中海の太陽に温められた空気を追い払う。ミストラルに伴って空も地平線も晴れわたる。冷たく乾いたそのすさまじい風は5日から9日のあいだ吹きつづけ、秋から冬にかけてとくに強まる。オータンの風もまた熱く乾いた強い風で、南や南西から吹く。

このふたつの典型的な風はフランスのかなり広い範囲に吹くが、ほかにも、安定した特徴を持ち、住民たちによく知られた風はある。アンドレ・マンショの *Orientation manuel pratique*〔『オリエンテーション実用マニュアル』〕によれば、ポンチアはドゥヴェス峠からローヌ川流域の平野に吹く北東の風で、山から雪が消えたときにやむ。ポンチアは朝の風だ。午後になるとローヌ川の支流のひとつエギュ川を上流へと遡る南西の風、ヴェジーヌが取って代わる。

ところで、わたしはいつも風の名前が風の吹いてくる方向にちなんでつけられることを不思議に思っていた。海の動きなど、ほかの自然の動きはほとんどどれも、それが進んでいく方向で決められるのだから。来る方向による名づけのシステムはとても古くからの慣習で、磁石が使われるまえからのものだ。そのころ（32ページ参照）地中海の船乗りは地平線をさまざまな風によって分割していた。この地中海のダムコンパスが長いあいだにたどった変遷を見ると、風につけられた名前と地平線の分割に関してさまざまな変化があったことがわかる。それは年代と、船員の国籍によって変わっていく。だが年代にかかわらず明らかなのは、船員や旅人が風の性質と、それがどの地域から吹いてくるかを意識していたことだ。雪を頂いた北の山からのある風は、山から吹く風と名づけられた。地中海の一部で支配的な北西の風はマジステルあるいはマエストロと呼ばれる。シロッコは当時からもちろんいまにいたるまで、北アフリカの砂漠から吹く熱く、ほこりを含んだ風の名だ。グレコはギリシャから吹く北東の風を意味する。

卓越風が吹いていないときでも、自然のしるしを熟知していれば動物や植物を観察することでその方向を判断できる。クモは風に逆らって巣を張ることはできない（ただし渦を巻く風や突風を利用して横向きに張ることはできる）が、巣の方向のだいたいの傾向を見れば状況を知る助けになるだろう。ただし、一度壊れて張りなおされたばかりの巣は卓越風ではなく、そのときに吹いていた風の向きを示していることがあるので注意する必要がある。

多くの動物は、とりわけ鳥と昆虫は、風の当たらない場所に巣を作る。自然とともに暮らす生物は卓越風にとても敏感で、それをうまく利用している。人はそれを自分のために使うことができる。

熱帯では岩や木の西側は貿易風から護られていて、動物の巣が見つかる可能性が高い。北半球、南半球とも高緯度地方では一般に東側に風が当たらないため、ネズミが枯れ木の下に穴を掘り、キツツキが幹に穴を開け、その他の鳥が木の外側に巣を作るのは、（ふつうは北側や西側より乾燥し、温かいため）樹木の東や南東、南側だ。見晴らしのいい場所でも、鳥は卓越風から護られた場所でたがいに会い、ほかの向きから風が吹いてその場所が崩れてしまったら、修理することもある。たとえば繁殖期には、多くの野鳥は湖や川の岸を選び、卓越風の当たらない土手の下に集まる。

南アフリカ共和国では、風から最もよく護られているのは木や岩の南東側だ。ケープ州（現在の西ケープ州）ハウト・ベイのS・H・スカイフ博士はこの地域でよく見られるクマバチについてかなり詳細に記述している。また彼は、この昆虫は枯れた幹や枝の南東側に巣を作るとわたしに教えてくれた。この地方の雨を含んだ風は北西から吹くが、クマバチは湿度が高いと菌に感染してしまうため、その風に耐えられないのだ。

風はガイドにもなる。そして実際に、風は世界各地の海図のない場所を旅する多くの探検家を導いてきた。彼らはほかに方角を知る方法がないときは、風に頼った。ダグラス・モーソン卿は、その最も有名な南極探検の経験からこんな発見をしている。

深い吹きだまりのなかでは、小屋への正しいコースをとるのは簡単なことではなく、最も大事なのは道から逸れないことだった。小屋のある岩の多い浜は東西に1・6キロほどしか幅がなく、その両側が切りたった氷崖に接していた。背中にはハリケーンのような強い力を浴び、険しい崖のそばで自分の位置がわからなくなるのは歓迎できることではなかった。しかし風は安定していて、およそのコースから離れないためにはどの角度をとればいいかはわかっていた。[1]

(1) Sir Douglas Mawson, *The Home of the Blizzard*, London, ©1915.

10　太陽と風がもたらす効果

太陽光の角度や卓越風の向きは土地に独特の跡を残す。豊富な経験を持つ人なら、地域によっては簡単にその跡を見つけられるだろう。たとえ空が完全に曇り、卓越風とは異なる方向から風が吹いていても、あるいはまったく吹いていなくても。

北半球の山地を例にとろう。そこでは南の山腹が太陽の光を、したがって放射エネルギーを最も多く浴びている。よって南の山腹は北の山腹よりも気温が高い。とりわけ、夜になると冷え、昼は暖まる温度差が大きくなる。そのため霜による浸食が急速に進む。

ここから山を分析するための一般的なルールが導ける。つまり北半球の山では北側の傾斜が南側よりも緩やかで、浸食しておらず、登るときの障害が少ない。南半球では状況は逆になる。

太陽の跡はすぐに雪原や氷原に刻まれる。傾斜がある場所ならば、太陽の軌道に面した斜面は、反対側の斜面よりも早く解ける。雪原に岩や木があると、雪原の一部に太陽光が当たらない、「解けずに残る陰（メルトシャドウ）」を作る。その陰があれば、世界中どこにいても方角はすぐに明らかになる。

解けかたの比較やメルトシャドウによって方角を判断するときには、その地方の卓越風と太陽の角度を考慮する必要がある。風によって、効果は大きく修正される。風が吹くと雪は早く解け、気温が高ければ、直射日光を受けるよりも融解速度はさらに速くなる。そのため、一般には山の雪線は陽が当たらない側のほうが低くなるのだが、この法則にはかなりの例外があることが考えられる。たとえば南半球では、雪線は山脈の南側のほうが低いというのが一般的な傾向になるが、ニュージーランドのオタゴ地方では、わたしが見たところ、卓越風である西風によって大きな弧を描いて雪線がずれ、実際には南東と北のほうが西側よりも低くなっていた。

風と太陽がもたらす雪解けの方角による差は、温帯地方の氷河で興味深い表れかたをしている。黒っぽい小石や葉など細かいものが雪に交じっていると、周囲の白い表面よりもより多くの熱を吸収する。そのため周囲が解けて穴となり、小さな窪みができて水がたまる。その窪みは、斜めから当たる日光が届く最も低いところが底になる。たいていは深さ30センチに満たないが、場所によっては最大で90センチに達した例もある。これらは方角を知るのに役立つ。日中の太陽の軌道がこの穴の片側に半円の跡を残すからだ。北半球では穴の南の縁はほぼまっすぐで、東西に直線をなしているが、北側の縁は真南に向けてきれいな半円を描いている。スイス・アルプスではこの穴は「正午の穴（ミッタークスレッヒャー）」または「子午線の穴（メリディアンレッヒャー）」と呼ばれる〔クリオコナイトホールともいう〕。

正午の穴の半円形は、当然だが緯度が低いほどはっきりと出る。高緯度地方では夏になるとあまり役に立たない。北極圏では、夏は太陽が沈まず、どの向きもほとんど同じように解ける。そのため穴はほぼ円形になり、そこから方角を知ることはできない。しかし中緯度や熱帯の標高が高い場所ではつねに、役に立つガイドとなるだろう。穴ができるには、はじめに黒い小さなものがかならず必要なわけではない。すでに風で穴の開いた雪では、はじめの穴の縁でできた陰の効果により解けかたに差が生まれ、穴にはっきりと半円形ができる。世界各地の雪が降る地方では、〝穴の開いた雪〟や、雪が解ける過程で生じたとても小さな穴にも同じ半円が生じ、太陽から最も遠い部分の縁が丸みを帯び、近い部分が平らになる。

小さな石によって明確に方角がわかる正午の穴が作られるのと同じように、雪の上に大きな岩がある場合にも明確な跡ができる。だがその明確さは、それぞれかなり異なった種類のものだ。急な斜面を滑り落ちる氷河には、たいてい谷を浸食した岩や土が含まれている。浸食の通常の過程で崖は削れ、数カ月あるいは数年という時間のなかで、断続的に岩を下の氷河へと落とす。こうして氷河の上に乗った岩が側堆石の元になる。ふたつの氷河が合流するときには、側堆石がつながり、つながった氷河の中堆石になる。このようにして、岩は氷河の真ん中や端でともに運ばれていく。太陽で温められると、大きな岩の下にある雪は解けにくいため、雪に及ぼす影響は小さな黒っぽい石とは正反対のものになる。

太陽の働きにより、石板のまわりや下にある氷はゆっくりと解ける。するとしだいに、板は氷の台座の上に乗っているような状態になる。大きく平らな板であれば、一本脚のテーブルができる。それが大きいほど、その下の陰になった中央部分を解けにくくする効果は大きくなり、台座はさらに高くなる。温帯では、石板がどれだけ大きくても台座の高さはせいぜい60センチから90センチほどにしかならないが、熱帯の積雪地帯では太陽光の角度が急なため台座はより厚くなり、その高さは2メートルから3メートル、例外的な場合で4メートル近くに達することもある。

これはスイス・アルプスでは氷河のテーブル、あるいはグレッチャーティシュと呼ばれ、その傾きか

氷河のテーブル（Manciot, *Orientation manuel pratique* による）

ら方角を知ることができる。北半球では、南側のほうが氷がよく解けるという単純な理由によって南に傾く。通常は融解が進むほど傾きは大きくなり、板はますます南に傾いて、氷河のテーブルがある程度の大きさになると台座から滑り落ちて氷河の表面に戻る。その後台座は（名残が見られることも多いが）解けてなくなり、一方で新たな場所に移動した板の周囲は解けはじめる。氷河が速く解けるときなど、ひと夏で新しいテーブルができ、その北側にはまえの（ときにはさらにそのまえの）台座が残っていて、一直線に並ぶこともある。この列と板の傾きから、スイス・アルプスを登るときには確実に南北の方角を判断することができる。大きなテーブルが見られるのは（冬に積もった雪ではなく）ウンターアール氷河やグリンデルワルト、アレッチ氷河の上だ。

極地では氷河のテーブルはほとんどできず、また夏の太陽の軌道が低いため、方角を知る役には立たない。日光はほとんど地平線から高く昇らず、ふつうは石のまわりや下の氷が解け、板が沈んでしまうためだ。

卓越風が残す跡は土地によっては太陽の角度と同じくらい簡単に見分けられる。風が水、雪、砂など浸食する物質を運ぶことでつけた跡は、旅の途上で間違いなく見つけられるだろう。有名な南極探検家ダグラス・モーソン卿は卓越風や吹きよせる雪で、岩や硬い青色の氷に跡が残ることをよく知っていた。そうした氷は吹きよせる雪に打ちつけられ、溝が掘られる。雪も氷も卓越風によって磨かれ、滑りやすくなる。あるときモーソン卿が南極で見た独特な風化は、温帯地方で太陽の働きでできたものによく似ていた。北を向いた岩は、南向きのものとは形がまるで異なっていた。南向きの面は風のせいでなめらかで丸い。ところがその表面は霜によって削れ、裂け目が入っている。風を受けない北向きの面はもっと荒く、割れていた。

ほとんどの緯度で、太陽と風、雨の作用は、それぞれが影響しあうことを考えて読みとらなければならないという点は強調しておくべきだろう。日光を浴びると、卓越風を受けたり、雨に打たれることとは反対の影響を受け、またそれらによって相殺されることもある。太陽と風がともに働くと、その結果は一目瞭然だ。太陽と風が自然の景観に共通のしるしを残す方法を、ある地域の例で示そう。関心のある人なら誰でも、この説明の価値をわかってもらえるだろう。

アメリカ合衆国のワシントン州南東部からアイダホ州北部に広がるパルース地域では、何世紀にもおよぶ浸食と吹きだまりが土壌に作用し、丘が並ぶ砂丘のような地形になっている。冬季にはほとんどつねに南西の風が吹いており、丘の風上側の斜面には何もなく、風下側の頂上のすぐ下に深い雪の吹きだまりができる。長い時間のなかで、丘の南西に面した斜面はなだらかに、風下側は勾配が急になった。

そのためこの地域では、おもに強い南西風のせいで、雪の積もりかたは偏っている。斜面の傾きの差はかなり大きい。南西に面した部分は緩やかで、平均して水平面に対して18度未満しかなく、北東の斜面はおよそ50度にもなる。この状態はほぼパルース地域の全体で例外なく見られ、夏にここを旅すると、地域のどこでも丘を見るだけで簡単に方角を判断することができる。

11　樹木や、その他の植物

立ちどまって木の形を観察する人は少ない。そのために見過ごされがちだが、樹形の違いから、さまざまな地域で太陽や風が方角に与える影響について多くのことがわかる。このふたつの要素が木に与える影響を理解するためには、〝形を意識し〟、さまざまな木の基本的な形状に親しむことが必要だ。木は種ごとに特徴ある形をしている。そのため、シルエットを意識すれば、はるかに簡単に木の種を見分けられる。まずは形を見て、それを意識に刻みつければ、葉や花の細部を研究するのはたやすくなるだろう。

大切なのはその地域に多い種を見分けられるようになることだ。世界のどこでもたいていは、その地域の樹木について書かれた、よく売れている本が手に入る。地域で生える樹木に詳しい人と一緒に歩くのもいい。さらに、自分が住む地域の在来の木について知れば、外来種、とりわけ観葉植物が見分けられるようになるだろう。それらは近くに町や農地があることを示していることが多い。

自然は樹木の基本的な形状を、それぞれの種に必要な光が得られるように設計した。たとえばモミとニレなど、種によって形が異なるのは、それぞれが適応している気候条件によって必要な光量がちがう

からだ。

寒冷な高緯度地方では、多くの木は横からの散光、つまり間接的な光に頼っている。その形態はピラミッド形で、最も一般的なのはモミだ。この木は上からの光を得ることはできず、そのためより低緯度にあるニレとは異なり、梢が円形であってもしかたがない。高緯度地方の木は、低緯度地方のものよりも枝が横に広がっているため、北側の枝にも光が届く。葉は一般に丸く、枝をすり抜けた光やすべての方向からの散光が得られる。

イトスギのように温暖な地方の木にもピラミッド形のものがある。その理由は、正午に高い太陽から過度の熱を受けることを避け、午前と午後に正面から当たる光を充分に浴びるためだ。

熱帯に生え、葉が大きくヤシに似ており、なおかつ全体は細長い形をしている派手な植物がタビビトノキ（*Ravenala madagascariensis*）だ。南北にきれいに並んでいることからこの名前がつけられたとされることもあるが、そうではない。赤道付近では正午に太陽がほぼ真上に来るため、そのように並んでいても何ら利点はない。葉の根元にある幹に水が豊富に蓄えられているためについた名前だと考えられている。

それでも、風や太陽、あるいはこのふたつが結びついた影響によって基本的な樹形に加えられた修正を見ることで、方角を知るための有益な示唆が得られることも多い。たとえ観察力があまりない人でも、強風の吹く場所に生えた木がなぎ倒され

風に吹かれる木（トタラ）．ニュージーランド，オークランド

ているのを見て、それが最も強い風向きを示していることに気づいたことがあるだろう。だがこうして知ったことも、それが東西南北のどの方角に当たるのかを確認しなければあまり役には立たない。

ある地域の支配的な風とは、強さと一年のうちで吹く時間の長さにより、植生に最も大きな影響を及ぼす風を意味する。ある地域で木が傾く原因となる支配的な風向きを知り、その知識を使って進むべき道を見つけるのは簡単なことだ。

木の傾きは、かならずしも支配的な風向きを示しているわけではない。目立たず、ほとんど気づかれることはないが、ほかにも原因はある。たとえば風によって、若木の風が当たる側が傷み、乾燥することで成長が遅れる一方で、その反対側は風から護られて枝を伸ばし、豊富に

オランダ，ヘームステーデのハコヤナギの木．木の右，北西側の成長が支配的な北西の風によって阻害されている

葉をつけることがある。

ココヤシは強風にさらされる地域でもふつう風に向かって傾く。南太平洋で過ごした長年のあいだに、わたしは自分の農園だけでなく、ほかの人のところでも数多くのココヤシを観察した。それらはすべて、この地域では南東から吹く、卓越風である貿易風のほうを向いていた。ほかにもそうした木はあるが、ココヤシは風の当たらない側にはるかに大きな葉が茂り、頂は風上を向いている。

方角を知るために木を観察するとき、風をよく受ける場所にある木や、ほかの木や建物の干渉を受けたりそれに護られたりしていない木を選ぶことが重要だ。一本の木からではなく、同じような状況にある数本の木を見て結論を下すこと。自分の観察している木が人間に枝を刈られたり、自然の力で傷んでいないかという点はとくに注意しよう。

風を受ける側では木の成長は遅くなるが、一方で太陽の光はふつう枝や葉の成長をうながし、その効果は一目瞭然だ。風が変わりやすい場所では、木の北側と南側にはっきりと違いが見られ、日光のもたらす効果がきわだっている。北半球のほとんどの場所では、日の出から日の入りまで太陽の描く弧はすべて木の南側にあり、この弧の真ん中が真南にあたる。木の種類によっては、この方角の葉が最も茂っている。

最も多くの太陽光を浴びる側に葉を茂らせる木には、セイヨウハコヤナギやギンドロ、オーク、プラタナス、ブナ、ヨーロッパクロマツ、セイヨウトチノキ、ノルウェーカエデ、コブカエデ、ニワウルシ、トネリコバノカエデ、北米のハリエンジュなどがある。それらは光が最も強い側で枝や葉が茂るため、これを修正するような影響を及ぼす風が吹かない地域では、幹がいくぶんそちら側に傾くことも多い。ニレは温暖な地方に生えるほかの木と比べて、最も強い陽光が当たる方角から受ける影響は小さいが、幹は同じように傾くことがある。

イングランドのサリーではあまり強い風が吹かないが、見晴らしのいい場所にあるオークとブナの南側が枝も葉も生い茂っているのを見たことがある。アメリカ合衆国ヴァージニア州ではオークとダイオウマツの南側がよく茂っていた。104ページから110ページのイラストは、わたしが調べた木の写真をもとに描かれたものだ。これらは、北半球の温暖な地方で、充分な日光を浴びる場所で育ったその他の種の樹木の典型的な例を示している。

これらの地域では、木の南側の枝がより水平に、北側の枝はより多くの光を得ようとして垂直に伸び

オランダ，ザントフォールト近郊のニレの木．右手が南東にあたり，風が当たらない側のほうがよく成長していることを示している

る。これは南北の方角を判断するいい手段になる。

上からの光を最大限に得るために北側の枝が上へ向かって伸びるのは、アメリカ合衆国東部とヨーロッパに生えているトチノキや、ヨーロッパに生えているシナノキで著しい。しかしニレの場合はほとんど見られない。コネティカット州を訪れたとき、わたしはトチノキを電車の窓から眺めるだけで方角を簡単に知ることができた。木の葉が落ちる冬には、太い枝の横からその成長ぶりがもっと簡単に確認できる。夏には枝ぶりを両側からしっかりと見なければ

ヴァージニア州ヴァージニアビーチのダイオウマツ．木の右側が南に面し，太陽の通り道にしっかりと向きあっていて，枝と葉がより生い茂っている．風が木の成長する方向にほとんど影響を及ぼさない地域だ

ならないこともある。

右に述べたものとは異なり、オウシュウトウヒやモミ、セイヨウハコヤナギのようにふつうまっすぐに生え、光の当たりかたが均等でなくても枝が均等に伸びる木もある。ヒマラヤスギもかなり高く育つまでまっすぐで、そのあと光の強いほうへ傾く。

ここまでは、風と最も強い日光が射す方向が木の成長と形に与える影響を別々に考察してきた。進路を探すときには風と光の相乗効果を確認することも必要だ。そのふたつが相まって効果を強める場合もある。また、一方が他方を相殺する場合もある。太陽により強い影響を受ける木もあれば、風の影響が強いものもあ

イトスギと農舎．フランス，プロヴァンス地方．大きいイトスギは，ミストラルから護られた南東側がより成長し，膨らんでいる点に注意．興味深いのは小さいイトスギが大きな木に護られ，左右対称に生えていることだ．前面の，建物の両側にある葉のない木は，支配的な風の影響で北西側があまり育っていない．農舎の扉が風の当たらない南東側にあるのはプロヴァンス地方では一般的だ．こうした特徴すべてを合わせれば，かなりの確信を持って方角を知ることができるだろう

る。

1955年のはじめに、妻とわたしは南仏からベルギー、オランダまで車で、方角によって異なる樹木の特徴を観察し、写真撮影することを目的として時間をかけて旅をした。またイギリスとアメリカ合衆国東部でも同じように観察した。地中海沿岸からオランダまで曲がりくねった道を進むあいだ、車の窓から木を観察することでいつも簡単に方角を判断することができた。

南仏のプロヴァンス地方ではずっと、凍てつくミストラルが北西から吹いていた。この辺りの農民はこの風を「泥を食べるもの（モンジュ・フォンジュ）」と呼んでいる。その乾いた冷たい風は地面を乾燥させる効果を持つからだ。プロヴァンスの農民の家（地元では「マ」と呼ばれる）はミストラルが吹く北西が裏になるように建てられ、その方角には窓は最小限しかない。家屋と庭はイトスギの並木で風から護られている。この風よけは北東から南西に並んでいるため、誰でも簡単に方角を見分けることができる。ミストラルは冬のあいだ、一度に4日から5日間、断続的に吹いているにすぎないが、木の成長に大きな影響を及ぼす。風にさらされ、護るものもない場所に生えているイトスギは風を受けない方角がよく育っている。中央ヨーロッパの木は、南側が朝から夕方まで太陽の光を充分に受けているが、木の成長に対する風の影響は太陽よりもはるかに大きい。しかし、南側ではないものの、南東の枝や葉が目に見えて大きく成長するのは、南から照らす太陽による影響もある。

旅を続け、アヴィニヨンの北でイトスギに別れを告げると、今度はハコヤナギにも同じ影響が及んでいることが確認できた。激しいミストラルが吹く地域からは離れていたが、フランス中央部から北部、ベルギー、オランダまでどの木を見ても、支配的な風は依然として北西の風であることが示されていた。この地域に単独で生えているさまざまな種類の木はどれも、たとえ風の反対側へ傾いていなくても、風が強く吹きつける側の成長が阻害されている。木立の輪郭は、頂がなめらかな丸さを帯び、梢は北西の卓越風のほうを向いている。そうした木立の風の当たらない側はぎざぎざの形をしている。これは明確な方角の判断材料となり、何キロも離れたところからでも見てとることができる。

つまり、風と太陽が個別に木に及ぼす影響だけでなく、ときにはそれらの相乗効果にも充分に注意しなければならない。こうして得られた情報は進むべき道を判断するさいにも使える。

風向きがほとんど変わらない場所では、アシの花穂（かすい）が風から逃れる方向にのみ鋭い楔形を作っている。わたしはこれをヨーロッパだけでなく世界中の多くの場所で見てきた。わたしの故郷に近い、南東の貿易風が支配的なフィジー諸島もそのひとつだ。

風の当たらない側の枝と葉が育つのはミストラルが吹く地域のイトスギの木すべてに共通している

オランダ，ヘームステーデ近郊のブナ林と一本のカバ．このブナ林の輪郭の曲線は北西に面しており，支配的な北西の風によって成長が阻害されている．ブナ林の上に伸びているカバの南東側がより成長していることにも注意しよう

子供向けの本では、北半球では木の北側にコケが生えると書かれていることが多い。だがこれは、ほかの要素を考慮しないとしたら、かなり危険な一般化だろう。コケや地衣類が反映するのはかならずしも日陰になる時間が最も長い場所ではなく、より重要なのは湿度が最も長く保たれる場所だ。日陰であることより、湿度のほうが大きな要素なのだ。問題は、その地域で雨を含む風はどこから吹くか、そして最も長く日陰になるのはどの方角かを知っているかどうかだ。このふたつの要素を結びつければ、湿気が最も長く保たれ、コケが生える場所を知ることができるはずだ。北米では一般に、木や岩の北と北東側ではあまり水分が蒸発しない。一方、フランスのセーヌ川流域やブルゴーニュ地方ではコケや地衣類はふつう木や岩の北西側に、スイスのジュラ地方では南西側に見られる。地域それぞれに気候の違いがあるため、それぞれの地域でどちら側に湿気が最も長く残るかを自分で判断する必要がある。このようにしてようやく、方角を知るためにコケや地衣類を有効に活用することができる。

この情報は、あらゆる天候にさらされた木や岩での成長から得られたものであればより価値が高まる。また興味深いことに、コケのなかには強い日光のもとで育つと濃い茶色になり、日陰では灰色がかった緑になるものがある。

それ以外にも、木の幹や枝で育ち、その地方の条件のもとでそれぞれの種類の生態を観察しつづけていれば役に立つ植物がある。着生植物だ。光、陰、湿度などの好みは、

アシの花穂は支配的な風の逆方向へ育つ

種ごとに異なっている。

北米の先住民は森のなかで自分の居場所を知るためにあらゆる徴候を使う。ジョセフ・ラフィトー神父は5年間をともに過ごしたイロコイ族について1724年にこう書いている。

> 未開民族はアメリカ大陸の森のなかや広大な平野、あるいはその流域について知りつくした川の上で、「星」のコンパス〔北極星〕に非常に注意を払う。だが太陽や星が見えないときも、森の木々には自然のコンパスがあり、どちらが北かをほぼ間違えることなく知ることができる。
>
> 第一のものはその傾きだ。それはつねに、太陽に引きよせられて南を向いている。第二のものは木の皮で、北側は鈍い黒っぽい色をしている。もっとしっかりと確認したければ、斧で何度か木を切ってみればいい。木の幹にできている年輪は、北側で隙間が広く、南側で密集している。

木は南側に傾いているというラフィトーの記述は完全に正確とはいえない。北米の木のなかには、マツやツガなど、南東に傾くものもある。

アメリカ先住民に知られていた年輪による判断方法については、400年以上前にイタリアのレオナルド・ダ・ヴィンチが書いている。北米とヨーロッパで近年行われた観察により、たしかに彼が述べたように、年輪の示すとおり木の中央は南側の木の皮に近く、古木の皮はふつう北と北東側が厚くなっていることが裏づけられている。

かつてニューヨーク州森林委員会がアディロンダック山地に生える700本のクロトウヒを調査した

木の幹の断面図

ところ、94パーセントは北側と東側の幹がより成長していたのに対し、南側と西側のほうが成長していたのはわずか6パーセントにすぎなかった。

　樹木などの植物には環境に対する好みがあるため、方角を知るのに大いに役立つ。充分な陽光を浴びることで茂る種もあれば、陰で育つ種もある。湿潤な条件を好むものもあれば、乾燥地域でなければならないものもある。風が吹けば回転する小さな葉を持つものなど、多くの種は風に耐えることができるが、大きな葉を持ち、風の当たらない場所を必要とする種もある。

　そのため、北半球の寒帯と温帯の多くで、落葉樹は温かい南向きの斜面に、常緑のマツなどの針葉樹は北側の斜面に生える。

　ロッキー山脈では、フレキシマツはほとんどつねに南の斜面で、エンゲルマントウヒは北に向いた斜面で見られる。どちらかの種があれば、自分がどちらの斜面にいるかはっきりとわかる。

　南アフリカ共和国の草原地帯東部では、北向きの斜面は強い日光と熱い風にさらされている。したがって乾燥に耐える棘のある木や乳白色の樹液を含む植物やアロエなどが生えている。日光と熱い風から護られた南側の斜面には草原がある。この斜面があることで、南西や南東から吹く雨を含んだ風の恩恵を受けられる。そのためドラケンスバーグ山脈やストームバーグ山脈の高い尾根では、湿った風が当たる斜面にまだらに森ができている。

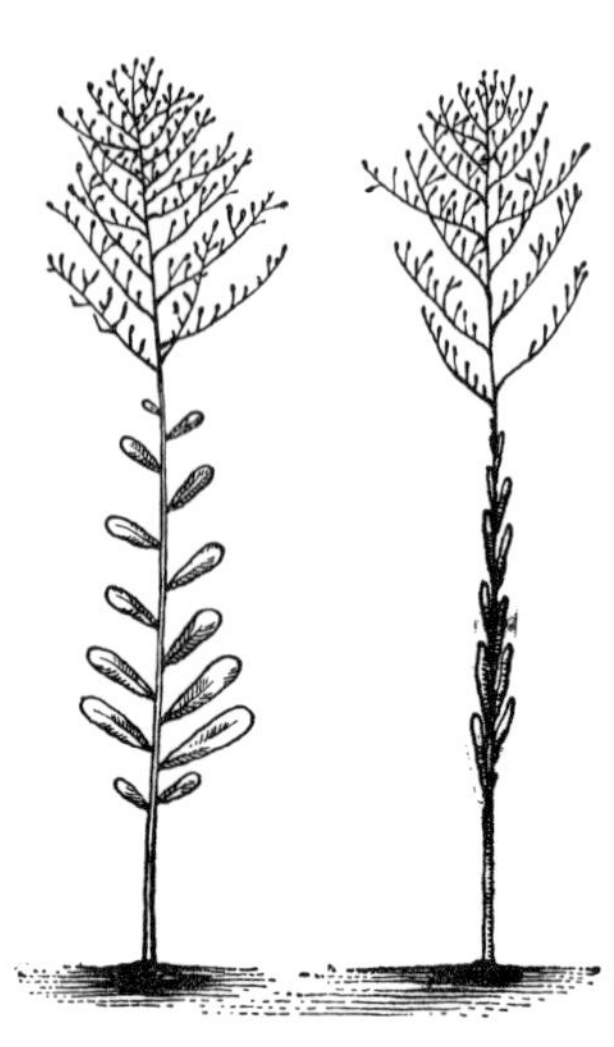

パイロット・ウィード．この植物の葉を南北に向けるコンパスのような生態を表すふたつの角度からの図．左の図は東から，右の図は南から撮影したものだ

また、ニュージーランドのバンクス半島やサザンアルプス山脈では、樹木や茂みはかならず、雨を含んだ風が当たり、太陽から護られている南側の斜面にある。北側の斜面には通常何も生えていない。

中欧から南欧の丘陵では、ブドウ園は南の斜面にある。できるだけ光が当たり、温度が高くなければならないからだ。ヨーロッパの農園や庭ではモモやネクタリン、クワ、ブドウなど太陽を好む植物は塀の南側に生えている。

世界中に、それぞれが必要とする光量や、正午の過度な光や熱を避けるためにつねに行っている調整によって方角を示している多くの植物がある。

たとえばヨーロッパやアフリカ、アジアの温帯には、多くの種の野生のレタスがよく生えている。葉は紫色か黄色だ。すべて葉が垂直で、午前と午後の太陽を浴び、正午の熱を避けるように両端が南北を向いている。葉は両面で違いがない。しかしほかの植物の多くは表と裏が異なっていて、換気口、つまり気孔は太陽から護られた裏側に多い。

葉が黄色く棘の多い野生のレタスの一種、トゲチシャ（*Lactuca serriola*）は1863年ころにアメリカに導入され、いまでは全土に生えている。この種にも同じような方向的性質がある。葉幅の狭い在来種のレタスにも芽が出ると葉の両端が南北を向くものがある。これはコスレタスやディアタンなどの種類でとくに著しい。

アメリカでは、パイロット・ウィードまたはレジン・ウィード（*Silphium laciniatum*）という植物も、生えている場所が日陰でなければ、葉をつねに南北を向いて方角を指し示している。高さ90センチから1メートル80センチに育ち、東西はオハイオ州からロッキー山脈、そして南北はミネソタ州からテキサス州でよく見られる。しばしば「プレーリーの方向指標植物（コンパスプラント）」と呼ばれ、往時の開拓者はそれが方角を示していることをよく知っていた。ロングフェロー〔ヘンリー・ワズワース・ロングフェロー（1807－1882）。アメリカの詩人〕の詩「エヴァンジェリン」にこんな一節がある。

草地から頭をもたげるこのたくましい植物を見よ
その葉は磁石のごとく正確に北を指す
これは磁石の花、神の指が植えたもの
建物もない荒野で旅人の行く手を示す
海のような、道なき荒れた かぎりない砂漠の先へとこの雑草はヨーロッパに導入され、栽培されているのをしばしば見かける。

近縁種に、プレーリー・バードック（プレーリーのごぼう）とも呼ばれる雑草（*Silphium terebinthinaceum*）があり、やはり同じ性質を持っている。しかし、この種では南北を示すのは若い個体のみだ。アメリカ合衆国南部に広く分布し、しばしば南西部の砂漠でウチワサボテンの一種（*Opuntia*）とともに成長しているのが見られる。

南アフリカ共和国には、その珍しく奇妙な姿で道に迷った旅人に方角を教える植物があり、「ノース・ポール（North Pole、アフリカーンス語ではNoord Pool）」あるいは「ハオフ・メンス」（*Pachypodium namaquanum*）と呼ばれている。この植物が何百本も、いっせいに頭を北に向けている光景には圧倒される。こうした土地では、旅人も進むべき道を見間違うはずがない。「ハオフ・メンス」とは「半分の人間」を意味するアフリカーンス語で、遠目には尻まで地面に埋まっている細身の人間の形に似ていることからこの名が与えられた。この植物の先端は、背の高いものはとくに、つねに北を向き、先端の葉でできたロゼットは地平線に対し30度の角をなす。ノース・ポールはナマクアランドのオレンジ川下流の両岸の山地に生えている。高さ45センチほどで、およそ25歳だ。その奇妙な形の茎は年のうち10から11カ月、旱魃（かんばつ）が続けば数年にわたって、葉をつけず石化した歩哨のような姿を岩だらけの斜面にさらしている。雨が降りはじめると、灰緑色のロゼットと、フェルトのような葉が頭を覆う。7月か8月に咲く花は大きく派手で、筒状の花の根元のほうは淡い黄色、先端はえんじ色だ。

これを、やはりNoord Poolという名を持ち、茎の先端を北へ向けるとされる南アフリカ共和国のべ

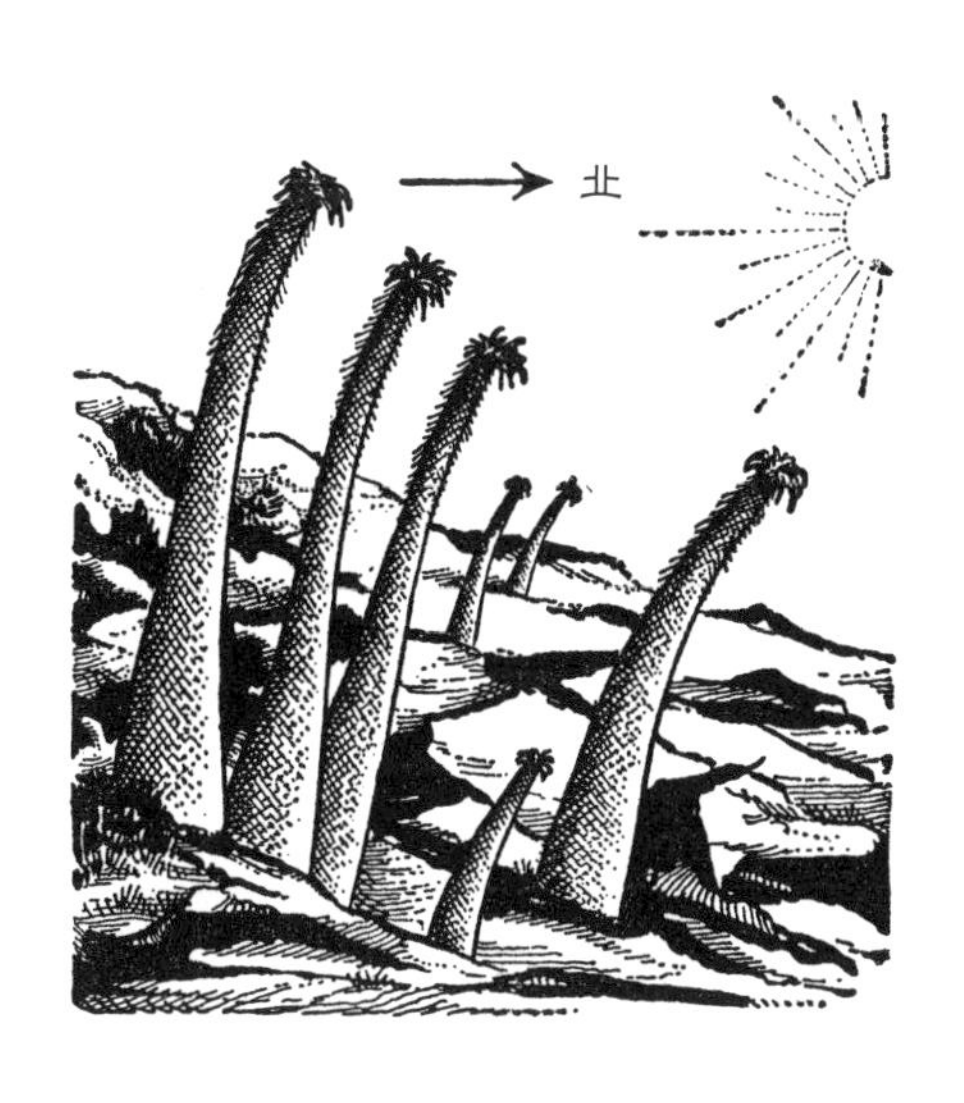

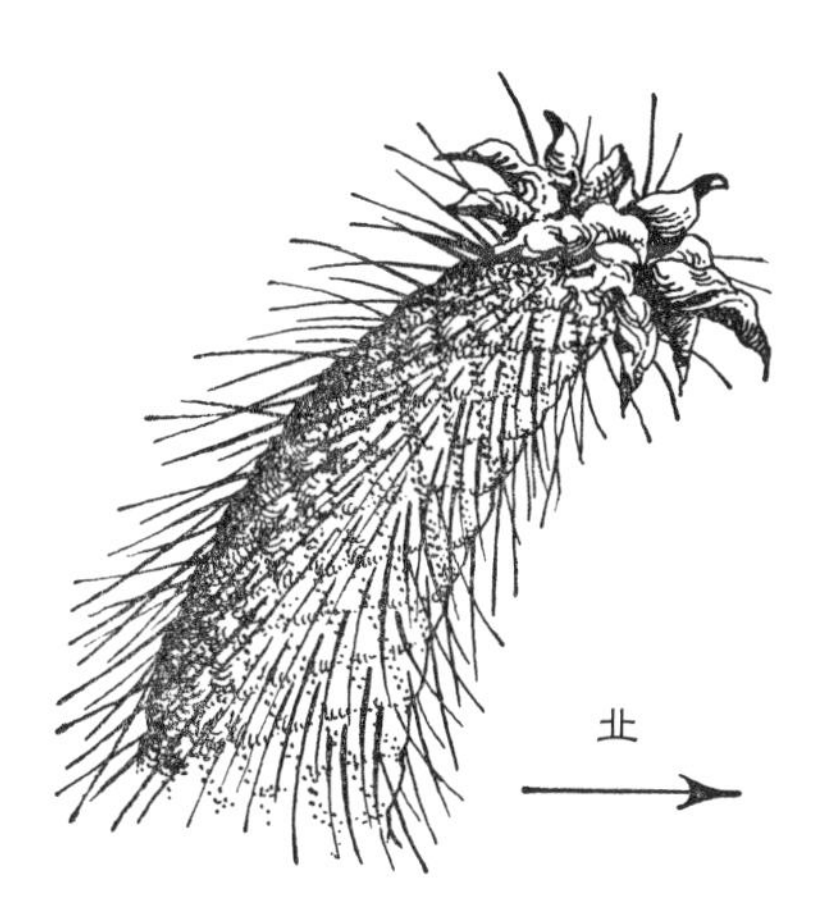

南アフリカ共和国のノース・ポール（*Pachypodium namaquanum*）．先端はすべて，正午の陽光を充分に浴びることができるようにつねに北を向いている（Marloth, *The Plant of South Africa* より）

つの植物（*Euphorbia fasciculata*）と混同しないように注意しよう。

北中米では、大きな樽の形をしたフェロカクタスが同じように正午の太陽の向きに影響を受け、つねに南に傾いている。砂漠地帯では非常に役に立つガイドであり、しかも水分をとることができる。

北半球の温帯では、植物の花は南か東を向くというはっきりとした傾向がある。これは自分の位置を知るときだけでなく、庭を設計するときにも重要なことだ。

北半球の中緯度地方にはそうした植物の例として、スミレ、パンジー、スイセン、ユリのいくつか、シャスタ・デイジーなどがある。花のこうした向きは、あまり密集しておらず、陰でもなく、太陽の影響を受ける場所ではさらに顕著だ。

ほかにも多くの植物が、とりわけ日陰にある場合は、最も光が得られる方向へ花を向ける。チューリップやフロックス、アメリカナデシコ、ツボサンゴ、フウリンソウなどがこれに該当する。

昇ってから沈むまでずっと太陽を追いかけるものもあれば、夜の闇が明けた朝の太陽にだけ影響を受け、正午には太陽を追うのをやめてしまうものもある。ヒナギクに似ており、ヨーロッパ全域と北米で春に花を咲かせるレパーズベイン（キク科ドロニクム属）はつねに太陽を追いかける。日の出から日の入りまで、この花は太陽のほうをずっと向いているが、40分（角度にして約10度）ほど遅れて動く。

一般に考えられているのとは異なり、よく庭に生えているヒマワリ（*Helianthus annuus*）はいつも太陽のほうを向いているわけではない。高緯度地方では、太陽の角度がつねに低く、低緯度地方ほど日光が強くないためにそう見える。しかしニューヨーク近郊では、詳しく調べた人によれば、ヒマワリの花の95パーセントはいつも東を向いていたという。

植物の生態を研究すると、なぜある植物がある場所で育ち、ある場所では育たないのかを決定する要因はいくつもあることがわかってくる。たとえば土壌の化学的な成分や、気温、湿度、水はけ、日照時間、どれだけ光が当たり、あるいは陰になるか、そしてどれだけ風が当たるか、または風から護られているか。

あまり知られていないが驚くべき事実として、ある種の植物の化学的な成分はそれが育っている土壌に含まれる鉱石を示している。この知識は鉱物を探すうえでとても有益だ。フィンランドの科学者カレルヴォ・ランカマはこれを「地植物学による探鉱」と呼んでいる。植物を焼き、灰を分析するのが一般的な方法だ。フィンランドの地球化学者は実際にカバの葉を調査することで豊富な銅とニッケルの鉱床を発見している。

アメリカ地質調査所の科学者ヘレン・キャノンはアメリカ国内で、砂漠の地下深くまで根を張る樹木の灰を分析し、重要なウラン鉱床を数カ所発見した。それ以前にはガイガーカウンターによる調査やボーリングによる探鉱で見落とされていた鉱床だった。

亜鉛の探鉱はこの方法で成功を収めている。たとえば亜鉛パンジー（*Viola calaminaria et zinci*）という植物は亜鉛と明らかに親和性が高く、そのため中央ヨーロッパの各地にある亜鉛鉱山のゴミ捨て場でよく咲いている。この亜鉛パンジーは最大で数パーセントの酸化亜鉛を含んでいる。またグンバイナズナ属も近くに亜鉛があることを示す植物で、亜鉛が豊富なドイツやスウェーデンの土壌で育ち、灰には最大で16パーセントの亜鉛が含まれるという。

鉛を吸収する植物、アモルファ・カネスケンスは60センチから1メートル20センチほどの高さに育ち、青い花を咲かせ、銀と鉛を含むミズーリ州の土壌で見られる。

こうした探鉱の方法は希少鉱物に対する関心が高まっている昨今ではとくに注目されているが、その原則は昔から知られていた。1897年にはオーストラリア北部で、高さ18センチほどで大きな花をつける小さな植物(*Polycarpaea spirostylis*)に多量の銅が含まれており、また実際に銅鉱床があることを示していることが発見された。

ノルウェーでは、高さ30センチにも満たず、ピンク色の花をつけ、銅の豊富な土壌で育つ魅力的な高山植物、リクニス・アルピナが見つかっている。ノルウェーのレーロースにある銅鉱山では、ほかの植物はほとんど育たない。

さらに、金があることを示す植物もある。そのなかに「馬の尾(ホーステイルズ)」とも呼ばれるトクサ科の2種、スギナ(*Equisetum arvense*)とイヌスギナ(*Equisetum palustre*)があり、植物原料1トンのうちに最大で130グラムほどの金を含んでいる。

ゲンゲ属(*Astragalus*)の4種(*Astragalus thompsonae, Astragalus confertiflurus, Astragalus Preussi var. arctus, Astragalus Pattersoni*)はウランの存在を示す最良の植物と考えられている。

またスタンレヤ・ピナータ(*Stanleya pinnata*)とウッディ・アスター(*Aster venustus* あるいは *Xylorhiza venusta*)の2種もウランがあることを示している。

12　蟻塚の道しるべ

昆虫はすべて変温動物であり、気温の変化に敏感だ。そのなかでも、高度に専門化した社会性を持つアリと（系統はまったく異なる）シロアリに肩を並べるものはほとんどない。この2種の昆虫はどちらも群れが暮らすための塚を作る。そしてその塚は程度の差こそあれ、太陽のほうを向いている。寒冷地方、あるいは冬の寒い地方のアリはできるかぎり暖かくなるように巣を作る。それ以外の熱帯のアリは最も涼しい場所に巣を作る。この結果、ときには巣が同じ方角を向き、きれいに並ぶことがある。彼らが建てたものは、ナチュラル・ナビゲーションのための標識になる。

旧世界でも新世界でも、北半球で冬の寒い地方では、数種のアリが、冬に太陽が昇る南東に面した丘の中腹に塚を建てる。夜は寒さのため、アリは低温でほとんど動けない。活動時間をできるだけ長くとるためにはいちばん早い朝の日光を浴びなければならない。それが塚を南東に向けて並べ、南や東（どちらの斜面がより熱を得られるかによる）の斜面での生活を好む理由だ。蟻塚が木やその切り株の脇にある場合、その蟻塚はふつう、より温かい側、つまり（北半球では）南か南東側にある。

標識となるアリのいちばん顕著な例は、おそらく中央ヨーロッパのキイロケアリだろう。学名をラシ

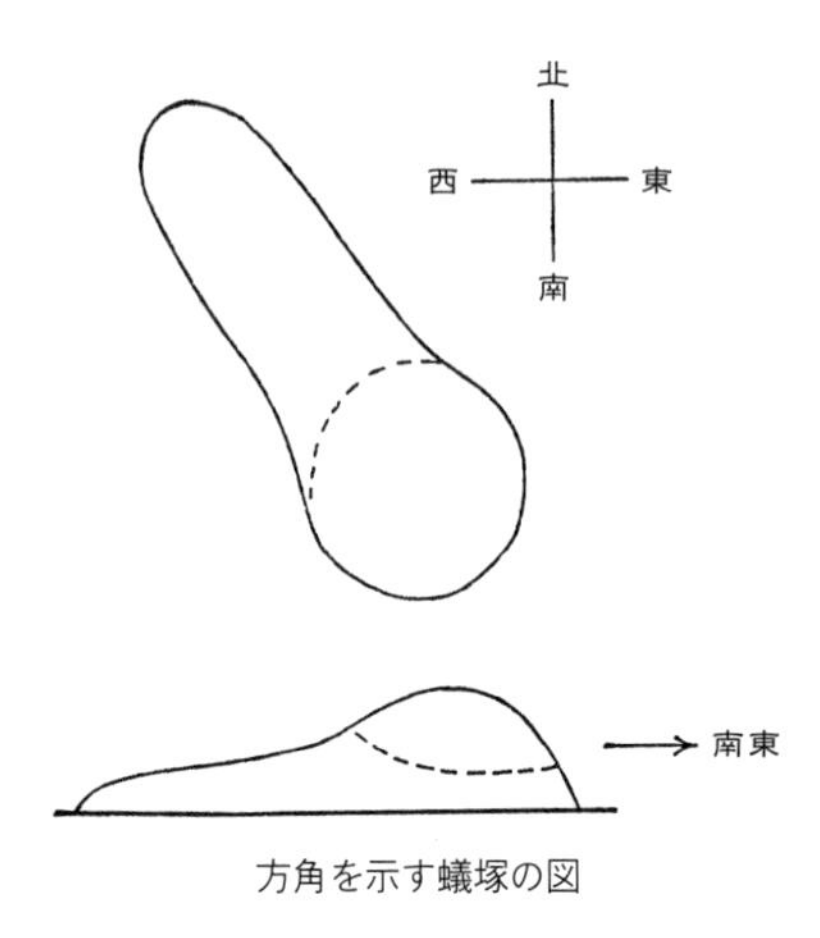

方角を示す蟻塚の図

ウス・フラウス（*Lasius flavus*）というこのアリはスイス・アルプスやジュラ山脈の牧草地でとりわけよく見られ、一般に南東の斜面に巣を作る。平地に塚が建っている場合、それはかなり正確に南東を向いている。そのため現地の住民は、霧で迷ったり、家から離れた場所では蟻塚を使って自分の位置を知る。スイスにはこのように方向を示す蟻塚を表す「トイモンス」という方言もあるほどだ。

これらの蟻塚は暖かさを最大限に取りいれるため南東側の角度が急だ。アリはこの部分に住んでいて、そこに土を盛ってさらに建設を続ける。その結果、北西の端に向かっては角度が緩やかで、この北西の部分はすでに放棄されていることも多く、以前の世代がそこに棲んでいたことを示している。

できあがったキイロケアリの蟻塚には、方角を示す明確な特徴がほかにもある。その南東側の地面はしばしば柔らかくて砂が多く、まばらに生えた植物のほとんどはタイムか灰緑色の細かい草だ。北西側は圧縮された腐植土で、背は低いが密度の濃い、鱗茎のある植物に覆われていることが多く、それはしだいに塚の北西側を完全に覆ってしまう。キイロケア

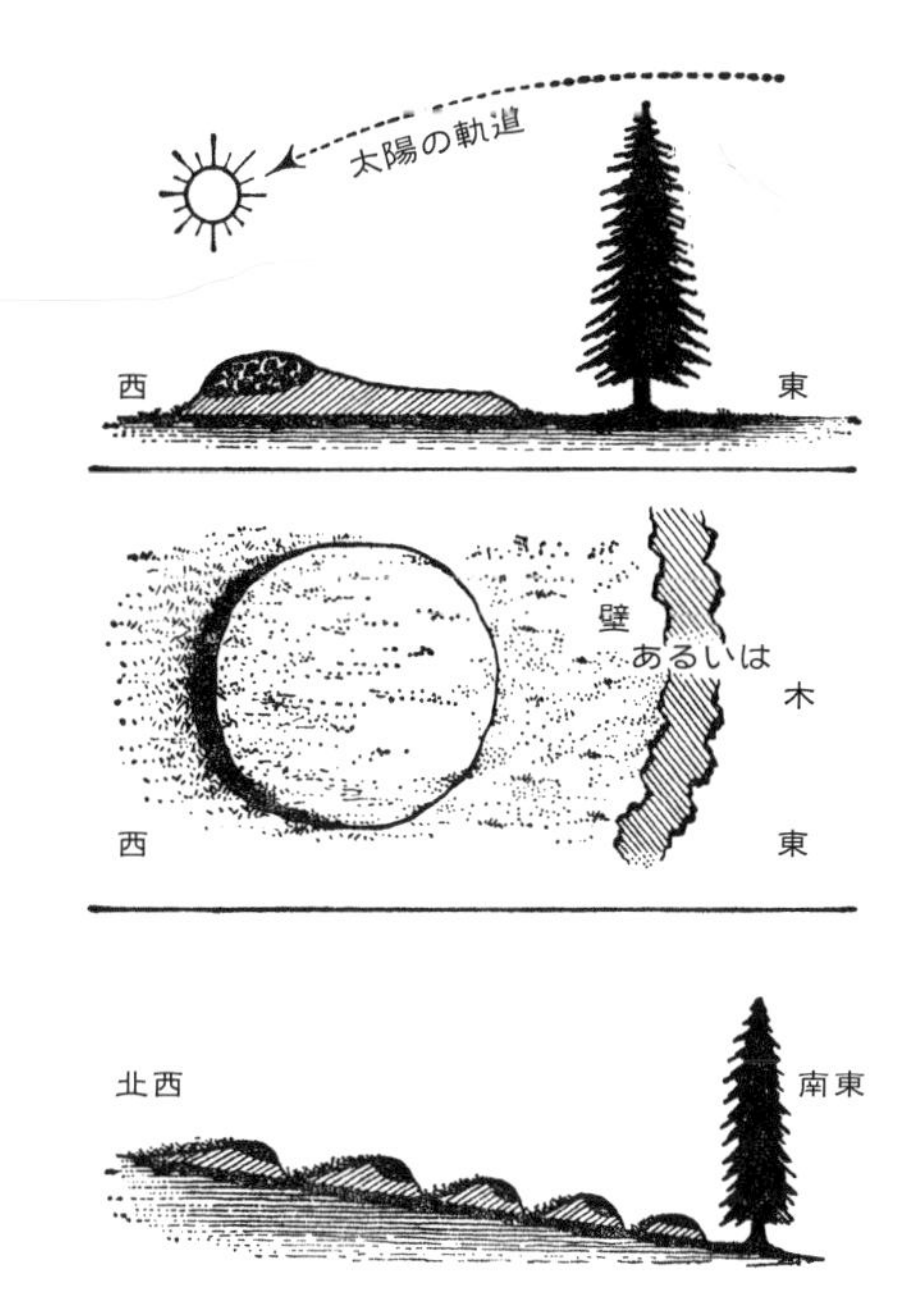

蟻塚がふつうとは異なる成長をする三つの例（Linder, *Observations sur les Fourmilières-Boussoles* による）

リの塚は大きいもので長さ2メートル、幅80センチ、高さ50センチほどになる。見晴らしのいい場所ではほとんど楕円形になる。塚が岩壁に囲まれていたり、その脇に建っている場合、もしくは木に囲まれていると、しばしば円形になる。というのは、そうした状況ではアリは真上から射す日光により最も熱を得られ、また昇る太陽に向けて塚を拡張することにあまり利点はなくなるためだ。それでも、そうした状況にあっても、アリはやはり巣の南東側で生活しているため、蟻塚は方角を知るために使うことができる。

ただし例外として、塚が木や岩に密着し、南東側が完全にふさがれている場合には、アリは北西側で暮らしている。

ラシウス・ニゲル（*Lasius niger*）というヨーロッパのクロアリは、マツの葉で巣を作る。その巣はキイロケアリのものとは異なり楕円形をしていないが、アリはつねに塚の東側に棲み、そちら側で活動していることはよく観察すればわかる。

アメリカ合衆国西部には、蟻塚が一定の方角を示すさらにふたつの例がある。シュウカクアリ（*Pogonomyrmex occidentalis*）は塚を建てるプレーリーのアリとしても知られており、塚へのただひとつの入り口は北東側にある。銀色のアリ、フォルミカ・アルゲンタータ（*Formica argentata*）は、コロラド州の低い山地で同じように方向を示している。

アリが温かさではなく涼しさを求める砂漠地帯では、サハラ砂漠のメッソル・アレナリウス（*Messor arenarius*）などのアリは蟻塚の壁をクレーターのような形にし、高いほうの壁がその地方で吹く風に当たるようになっており、また自然を頼りに旅をするさいにも信頼できる標識になる。少なくとも卓越風の方角を知っている必要があるが、（この本をここまで読んでいれば）その点は問題ないだろう。

シロアリ　シロアリはアリとはかなり種類の異なる社会性昆虫だ。アリよりも熱帯地方に偏って存在しているため、〝方角を示す〟シロアリのほとんどが過度の熱や正午の日光を避けるような向きに巣を作る。

オーストラリア北部の広大で暑い砂漠地帯にかなり興味深いいくつかのシロアリの塚がある。それらはみなアミテルメス・メリディオナリス（*Amitermes meridionalis*）というよく知られた種のものだ。非常に目立つ構造をしており、「磁石の蟻塚（マグネティック・アントヒル）」と呼ばれている。なかには3メートル60センチほどに達す

オーストラリア北部のシロアリの蟻塚の南北方向の成長．東から見たもの（上図）と北から見たもの（下図）

るものもあり、完成したものはたいてい90センチを超える。そのすべてが正確に南北を向いている。東と西の側面は平べったく、前後の長さは、平均して高さの4、5倍にもなる。上部は鋭く、ぎざぎざの形をしている。

磁石の蟻塚（シロアリがアリではないことを忘れ、一般的な表現に倣うなら）がまっすぐ南北に伸びる形をしているのは、技術的な必要性のためだ。この塚は泥でできているが、水分を多く含んでいないと積みあげられず、しかも安定させるためにはできるだけ速く乾かなくてはならない。南北方向に塚を建てれば、午前の太陽が東側を、午後には西側を乾燥させることで、どの部分も日中にずっと日陰に置かれることはない。

このように方向の定まった塚にはさらに、シロアリが巣の片側からべつの側へすばやく移動できるという利点がある。これは昼のあいだ最も快適な気温で過ごす必要があるためだ。シロアリは正午の暑さや午前や午後の日光が直接照りつける熱には耐えられない。冬になると反対に、午前は東の、午後は西からの陽のよく当たる場所へ動く。

この磁石の蟻塚は、オーストラリア北部の広大な砂漠を旅するさいの、最も重要な道しるべのひとつだ。そのおかげで、この地域で道に迷うことはあまりない。戦争〔第二次世界大戦〕のとき、わたしは連合国オーストラリア、ニューギニア方面の航空輸送部隊の隊長を務めており、何度かクイーンズランドやノーザンテリトリーの上空を飛んだ。そして磁石の蟻塚の上を越えて、軍部のお偉方を送りとどけた。空から見るとその数の多さは壮観で、どれもが同じ方向を向いているのはほとんど不気味だった。ダーウィンやキャサリンなどのタウンシップの空港のそばで、わたしはこのシロアリの蟻塚を調べてみた。

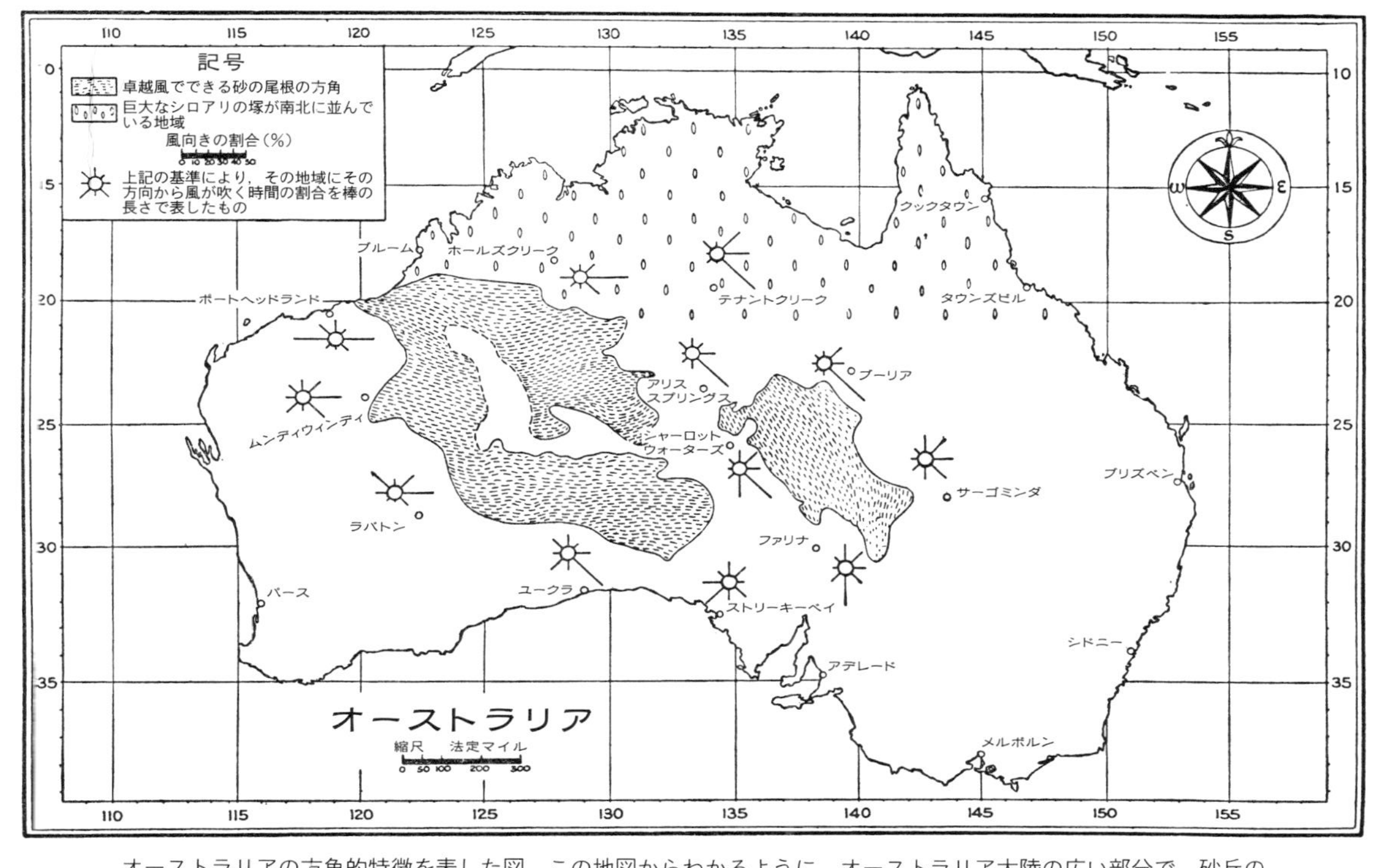

オーストラリアの方角的特徴を表した図．この地図からわかるように，オーストラリア大陸の広い部分で，砂丘の向きや卓越風，そして北部では広い範囲に数多く見られる南北にはっきりと向いているシロアリの塚といった，自然の特徴によって簡単に方角を定めることができる（Madigan, *The Australian Sand-Ridge Deserts* より）

地平線の果てまで山もないこの平らで単調な国で、それは誰も忘れられず、まず見落とすこともない、生きた標識となっていた。

オーストラリア北部と同じように、アフリカ南西部のカラハリ砂漠の端に暮らす農民やそこを訪れる旅人を導くシロアリの標識がある。S・H・スカイフ博士が教えてくれたところによれば、そこで一般的なシロアリは3メートルから4・5メートルの高さで、先端が北側に曲がった塚を建てる。

13　砂漠で

砂漠で進路を探さなくてはならない人々は、世界中のどの砂漠にも、そこを住み慣れた故郷とする土着の遊牧民がいて、旅の途中で出合う多くの難問を解くことを第二の天性としていることを知っている。砂漠を探検するときには、観察力を駆使して本物の砂漠の民のような技術を身につけなければならない。砂漠の民にとって、ナビゲーションは生き残るために欠かせない。彼らは幼いころから、それが生死を分けることを知っている。

当然ながら、砂漠の遊牧民は場所の視覚的記憶力がきわめて発達している。彼らの精神にはあらゆる旅の目じるしが刻みこまれ、道をたどるときにはそれが連続して意識に上ってくる。たがいに交わす会話の内容はさまざまだが、とりわけ多いのは目じるしと旅をめぐる状況についてだ。遊牧民が砂漠で出会うと、かならず旅の進行状況や水たまりの状態、草地に生えた餌の量などについて話をする。ほかのキャラバンが通過した跡はとくに注意深く観察し、何頭のラクダと馬がどの方向から通過し、それからどれだけの時間が経っているかを信じがたいほどの正確さで読みとる。サハラ砂漠の多くの部分を形成する、砂のない小石だらけの広大な地域では、キャラバンの跡や（「メジベド」と呼ばれる）ラクダの足跡が消えてしまっていても、遊牧民は何世代にもわたって、水場から水場への目じるしの石塚を残している。アメルあるいはレジェムと呼ばれるこの石の塔は、遠くからでも見えるようにまわりに何もない場所に作られている。

この章では、砂漠地帯や、世界中の砂を含む場所に特有のナビゲーションの方法だけを扱おう。これから述べるのは、本書で述べたほかの一般的な方法と併用すべき特殊な方法であることを念頭に置かなければならない。その方法はもちろんほかの地域と同じように砂漠でも適用することができる。

北極と南極という極寒の砂漠を除外しても、世界の陸地の6分の1は砂漠である。どの大陸にもかならず砂漠または半砂漠の乾燥地帯がある。北アフリカにはサハラという世界最大の、最もよく知られた砂漠がある。それは770万平方キロメートルもの平原と険しい山地、岩石の台地、そして砂丘からなる。砂砂漠はわずか10パーセントにすぎない。それよりはるかに多いのは礫岩で、はるか以前にそこから砂が飛び、低地に積みあがることでほとんどの砂丘ができた。サハラ砂漠の礫岩の上を通過した跡は何年も残る。アフリカ南部のカラハリ砂漠も広い。また乾燥地帯は、アラビア半島の砂漠からほとんど途切れることなくシリアへ続き、イランを通じてパキスタンのバルーチスターンや中央アジアまでつながっている。中央アジアと東アジアにはオルドス砂漠やゴビ砂漠がある。中国北部の内モンゴルとモンゴルの多くの部分を含む、皿のような形をした高原だ。山脈に囲まれたほぼ平らな盆地がどこまでも続き、まばらに岩や丘がある。南米にも大きな砂漠が、オーストラリアには中央の広い砂漠が、そして北米にはグレートベースンがある。このアメリカ合衆国南西部の砂漠は平原で、サボテンが点々と生え、ふいに険しい山が現れて、ゴビ砂漠やサハラ砂漠を思いださせる。

砂漠のナビゲーションにおけるふたつの要点は、砂と動物のふるまいから生じる。地球上の砂漠地帯で人間がこれまでに作った共同体はどれもごく小さなものだ。オアシスを除き、耕作が行われたことはない。そして広い砂漠のいたるところに、人間は風がつけた目じるしを読みとることができる。どの砂漠でも、海と同じように卓越風は決まっている。そしてその風が、風がやんでいるときや一時的に風向きが変わっているときにも景色を決定づける永続的な跡を残す。砂漠では、支配的な風向きとは異なる風も跡を残すが、たいていはさざ波のように微かで、支配的な風の効果と比べれば取るに足らないものだ。

砂漠の支配的な風は風向きが非常に安定している。また砂漠の大部分は高原であるため、山地のように局地的な地形に妨げられることもない。砂漠を旅するときにまず知らなければならないのは、卓越風の向きと、それによって砂の配置がどのように変化するかだ。

砂漠の砂はほとんどが硬い鉱物の粒子でできており、風で飛ばされはするものの、塵のように長く空中を漂って遠くまで運ばれるほど小さいわけではない。砂は行き当たりばったりに飛ぶのではなく、自らの性質に従い、はっきりと特徴のある形に積みあがる。砂丘には歴史と構造がある。ただの無秩序な砂の塊ではないのだ。その大きく分けて三つの型を見ていこう。

砂は風で運ばれると物陰に落ち着き、しだいに窪みや風の当たらない場所を埋めていく。岩などの障害物が砂漠に現れると、飛ばされた砂はその風下側にたまり、最後には流線形に固まっていく。その頂上の長い軸の部分は卓越風の方角を向いている。岩や低木などの障害物の風上側には傾斜の急な砂堆（さたい）〔砂礫が堆積してできる地形の総称〕ができる。その風下にできるのはよりなだらかな流線形の砂丘、あるいは準砂丘とでも言うべきものだ。

砂漠の砂丘の主要な三つの型とは、縦砂丘、セイフ砂丘、バルハンだ。なかでも最もよく見られるのは縦砂丘だ。通常それは長く連なった高さの一定な砂堆で、支配的な風と同じ向きにつながっている。暑い砂砂漠では、縦砂丘はとても長い。サハラ砂漠のうち、アトラス山脈に近いグランデルグ・オクシデンタル砂漠とグランデルグ・オリエンタル砂漠は、北西から南東、あるいは北北西から南南東へつながる広大な縦砂丘からなっている。サハラ砂漠中央部では列になった砂丘は南を向き、スーダンのサハラ砂漠東部では南西や、さらには西南西を向いているものもある。サハラ砂漠の北東部、リビア砂漠砂丘は北北西だ。ここでも、ほかの場所と同じように卓越風と方向が一致している。

内モンゴルでもやはり同様で、オルドス砂漠の砂丘は北西から南東へ、風と平行して伸びている。この砂漠は圧倒的な量の砂があるため植物が生えていない砂丘もあるが、植物で地面が固められた場所もあり、草や低い茂みで覆われた小さな丘のように見える。

オーストラリアでは、内陸部の砂漠の砂丘は一般に北西に伸びていて、大陸西部の砂漠の南北の辺縁ではより西寄りに向いている。そしてやはり、ほぼ一定の風向きを反映している。砂丘は低く（平均で12メートル、最大で30メートルほど）、まっすぐに平行しており、堆と堆のあいだは規則正しく400メートルほど離れている。

縦砂丘は両側が鏡で映したように同じだが、セイフ砂丘はそれぞれが岩の後ろにできる砂の吹きだまりのような形をしている。その長い辺（あるいは軸）は卓越風の向きと同じだが、長い尾根は縦砂丘のものとは異なり、頂上が尖り、片側が反対よりもはるかに急に傾斜している。さらに、片側の斜面はし

バルハン，あるいは三日月形砂丘．雪上（上）と砂上（下）にできたもの

ばしば丸く膨らんでおり、反対は窪んで切りたっていて、正面から見ると崩れたような印象を与えるほどだ。この正面は、支配的な風に対して直角だ。そして、べつの方角から強い風が吹くと一時的に変形する。セイフ砂丘は単調な形であることはめったになく、多くの場合は20メートルから200メートルほどの距離を置いて連続した頂が連なり、山脈のようになっている。たいていはいくつかのセイフ砂丘が360メートルから8キロまでさまざまな（地域によるが、その内部では一定の）間隔を置いて平行に連なっている。

バルハンは馬蹄形をした三日月の砂丘だ。窪んだ内側の斜面は外側より急で、窪みは風下に当たる。ペルーの砂砂漠ではバルハンは「メダニョ」と呼ばれ、砂丘の形として最もよく見られる。ほかの砂漠では縦砂丘が一般的だが、ここではかなり小さな三日月形の砂丘がぎざぎざに、とぎれとぎれに存在している。馬蹄形の窪みのなかで、急な斜面は風が当たらず、地平線に対しておよそ33度で、角度は最も急だ。それ以上の角度では重力が表面の摩擦力を上回って砂が流れ落ちてしまう。バルハンの後ろ側は風に面しており角度は緩やかで、5度か6度ほどだ。側面の角度はふつう10度から13度だ。

この砂漠の砂丘の地形は、いま砂漠である場所にだけ見られるものではない。温暖な地方にも、かつては乾燥していた時代があり、その後植物が生え、耕作されるようになった部分が広がっている。その砂漠だったころのいわば〝化石化した形跡〟や、さらには卓越風による砂丘の列がいまも残っていて、偶然にも、そこに吹く風は変わらないまま、土地の性質が変わってしまったことを示している。たとえばドイツ、ポーランド、ハンガリーの古い砂丘の形やガスコーニュ地方の湿原は東西を向いており、スウェーデンの砂丘はスカンディナヴィア山脈から吹き下ろしてくる、支配的な南寄りの西風に沿っている。

砂漠のガイドとなる動物

砂漠でのサバイバルという問題は、厳密には砂漠でのナビゲーションとは関係がないと思われるかもしれない。しかし常識的に考えて、そのふたつは密接に関連している。各国の軍はもちろん砂漠でのサバイバルについて詳細に研究しているし、砂漠で遭遇する危険や、そこで得られる食べ物で生き延びることを題材にした文学作品もすでに数多くある。ナビゲーションに関係する最も重要なサバイバル方法のひとつは、水の探索だ。砂漠を旅するとき、予定したルート上に水場があるとはかぎらない。だが方角の知識があれば、自分の位置を知るためにそれを利用できる。砂漠で水のありかを示す最大の標識は動物だ。水場の見えない砂漠で一日静かに過ごせば、誰でも水を探す鳥などの動物の行動について多くのことを学べるだろう。

世界には289種のハトがいる。そして（気温の低い極地砂漠を除けば）どの砂漠にもかならず1、2種のハトが生息している。体形から簡単に見分けられ、ほぼすべてが砂漠の水場に近い木や茂みにとまる習性がある。砂漠のハトはたいてい一日に一度か二度水を飲む。夜明けにはときどき、夕方にはかならず水を飲むが、日中の暑い時間に飲むことはない。そのため、重要なのは夕方にどの方向へ飛んでいるかだ。砂漠のハトを観察することに慣れれば、夕方水を飲みに向かっているのか、飲み終えて帰るところなのかを見分けることさえできる。水場からの帰りの飛行では見るからに重そうで、羽ばたきの音も大きいからだ。

砂漠のハトについて、H・A・リンゼイは *Bushman's Handbook*〔『開拓者のハンドブック』〕で驚くべきことを語っている。

オーストラリア、ノーザンテリトリーの砂漠で、水もなく、調査団はみな疲れきっていた。デイヴィッド・リンゼイはいちばん強いラクダに乗って水を探しに出かけたが、見つけることはできなかった。だが夕方にキャンプへ戻るとき、前方の狭い通り道に、カワラバトが一羽飛んでいるのが見えた。その鳥の後を追って丘を登っていくと、思いもよらない場所に、大量の水がある岩の穴があった。

一羽の小さな鳥がいなかったら、調査団は全滅していたかもしれない。

世界の砂漠にはハト以外にも、それぞれ独特な、ときには奇妙な鳥が暮らしている。オーストラリアの砂漠には斑点のあるフィンチで地元では「ゴールデン・スパロー」と呼ばれる鳥がいる。大きな集団を作り、水場から遠く離れることはない。ゴビ砂漠で水のありかを示すのはセキレイやヒバリなど、小さな砂のような色をした鳥だ。オーストラリアの砂漠にはキバタンが住み、またオウムが暮らす砂漠もある。ほとんどの砂漠にはウズラがいる。ガンが砂漠を渡る姿を見かけることも多いが、そのときは水が近くにある。とくに低く飛んでいるときは川やつながった池、湖を目指している。

ソロモン王は、紅海沿いのヘジャズ地方とイエメンのあいだの山中にあるシバの女王ビルキスの邸を、アラビア半島を進みながら水場を探すためにチドリを放ったことによって突きとめた。

水のありかを示すのは、鳥だけではない。ガゼルなどのアンテロープは、夕方に群れて水場へ行く。ハチは水を探して飛びつづける、優秀な水へのガイドだ。砂漠の砂に残された哺乳類や人間の足跡は、もちろんかならず水へと向かうわけではない。だが異なる動物の跡がそれに合流していれば、水へ向かっていると判断してもよい。

もちろん、すべての動物が夕方の水飲みの時間にそこへ現れたり向かったりするとはかぎらない。水を飲まずに数日間生きられる種もある。たとえばオーストラリアの砂漠でエミューやアカカンガルー、オオカンガルーに出会ったとしても、そこは水場から30キロから80キロ離れていることもありうる。

みすず 新刊案内

2019. 8

ナガサキ

核戦争後の人生

スーザン・サザード
宇治川康江訳

郵便局の配達員、路面電車の運転士あるいは軍需工場に駆り出されるごくふつうの十代の若者だった語り部たちのあの日——一九四五年八月九日、キノコ雲真下の「同日同刻」から苦難とともに生きのびた「長い戦後」まで。「赤い背中の少年」ほか五人の主要登場人物とその家族、関係者への聞き書きにくわえ、他の多くの被爆者や治療に携わった医師たちが残した証言、米軍兵士・司令官の手記、戦略爆撃調査団報告をはじめ占領軍検閲政策、原爆傷害調査委員会をめぐる公文書資料などにあたりながら、十二年の歳月をかけ書きあげられたノンフィクション。被爆者の側に徹底的に寄り添った本書の姿勢は、二〇一五年に刊行されるや「原爆投下不可避」論の根強い米国内で議論を呼び起こした。

「スーザン・サザードはジョン・ハーシーが広島のためにした以上のことを長崎でおこなった。本書は綿密で情熱的、思いやりに満ちたこのうえない歴史書だ」（ジョン・ダワー）

四六判　四六四頁　三八〇〇円（税別）

専門知は、もういらないのか

無知礼賛と民主主義

トム・ニコルズ
高里ひろ訳

今、これほど多くの人が、これほど大量の知識へのアクセスをもちながら、あまり学ぼうとせず、各分野で専門家が蓄積してきた専門知を尊重しない時代を迎えている。

ゆがんだ平等意識。民主主義のはき違え。確証バイアス。都合の悪い事実をフェイクと呼び、ネットで検索した情報と専門家の見識を同じ土俵に乗せる。正しいこともあれば間違ったこともあるという反論には、「非民主的なエリート主義」の烙印を押す。これでは、正しい情報に基づく議論で合意を形成することは難しく、民主主義政治も機能しない。

原因はインターネット、エンターテイメント化したニュース報道、お客さま本位の大学教育。無知を恥じない態度は、事実ではなく「感情」に訴えるポピュリズム政治の培養土となっている。

本書が考察しているアメリカの状況は対岸の火事ではない。専門知を上手く活かして、よりよい市民社会をつくるための一冊。

四六判　三一二頁　三四〇〇円（税別）

患者と医師と薬とのヒポクラテス的出会い

中井久夫集 11　2009−2012

中井久夫
解説　最相葉月

「私は精神療法を二つにわけ、狭義と広義とを区別してきた。具体的な一つのドクトリンにもとづき一つの流派を形成して、あるスタイルとマナーに従って治療行為を行うのが狭義の精神療法である。広く経験にもとづき、患者の回復に貢献するであろうアプローチを行うのが広義の精神療法である。

薬物処方を患者に手渡す際に好ましい態度を私が強調しつづけたのも、睡眠で改善の段階づけを行ったのも広義のほうである。もっとも広義では、精神科医、いや医療者の一挙一動が精神療法的意味を持つことになる。狭義の精神療法は、広義の精神療法が良質であることを前提としなければ意味がない。臨床精神医学はそこから出発すると私は思う」(「回復の論理の精神病理学がありうるならば」)。

「病棟深夜の長い叫び」「統合失調症の有為転変」「回復の論理の精神病理学がありうるならば」ほか全37編。自らの精神医学の実践の軌跡をたどる、シリーズ最終巻。

四六判　三六〇頁　三六〇〇円（税別）

大学なんか行っても意味はない？

教育反対の経済学

ブライアン・カプラン
月谷真紀訳

人気ブロガー経済学者が、経済学の概念「シグナリング」をキーワードに、現在の教育システムが抱える問題点を実証データで分析する。

なぜ学生は楽勝授業を探し、試験が終われば学んだことを平気で忘れてしまうのか？　なぜ過去数十年で教育が普及したのに、平均的な労働者が良い仕事に就けず、学歴インフレが起きているのか？　なぜ企業は、ほとんど使うあてのない学校教育を受けた労働者に給料を支払うのか？　なぜ社会では、学校を卒業することが最大の協調性のシグナルになるのか？　その答えはすべて、「教育の最大の役割は学生のスキルを伸ばすことではなく、知力、協調性、仕事への姿勢についてのお墨付きを与えることにある」というシグナリングの考え方にある。

本書が示す問題解決への道筋は、高等教育縮小と職業教育拡充だ。最新の社会科学による、教育への根源的かつ挑発的な問いかけ。

四六判　五三六頁　四六〇〇円（税別）

最近の刊行書

——2019年8月——

アダム・トゥーズ　山形浩生・森本正史訳
ナチス 破壊の経済　上下　各 4800 円

スティーブ・ブルサッテ　黒川耕大訳　土屋健日本語版監修
恐竜の世界史——負け犬が覇者となり、絶滅するまで　3500 円

フランカ・オンガロ・バザーリア編　梶原徹訳
現実のユートピア——フランコ・バザーリア著作集　7200 円

ロン・リット・ウーン　枇谷玲子・中村冬美訳
きのこのなぐさめ　3400 円

原田光子
真実なる女性 クララ・シューマン　5200 円

＊＊＊

—新装復刊　2019年8月—

ホッブズの政治学 新装版　レオ・シュトラウス　添谷・谷・飯島訳　4500 円

＊＊＊

—好評重版書籍—

ナガサキ——核戦争後の人生　スーザン・サザード　宇治川康江訳　3800 円
科学者は、なぜ軍事研究に手を染めてはいけないか　池内 了　3400 円
庭とエスキース　奥山淳志　3200 円
人類の星の時間　S. ツヴァイク　片山敏彦訳　2500 円

＊＊＊

月刊みすず　2019年8月号

「父子鷹」酒井啓子／連載：「東京論」（第6回）五十嵐太郎・「もう一つの衣服——「ホームウエア」の変遷をたどる」（第6回）武田尚子／小沢信男・郷原佳以・池内紀・繁内理恵／表紙・大石芳野　300 円（2019年8月1日発行）

みすず書房

www.msz.co.jp

東京都文京区本郷 2-20-7　〒113-0033
TEL. 03-3814-0131（営業部）
FAX 03-3818-6435

表紙：Edvard Munch

※表示価格はすべて税別です

14　極地で

雪と氷によって永遠に、あるいはほぼ永遠に閉ざされている場所は極地だけではない。この章の内容は、アラスカやグリーンランド、カナダ北部の全域、ソ連〔現在のロシア〕、スカンディナヴィア半島北部とフィンランドの、とりわけ冬季に当てはまる。

北極は実際には陸地ではなく、巨大な氷の塊が浮かんでいるだけだが、南極は巨大な大陸だ。近年では、その地の領有をめぐる争いだけでなく、希少鉱物が存在する可能性があることで多くの注目を集めている。この巨大な陸塊はきっと、50年後も多くの冒険家を惹きつけるだろう。また海を除いて、地球で最後に残された未知の領域でもある。

雪で覆われた地での探検については、すでに多くのことを述べてきた。空の反射について（83ページ）、同じ道を通って戻るための目じるし（61〜66ページ）、卓越風の向き（94ページ）、風で削られた岩や高い雲の動きの観察、太陽と影の方向、人間であれ犬であれ、パーティの仲間を基準として進行方向を定めることなどだ。

雪のある地方で生じる特別な問題は、風で作られる雪の形を研究することだ。スコットやアムンゼン、ナンセン、シャクルトン、モーソン、バードら、偉大な極地探検家たちの著作からも、いずれもその有名な旅の途上で雪の形に対して大きな注意を払っていたことが読みとれる。その波瀾万丈で自己犠牲に満ちた英雄的な物語を、多くの人が何度も読みかえしてきた。昨今、極地探検はふたたび活況を呈している。いまの探検家は、偉大な先駆者たちが夢想したはずの、だが実際には持っていなかった技術を手にしている。現在の世代の探検家たちには、極限状態のなかで、過去の世代と同じだけのスリルとドラマを味わい、成功と失敗の狭間で揺れ動く興奮を覚えてほしい。

彼らは変わることなく、先駆者たちがしたようにサスツルギや雪の堆積、風でできた雪上の波形、海氷の配置を観察し、それをナビゲーションに利用するだろう。

極地には、高温の砂の砂漠と多くの共通点がある。ひとつには寒い極地もまた砂漠のひとつであること、さらに、非常に低温の雪は多くの点で砂と同じようなふるまいをすることだ。雪の結晶は一般に砂の粒子よりも細かい。それでも、風はどちらも同じように運ぶ。そのため雪の砂漠で、風は雪の砂丘や吹きだまりを作る。それは砂の砂漠で砂丘や吹きだまりができるのと同じことだ。さらに雪の砂丘は、一般に規模が小さく、安定性にもやや欠けるが、形や性質が砂のものととてもよく似ている。支配的な風または卓越風の方向を同じように反映し、太陽が隠れている日中や、星の見えない長い南極や北極の夜に、極地を旅するさいにはとても有益な補助となる。

雪の砂丘で最もよく見られるのは、砂漠の縦砂丘にあたるものだ。広く雪に覆われた地域では、卓越風が雪を飛ばし、それを固めて尾根を作る。それは高さ10センチほどから1メートル前後になり、風の向きと平行して連なっている。これがサスツルギで、雪の波を意味するロシア語（zastrugi）から来ている。縦砂丘よりは小さく、たいてい丘どうしの位置はより近いが、できかたは同じだ。
非常に多くの極地探検家が、天候のためにほかの手段で方角を定めることができないときにはサスツルギを有効に活用しており、それに関する記述は彼らの日誌のいたるところに登場する。（この本では何度もしているように）引用をしてみよう。たとえば、優れたオーストラリア人南極探検家のダグラス・モーソン卿が書いた *The Home of the Blizzard*〔『ブリザードの故郷』〕から。

磁極に近づいていたため、コンパスはほとんど意味をなさず、直線経路をとることはむずかしかった。進む方向の正しさを確認するものは、ほぼまっすぐ南北の線に沿って掘られた、古く硬い冬のサスツルギの向きしかなかった。新たに降った雪がそれらを消し、埋まってしまって表面を探すために何度も立ちどまらなくてはならなくなる。[1]

リチャード・E・バード少将もまた著書 *Little America*〔『リトル・アメリカ』〕で方角を知るうえでのサスツルギの価値について書いている。そこには（わたしがいまこの本を書いている）国際地球観測年のために移設されたアメリカの南極基地を拠点に行った探検の話が書かれている。バード少将はこう述べている。

（1）Sir Douglas Mawson, *The Home of the Blizzard*, London, ©1915.

……荒いサスツルギを斜めに横切らなければならず、そのためコンパスがひどく揺れ、進みにくい。(この地域では)いつもどおり、このサスツルギは東南東から北北西に向いている……。この3週間、堡氷(ほひょう)〔ロス棚氷〕を覆うサスツルギの上をほとんど単調に進みつづけてきたあとだから、刺激的な午後だった。(2)

ちょうど同じように、アーネスト・シャクルトン卿は偉大な著書 *The Heart of the Antarctic*〔『南極の奥』〕で、頻繁にサスツルギを利用していたことを記録している。南極点を目指したこの有名な旅〔1907から1909年にかけて南極点と南磁極を目指した旅〕では、何日も太陽が見えないこともしばしばだった。だがつねに、低い雲が太陽や、ときには周囲の目立つ陸標すら隠してしまっても、ソリをサスツルギの向きに対して一定の角度に向けることで正しい進路をとることができた。

サスツルギが砂の砂漠における縦砂丘に対応するものであるように、雪はときに三日月形に積もり、あるいは吹きだまりになって、バルハンのようになることがある。雪上のバルハンは砂上のものに比べて小さく、さらに側面の角度がかなり緩やかだ。そして砂のバルハンとちょうど同じように、窪みは風下を指している。

風によって、砂の上と同じように雪の上にも漣痕ができる。その波形は小さく、高さはせいぜい十数センチだ。それは卓越風を知るうえではあまり役に立たない。というのは、局地風によってもすぐに漣痕が作られるためだ。こうした一時的な雪の漣痕は、水の上の波と同じように、風に対して直角にできる。漣痕は、支配的な風向きを表していて長く残るサスツルギやバルハンとは異なり、それほど有益ではない。

ここで、もう一度ダグラス・モーソン卿の言葉を引くことになる。彼の観察と記述はつねにナチュラル・ナビゲーションの方法を非常に巧みに組みあわせたものだからだ。著書のあちこちから、さまざまな状況でひとつの指標を使ってべつの指標を確認していたことが読みとれる。例を挙げよう。

11月24日日曜日、午前11時、時速80キロの風のなか南東へ移動した。光は乏しく、サスツルギと風によって進路を決めなければならなかった。しかし、ときおり太陽が覗くと、それでコースを確認できた。昼食のキャンプはデポから8キロの地点で、丘の頂に黒い旗が残されていた。これだけの旅路を進んでくると、テントを張るために掘った雪がまとめて積みあがって目じるしになり、足を止めるたびに同じ経路をたどって帰るための確認にも使える。デポの南6・4キロ、北に8キロのところに雪が積みあげられている。期待したほど目立ってはいないが、この状況ではこれがせいぜいだろう。さらに、日中はとぎれとぎれに谷に特徴のある雪の斜面がおよそ北東に8キロほどのところに見える。その位置はコースから一定の方向にある。[3]

（2）　Richard E Byrd, *Little America: Aerial Exploration in the Antarctic: The Flight to the South Pole*, New York, ©1930.

（3）　Sir Douglas Mawson, *The Home of the Blizzard*, London, ©1915.

海氷によるナビゲーション

極地の海では、海面の水温が摂氏0度をいくらか下回ると流氷や蓮葉氷が作られる。たいていは小さな破片からなる丸く平らな氷で、ときどき大きな浮氷が混じる。

氷山はそれとはちがって、海に流れこんだ氷河が分離することでできる。見た目は荒く不規則で、さまざまな波の浸食があちこちに見られる。氷が解けたり分離することで重心が定期的にずれ、氷山全体の向きが変わっていくためだ。波の浸食の線がまったく見えなければ、さほど遠くまで流されたものではない。しかし氷山も浮氷も、ナビゲーションにはあまり役に立たない。それは海流に押し流されることで位置が定まり、たとえ風向きが逆でもあまり影響されないためだ。それらの位置から場所を定めるためには、その地域の支配的な海流や風向きについて、かなりの知識を持っていなければならない。ただし、「湾氷」と呼ばれる形の氷からは、有益な結論を導けることがある。

ジグソーパズルのピースのような薄くなめらかで平らな氷、湾氷がある場合には、近くに湾があり、そこから潮流などの影響で氷が剝がれたことを示している。剝がれたばかりの角を持つ湾氷はたいていそれができた場所の近くにある。広範囲に散らばり、形は丸く、砕けた断片の端が上向きに尖っていたら、おそらく風や海流によって長い距離を運ばれたものだ。できたての湾氷は、湾が近いという明確なしるしだ。

厳密にはナビゲーションと関係のないことだが、海氷に関しては、極地で活動するさいにはあることを意識するといい。浮氷は本来海水が凍ることで作られ、その時点での海水と同じだけの塩分を含むが、この塩分はすぐに溶けだしてしまう。だから真水が欲しいときには、古い大きな浮氷の上の部分から氷を削りとればいい。その氷を溶かせば、塩分の少ない水が手に入る。

15　丘と川

山や谷のある地方では、地図を見れば、山が規則的に並び、そこから湧きでた川の流れる向きには規則性があることに気づく。山脈はそれ自体が目立つランドマークであるだけでなく、そこから流れる川の向きもほぼ決まっている。広い範囲に蛇行するのは川がなだらかな平地を流れているときだけで、歩いていて道に迷ったときは、川に沿って歩くことで方角を知り、人が生活している場所に到達できるというのは、（旅そのものと同じくらい古い）旅人のルールだ。

オーストラリア、ニューサウスウェールズ州北部の海に沿った山脈を例にとろう。この山脈はクイーンズランド州の北部までつながっている。そこでは、川の流れが山脈の両側に大きく分かれている。海岸側に降る雨は東へ流れ海に注ぐ川となり、西の斜面では西の内陸側へ流れる。クイーンズランド州北部では、西側の川はカーペンタリア湾へ、東側の斜面からはコーラル海へと流れる。

世界のどこでも、山脈と渓谷はおよそ平行している。たとえば、ニューハンプシャー州からメイン州やカナダの沿海州まで、標高の低い、「馬の背（ホースバック）」と呼ばれる山地が連なっている。北東から南西の向きで、アパラチア山脈とほぼ平行している。

ホースバックは、水面のさざ波のようにいたって規則的に現れる。周囲の土地よりも15メートル以上高いものは少なく、多くは平均して5から10メートルほどだ。南の斜面は緩やかで、北の斜面のほうが急になっている。

そうした地形の傾向は地表のあちこちで一般的に見られ、縮尺の小さな地形図で簡単に見つけることができる。旅をするときはそうしたことを地図で調べ、その地域の地表の構造についておおまかな傾向を知っておくことが望ましい。これは山や川だけでなく、湖や池にも関わることだからだ。たとえばホースバックが広がる北米の東部では、そのまわりに多くの湖や池がある。沈泥が溜まり、自然の排水が堰きとめられているためだ。池には水面より1メートルほど高い土手があり、その周囲では地面はしだいに低くなり、沼地へとつながっている。おそらく、土手から滲みでた水によってできた沼だろう。池の多くは乾いた土手で区切られているが、その幅は最大でも一般的な道路ほどで、長さは数キロメートルに及ぶことも多い。この土手は方角が一定で、この場合は北東を向いている。

川に沿って歩くときは、これまでに説明してきた、ナチュラル・ナビゲーションに利用できるあらゆる自然の特徴を観察するといい。川に沿って進むという昔からの方法ではひどい間違いを犯すことがあるからだ。広いアイスランドの北部に住む羊飼いについての、よく知られた物語がある。男は中央の砂漠から北へ流れる川を遡り、羊を駆り集めていた。一年の終わりが近づくころ、アイスランド中央の荒れ地には大規模な霧がかかる。羊飼いは道に迷い、それと知らぬまま分水界を越えてしまった。川に沿って歩くという規則にしたがって最寄りの流れにたどり着くと、男はその脇を歩いて海を目指した。数日後、野外を歩きつづけたため疲れはて、息も絶え絶えでたどり着いたのはアイスランド南部の農家の戸口だった。間違った川に沿って歩き、体力と粘り強さを頼りに、自分の家よりも160キロも離れたところへ行き着いたのだった。

旅をしていて、ほかに補助的なナビゲーションの手段がないため川に沿って歩きはじめるときには、間違いがないかよく確認すべきだ。とはいえ、10回のうち9回は、川に沿って歩けば自宅ではなくても人家にはたどり着けるだろう。だが川の土手を歩いていくのは、ときにはかなりむずかしい。河口近くで分かれている支流を渡るときなどはとくにそうだ。道に迷った場合は、ひどい曇りでなければ、川がときどき目に入る尾根伝いに歩くほうが簡単だ。平らな砂漠地帯ではほとんど雨が降らず、降るとしても雨季のみで、しばしば川は干上がっている。そのうえ傾斜が緩やかだと、流れの向きがわからないことも多い。だが最後にそこを流れた水には、低木の切れはしや、ある程度の量の植物が含まれていたはずだ。川床に残ったそれらの様子からはっきりと流れの向きを知ることができる。

ソ連〔現在のロシア〕の広大な国土では、川によって方角を知ることは比較的簡単だ。この国の大部分で、川は広い平原を北向きに海へと流れている。川を見なくても、東側の土手が高く、西側が低いことはわかる。

東側の土手が削れて崖のようになっているのは、絶え間ない西風によって川の水がそちらに寄せられるためだ。そのほかにそれに関わっている可能性がある要因としては、地球の回転が引き起こす（コリオリの力とも呼ばれる）偏向力がある。

思うに、ロシアとカナダに肥沃な平原が広がっているのは、北へ流れる多くの川が、数千年、数万年という時間のなかで、西風と地球の自転によって川の水が東に偏ったことも影響して、少しずつだが絶え間なく東へ寄っていったことによるものだ。

山地では、ときには川を伝うよりも山を伝って歩くほうが簡単だ。ただし斜面が急な場合には尾根が急に終わって崖になっているという危険もある。川ならば、道が通れなくなるのは最悪の場合で滝や急流があるときだが、切り抜けるのはさほどむずかしくはない。尾根を伝うのは傾斜が緩やかでとくに深い森に囲まれた土地では効果がある。丘の森に棲む動物はしばしば尾根を餌場への経路とし、自然の道を使う。そこを旅する人も、あらかじめその土地の一般的な地形を調べておけば、それをうまく利用して同じ道をたどることができる。

16　距離を推測する

陸路の旅では、とりわけ多くのまわり道をする場合には、距離を見極められることが重要だ。心のなかで、あるいは何かを利用して、まわり道をするごとにその方向を正確に把握しておき、なおかつそれぞれの経路を移動した距離を覚えていなければならない。距離は歩数で測ることができる。それは土地の種類や歩幅の平均を考慮することで、距離に換算できる。または、距離を時速と歩いた時間から計算することもできる。

平均的な人がほぼ平坦な土地を歩いているとき、一歩30インチ〔約76センチ〕で歩くと時速3マイル〔約4・8キロメートル〕になる。より厳密さが求められるなら、自分がふだん歩いているときの歩幅の平均を調べてみればいい。

ある特定の経路ですでに歩いた距離を正確に記録する必要がある場合には、歩数を数える。そのさい一歩ごとに数えるのではなく、右足だけを数え、100に達したら2倍しよう。簡単に記録するために、片方のポケットに小石や種を持って出発し、100歩ごとに反対側のポケットにそれを移していく。30インチの歩幅で、1000回右足を踏みだすと1マイル〔1・6キロメートル〕になるため、小石か種が10

個必要になる。

距離は多くの場合出発前には過小評価され、進行中に疲れてくると過大評価される。

これから進む距離を目で判断するときには、条件によって距離を過小評価や過大評価してしまう場合がある。

物体は以下のような場合に実際よりも近く見える。

- 上り坂や下り坂
- 物体に明るい光が当たっているとき
- 水や雪、平らな砂をはさんで見ているとき

物体は以下のような場合に実際よりも遠く見える。

- 光が乏しいとき
- 物体の色が背景に溶けこんでいるとき
- 起伏のある地面をはさんで見ているとき

距離を測るにあたり、次ページの表がとても役立つだろう。

指を使えば、陸でも海でも、簡単に距離を判断することができる。両方の瞳のあいだの長さは目から腕を伸ばした指先までの長さの10分の1であるという法則を使う。もし　遠く離れた物体の幅を知っており、それがどのくらいの距離にあるのか知りたければ、以下のようにする。

50ヤード	[約45メートル]	人の口と目がはっきり区別できる．
100ヤード	[約90メートル]	目は点に見える．
200ヤード	[約180メートル]	衣服の大まかな特徴が見分けられる．
300ヤード	[約270メートル]	顔が見える．
500ヤード	[約450メートル]	衣服の色が見分けられる．
800ヤード	[約720メートル]	人はポストのように見える．
1マイル	[約1.6キロ]	大木の枝が見える．
2マイル半	[約4キロ]	煙突と窓が見分けられる．
6マイル	[約10キロ]	風車や大きな家，塔があることがわかる．
9マイル	[約15キロ]	平均的な教会の尖塔が見える．

右腕を自分の前に伸ばし、人差し指をまっすぐ立て、離れた物体と片目が一直線になるようにする。指を動かさず、もう一方の目で物体を見て、それがどれだけ横にずれたかを確認する。物体との距離は、この幅の10倍となる。山や建物、船などの遠く離れた物体の高さがわからないときは、顔を横に向けて同じ手順で行う。

より正確に測りたい場合は、双眼鏡を目にあてたときの接眼レンズの中心どうしの距離を測り、それを10倍する。こうすれば、目と立てる指との間にとるべき正確な距離がすぐにわかる。

この指を使った方法は第一次世界大戦でイギリス軍が用い、実用的な価値は大きかった。その後も、海で測距儀の代わりに船舶の適正な位置を維持するのに使われている。

海で船や陸地との距離を判断する方法を知っていると役に立つ。地球は湾曲しているため、観察者の目の位置が高いほど視界は広くなる。つまり、より遠くの地平が見渡せる。

海で水平線までの距離を正確に判断するためには、観察者の目の高さをメートルで表し、その平方根に3・35を掛ける。それが観察者から水平線までの距離をキロメートルで表した数値になる。

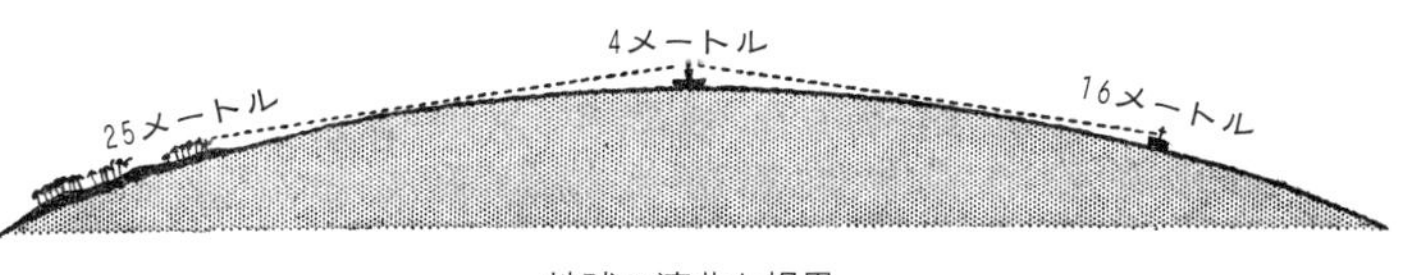

地球の湾曲と視界

たとえば、目の高さが海面から4メートルであれば、2（4の平方根）に3・35を掛けることで、水平線までの距離がおよそ6・7キロであることがわかる。したがって、水平線のすぐ上に漂っているものがあれば、それはおよそ6・7キロ離れたところにある。

自分と水平線のあいだにある物体までの距離を判断するときは、自分とその物体、そしてその物体と水平線の距離の比を推測することで、その場所をよく知っていることを利用して、物体までのおよその距離を推測することができる。

船の一部が水平線の下に沈んでいて、一部が見えているときは、それがどのような種類の船かわかるならば、水平線の上に出ている部分の高さを推定できる。それからその水平線上の部分の高さの平方根と自分の高さの平方根を足し、3・35を掛けることで、たとえ船がすべて見えていなくてもそこまでの距離が出せる。

たとえば、巨大な汽船のフォアマストのクロスツリーが見えているとしよう。船体は視界の外にあるが、このサイズの船のクロスツリーは海面からおよそ16メートルの高さにあると推定する。その高さの平方根は4である。そこに観察者の高さの平方根2を足した6に3・35を掛けると、およそ20・1キロという答えが出る。

山や岬など目立っているものの高さを知っている場合は、同じ方法を使うことができる。木は多くの場合、よく知られている平均的な高さと一致する。たとえば海抜の低い島に生えるココヤシならば、その梢は海面からおよそ25メートルとみなしてほぼ間違いない。そのため、ヤシの木の梢が水平線とほぼ同じ高さで、観察者の目の高さがやはり4メートルであれば、そのヤシの木は観察者からおよそ23・5キロの場所にある。

3・35を掛けるのが煩雑ならば、係数を3にしてもそれほど大きな誤差が出るわけではない。計算結果のずれはせいぜい10パーセントにすぎない。

17 都市で

郊外まで歩いてくると、都市が近いことを示す多くの徴候がある。道や線路、電信線、送電線などはすべて合流し、中心部へ向かっている。多くの人が午前には都市に入り、午後には出ていくため、出入りする交通の混み具合を見れば中心への方向がわかる。上昇や下降をする飛行機が多ければ空港があり、またたいていは都市もある。夜には高い建物の赤い航空障害灯も空港が近いことを表している。

多くの人は当然、よく受信できる方向へテレビのアンテナを向ける。その地域の主要なテレビ局の場所を知っていれば、アンテナの向きに注意するのは有効だろう。そうしたテレビ局は都市の中心の近くにあることが多い。これは飛行するさいにも役に立つ。このしるしに価値があるかどうかは、地域の状況を知っているかによる。

はじめて訪れる場合、都市で出合う問題の多くは深い森を進むときと共通している。どちらも未知の場所であり、正確に方角を知る必要がある点も同じだ。都市で迷子になることは森で迷うことほど深刻な結果をもたらさないが、ときには同じくらいいらいらさせられることもある。旅行者に道を尋ねられると、混乱させるような案内をする人が多いからなおさらだ。たいていは自分がその場所にあまりに慣れ親しんでいるため、曖昧な方向をでたらめに伝え、しかも腹立たしいことに、「行けばすぐわかりますよ」と一言つけたす。たとえ規則正しく番号が振られ、名前がついた家や通りを頼りに進んでも、歩きだしたときにすぐに自分の空間的な位置や向きを把握できなければ迷うこともある。最初に抱くイメージが最も大切なのだ。

街を歩くときは、まず通りのおおまかな配置を知り、東西南北の方角と結びつけよう。そして滞在しているホテルや家など、わかっている地点からの方角を確認する。この〝拠点〟と、目立つランドマークにしるしをつけた簡単な地図を描く。移動のさいは、自分と拠点を想像上の糸で結び、自分がいる場所がスタート地点からどの方向にあたるかをつねに把握しておく。角を曲がるごとに、それを心に記録する。「拠点を出て2ブロック進み、左に曲がって1ブロック、それから右……」といったように。こうして現在地と出発点をつねに関連づけておくと、間違った方向へ進むのを防ぐことができる。未開民族もやはりこの方法を使っており、旅の途中のどの時点でも、自分たちがどの方向から来たかを指し示すことができた。このようにあらゆるものを中心点と結びつける方法と、東西南北を確認する現代の方法を併せて、その両方の長所を生かそう。

街のどこからでも目に入る建物や丘など、ほかよりも高い場所があれば、自分の活動範囲からあまり離れていないなら、これと方向を結びつけてもいい。

自分が角を曲がったことを心のなかで記録するのがむずかしい場合もあるだろう。そのときは、自分の拠点が面した通りを基準線とし、自分がいるすべての位置をこれに関連づけておく。たとえ直接戻ることができなくても、この線の位置を見つけ、そこをたどって拠点まで行くことができる。

とりわけ重要なのは新しい場所での最初の経験で、そこで基本となる関連づけが確立する。しょっぱなで自分の場所を間違ってしまえば、修正はほぼできない。たいていの人は見知らぬ街で方角がわからなくなり、心細さに混乱し、まごつき、気分が悪くなったという経験があるだろう。そんなときはすべてが根底から覆されたように感じ、進むべき道を選べるという自信が吹き飛んでしまう。

1929年、わたしはロスコー・ターナーとともにロサンゼルス、ニューヨーク間の飛行時間の記録更新に挑戦した。ロングアイランドに飛ぶのははじめてだった。長く苦しい19時間の飛行の後、ルーズヴェルト飛行場に大変な悪天候のなか着陸した。時刻は真夜中だった。わたしは極度の疲れから、飛行場を出るときに方向を誤ってしまった。そしてそれが正しい方向だと思いこみ、間違った方向へ進みつづけた。しかも、その後そこを訪れたときにもその幻想は自分のなかにこびりついていた。あらゆるものが逆さまに見えた。ミスを何度も繰りかえし、方向感覚にすっかり自信がなくなってしまった。その後何年も、ルーズヴェルト飛行場の近くに行くたび、いつも北と南、西と東を逆に感じていた。間違いだとわかっていても、どういうわけかその感覚を振りはらうことができず、訪問のたびに意識して心のなかで修正しなければならなかった。

その後、それが自分だけのことではないことを知った。それどころか、その現象について話をした人の多くも、やはり同じ経験をしていた。見知らぬ街をはじめて訪れたときに間違えて方角を定めると、不思議なことにそれがぬぐえずに残ってしまう。それを防ぐには、都市に拠点を置くときに、はじめに正しい方角を定めなければならない。

一見、特定のパターンを持たずに広がっている都市もあるように思えるが、よく見ると、なんらかの形の調整がされているものだ。はじめて訪れる都市では、このパターンが規則的か、それとも不規則なものかを注意して見るべきだ。小さな村から発展したわけではない、計画により建設された新しい都市はえてして、街が対称的で、地勢が許すかぎり道は直角に交わっている。通りが正確に南北に並んでいるのは最もわかりやすいパターンだ。そのいい例がソルトレイクシティで、メインストリートは南北と東西に走っている。真ん中を川が流れているが、コンパスのように正確に方角を知ることができる。いったん北を把握し、曲がったときに心のなかで記録する習慣をつければ、こうした場所では自信を持って歩くことができる。シカゴ、デンヴァー、カンザスシティなど、アメリカにはほかにもコンパスの方位に一致する都市がある。オーストラリアのメルボルンでも道は簡単にわかる。1ブロックの長さが均等で、通りが直角に交わっているためだ。

川や湖、丘は都市の設計に大きな影響を与えることがある。川が町を貫いている場合、通りは川岸の形状に沿ったものになることがある。湖に面した町ではそれに沿うだろう。また丘のあいだに集落があれば、それにしたがって道ができる。

アメリカ合衆国にはこうした物理的状況に合わせて町ができている例がたくさんある。オハイオ州クリーヴランドはエリー湖に平行し、道は湖岸に対して直角に交わっている。もしおおむね湖岸に平行して方向が定まっていると気づいたら、自分がいる場所を把握するのはむずかしくないはずだ。ニューヨークのマンハッタンでは通りがハドソン川とイースト川に平行、直角に走っている。五番街はふたつの川とほとんど平行で、真北から東に19度ずれている。

ニュージーランドのウェリントンなど、丘の上に建てられた都市は通りが不規則に並んでいる。車が通るのに斜面が急になりすぎないよう考慮して設計されているためだ。

平行な通りを区別するのに番号や名前が使われている都市もある。そのひとつの例がオーストラリアのブリズベンで、ある方向に走る通りすべてに女性名が、それと直交する通りには男性名がつけられている。また、大通りが中心の広場から外へ延びている都市もある。この場合は中心の周囲や、そこから外へ向かう道のパターンを記憶し、つねにそこに自分の位置を結びつけよう。この確認方法はロンドンやパリなど、明確な計画やパターンがないまま拡張した古い都市では必要になる。

心のなかで都市の通りのおおまかなパターンをしっかりと把握したら、方角を知るほかの方法を考慮しよう。建物に当たる日光から方角を知ることはとても重要だ。建築家は設計するとき、建物のどの部分が最も日光の恩恵を受けるかを考え、それによって建物の向きを決める。北半球の温帯や寒冷な地方では、建物はたいてい、いちばん日光の当たる南に面している。南半球の温帯や寒冷な地方では反対に北に面している。

寒冷な地方では、可能ならばリビングルームを南向きにして暖かさと光を取りいれ、キッチンはたいてい北側にある。ドイツ、シュレスヴィヒ＝ホルシュタイン州にある、細長い形をしたフリージアン・ファームハウスは太陽からの暖かさを最大限得るために南を向いていて、東西に長い。この地域を丹念に調べた結果、家屋の77パーセントがこうした向きになっていることがわかった。この家屋の向きの利点は、南の太陽から暖かさを得られることだけでなく、幅の狭い面に強い西風が当たることだ。寒く凶暴な風が支配的なほかの地域では、寒い風の反対側に窓やドアが配置されている。そうした配置はフランスのプロヴァンス地方で見られる。

暑い地方では、家屋の方角に関する慣習はまったく異なっている。太陽は求められるのではなく避けられ、風は避けるのではなく求められる。フランスの中央高地から地中海へと下っていくと、太陽に面した家屋から、パティオのある海岸ぞいの家屋へといっぺんに変わる。リビングルームは暑い夏の太陽を避けるために完全に遮られたパティオに面している。こうした家屋はスペインのほぼ全土で標準となっていて、はじめの偉大な西洋文明によってはるか昔に発明されたものだ。というのは、シュメール人は5000年以上もまえに日差しが強く暑いメソポタミアでこのようにして家屋を建てていたからだ。

高温の地方では一般に、家屋は卓越風による涼しさを最大限得られるように方角が決まっている。南太平洋の島々では、可能な場所ならば、家屋の長い面が南東の貿易風に対して直角になるように並んでいて、すべての部屋に涼しい空気が吹きこむ。

また、オランダではそれ以外にも南北を判断する手段があり、それは家屋の北側では窓に雨戸がついていないことだ。倹約家のオランダ人はふつう雨戸を家の南側にしか設置しない。日が照るのはその方角だけだからだ。それは閉めていないときには蝶番（ちょうつがい）で留められていて、楽しい装飾を施されたものが多く、この国で方角を知るための有効なしるしになる。

キリスト教国では、教会はほぼつねに東西に向いている。これは祭壇が朝日に向かうよう設計されていた古代まで遡る。この伝統は、西ヨーロッパで巨大な教会建築が発展したのちも可能なかぎり引き継がれた。スペイン、ドイツ、イギリス、フランス、イタリア、そしてオランダと北欧の多くでは、教会や大聖堂は中世や近代になっても東西の向きに建てられている。祭壇が置かれ、教会の東寄りの部分である内陣は、ほぼつねに教会の最も古い部分であり、いちばん広い身廊よりもしばしば低い位置にある。

内陣の東側には多くの場合後陣があり、そこは内陣よりもさらに低く、（たいていは）教会の最も東側の、突きでた半円の部分をなす。内陣と身廊のあいだにはふつう翼廊があって片側は北、片側は南へ突きでていて、そのため教会や大聖堂は十字の形となっている。そしてこの翼廊あるいは（より多くは）身廊の西端に塔や尖塔が建てられている。

人口の多い場所でも、自然によって方角を知る方法は有効だ。そうした自然の標識は興味深く、はじめての訪問者にとって価値があるほか、その街の住民にとっても役立つ情報が得られる。観察のよい実践になるだろうし、より深く気づき、自分が知らない街を訪れたときのための準備ができるだろう。訪問者と居住者のどちらも、この本から得た知識を応用して、建物が密集した地域に特有の、自然の因果関係を読み解くことができるだろう。そのひとつはどんな建物にも生えるキノコやコケ、地衣類で、これらは方角に関して一貫した特徴を示す。まず、その地域で雨を含んだ風の来る方角を見つけ、それを太陽の経路についての知識に照らしあわせれば、最も長く湿度が保たれる方角がわかるだろう。ある街についてそれが確認できたら、建物のどちら側にこれらが生えているかを見ることで方角を知るという、長く使える方法を手に入れたことになる。

いちばん日光が当たる方角は、塗装が濃い色の場合はとくに、色が褪せる原因になる。建物の色褪せした側を確認することでも方角がわかるだろう。さらに、太陽と風や雨が複合的に作用して、塗装がはげるといった劣化が家屋や建物、塀に起きているのを読みとることもできる。こうした効果は、建物や橋の鉄でできた部分の腐食の具合にも現れる。たとえどの力が最も大きな効果を発揮したのかわからなくても、自然による劣化が一貫して影響を及ぼしている方角はわかるだろう。たとえば、ある建物の南東側が風雨で荒れているとわかっていたとする。そしてその地域を旅するうちに、ほとんどの建物の同じ側が同じように影響を受けていると気づく。すると、建物のどちら側にその影響が出ているかを観察するだけで、いつでも機械的に方角を知ることができる。

この本で繰りかえし強調してきたように、自然のガイドを利用するためにはあらゆる自然のしるしを集めなければならない。そのルールは都市でも同じで、何章にもわたって書いてきたナビゲーションのための補助や方法をたがいに関連づけて使うことができる。方角を知るために太陽や影を使うことは、建物の集まった地域でも同じように最も信頼できるガイドになる。それぞれの章で説明したとおり、夜には月や星が使える。高い雲の動きや、その地域に吹く季節風や支配的な風の方向は、街のなかにいてもやはり方角を知るための補助になる。

18　スポーツとしてのオリエンテーリング

ナビゲーションは技術である。だからそれがスポーツ競技になったことはまったく意外ではない。オリエンテーリング[1]は新しいスポーツだ。それがスウェーデンで生まれたのはそれほど昔のことではないが、いまでは（スウェーデンの人口の多くの割合を占める）およそ35万人が行っている。さらに重要なことに、毎年スウェーデンではおよそ4万人の少年少女がオリエンテーリングに習熟した証であるピンバッジを与えられている。この娯楽はとても人気があるのだ。

本来、オリエンテーリングはポイントからポイントへとたどるコース上のクロスカントリー走による

（1）　わたしはスカンディナヴィアの熱心な競技者が「オリエンテーリング（orienteering）」という言葉で英語圏にこのスポーツを紹介したのは残念なことだと思う。この名前では、その本来の目的が伝わらないだろう。このスウェーデン語の言葉の正確な訳語は「オリエンテーリング」ではなく、「オリエンティング（orienting）」だ〔動詞 orient は「方向を定める」を意味する〕。この言葉はすでに英語に存在し、しかも広く理解されている。オリエンテーリングという造語は不自然に思える〔本文中、原文ではすべて orienting となっているが、定着している「オリエンテーリング」を訳語とした〕。

競走だ。それぞれのポイントへは、地図とコンパスだけを使って到達しなければならない。これをもとにして、年齢も身体状況もさまざまな人々が参加できるように多様な競技が生みだされた。最も一般的な、単純なクロスカントリー走による競走では、すべての競技者は同じ場所から地図とコンパスだけを持って、1分ほどの間隔で出発する。地図にはコンパスの方角と最初のコントロール・ポイントまたは〝コントロール・ステーション〟の場所にしるしがついている。各参加者は自分がそこへ最も早く着くことができると考える経路をとる。丘や枯れ木などの明白なランドマークでできたコントロール・ポイントには、つぎのポイントへの方角と距離が書かれたしるしがある。競技はタイムを競うものがほとんどで、早くゴールに到達することを目指すレースだが、スピードだけでなく技能が試される。

それほど苛酷でない形式のものに、ポイント・オリエンテーションがある。競技者は地面にはっきりとしるしがついたコースを自分の脚で歩き、地図を使って移動中に遭遇するコントロール・ポイントの正確な位置を突きとめる。その経過記録はあとで審査され、的確にしるしがつけられていれば表彰される。また、夏には自転車や自動車で、冬にはスキーやスケートで行われるオリエンテーリングもある。土地やランドマークの地図と写真を使い、屋内でオリエンテーリングの競技を行うことも可能だ。競技者は地図上の多数の地点についてコンパスの方角を指し示さなければならない。こうした形態の競技では、地図とコンパスを使う技能が最も重要になる。

ミニオリエンテーリングは、身体的にあまり厳しくない形式のものだ。子供たちにコンパスを使って歩くことを教えるゲームで、トレーニングとして優れている。校庭や公園で、生徒たちはコンパスの示す方角だけを頼りに、連続するコントロール・ポイントを見つけなければならない。各ポイントにはカードがついているが、木の裏に貼るなどして、生徒たちが来るはずの方向からは見えないようになっている。

スウェーデンで始まったオリエンテーリングはいまではスカンディナヴィア諸国やベルギー、オランダ、スイス、フランスなどで人気になっている。最近ではアメリカやイギリス、オーストラリア、ニュージーランドにも紹介され、成功を収めている。

オリエンテーリングが世界に広まった要因としては、ボーイスカウトのプログラムに取りいれやすかったことが大きかった。このスポーツは若者の気質によくあっている。能動的で競争という要素を含むこのすばらしいゲームを行うことで、男の子も女の子もやがて、田舎道を歩くときに役に立つ技能が身につけられるだろう。未来の猟師や漁師、ハイカー、ロッククライマー、探検家たちは、オリエンテーリングの経験があればガイドがいなくても、能率よく安全に野外へ出ることができるだろう。

オリエンテーリングの成功は、隅々まで探究され地図に描かれた土地の外へ向かう開拓者精神を呼び覚ましたことによることもたしかだろう。多くの国にこのスポーツを紹介したスウェーデンのビョルン・シェルストロムとスティーグ・ヘデンストロムは、オリエンテーリングを通じて発見の興奮を味わうことができ、新しい冒険が人々の前に広がると語っている。

このすばらしいスポーツの現状にひとつだけ不満があるとすれば、地図とコンパスを使うことにこだわっている点だ。ナビゲーションを職業とする者として、わたしはこのふたつの基本的な道具に慣れ、習熟しようとするどんなスポーツも貶めることは決してしない。だがわたしの見解では、オリエンテーリングの熱心な参加者は自然のしるしを頼りに進めば、さらに大きな喜びが味わえるだろう。ナチュラル・ナビゲーションがオリエンテーリングの競技に使われれば――それには大した障害はないはずだ――このスポーツの楽しみや純粋な喜びを増すだけでなく、競技者は経路を選ぶ正確さと速度をさらに高められ、地図やコンパスがない状況に遭遇したときの準備にもなるだろう。

例を挙げれば、太陽や影による自然の標識はオリエンテーリングのコース上でも簡単に使うことができる。走りながらコンパスを読むことは誰にもできないが、影を見るのはたやすい。時間を重視する競技では、太陽を観察する経験があれば、コンパスの針をじっと見ているより成績は上がるはずだ。もちろんそのためには、緯度と季節によって変化する太陽の動きを知らなければならない。この本の巻末につけた表を読みとるのはコンパスと同じくらい簡単で、重要な情報を頭に入れてからオリエンテーリングのレースに臨むこともむずかしくないだろう。

かりに競技者がナチュラル・ナビゲーションによってスタートからゴールまで経路を選び、コンパスと地図は補助的に確認するだけにしたら、オリエンテーリングはどれほど意義深く、面白いものになるだろう。オリエンテーリングというスポーツ全体が、きっと不思議や発見の感覚を呼び覚ますものになる。探検者が自然をもとに判断する能力を重視すれば、そうした感覚はどれほど鮮やかなものになるだろう。

プロのナビゲーターはみな同じだろうが、わたしはそれと意識することなく、オリエンテーリングのゲームを生涯にわたって続けてきたと言えるだろう。このスポーツでは、仕事をするうえでとても重要な正確性が培われる。わたしがいちばん大きな満足を味わうのは、海を渡ってきた（船か飛行機で。そのどちらであるかは重要ではない）あとで陸地を発見するときだ。ある一点を目がけて経路を進んできた先に、目的地が寸分たがわず姿を現す。陸上を旅してきて無事帰還できたときは、飛行のときほど劇的ではないものの、解決すべき問題としての魅力と満足の深さはまったく変わらない。

軍では現在、地図とコンパスの使いかたは特別な集団でしか教えられていない。これらの器具の簡単な使いかたを、全員の軍事的な訓練の一環として、スカンディナビア半島でスポーツとして行われているオリエンテーリングと同じような形で教えるべきだ。それだけではない。人間の能力を自然による——つまり道具を使わない——ナビゲーションの初歩的な原則を訓練することで高めていない軍の部門などわたしには想像できない。

19　波とうねり

今日のほとんどのナビゲーターは海でコンパスと六分儀、クロノメーター、ラジオが使えなくなれば遭難するだろう。道具によるナビゲーションに慣れきっていて、波は単調に規則的に上下するものとみなしており、そこに明確な秩序やパターンがあることを見逃している。だが自然によるナビゲーターは海のうねりを研究し、そこから進むべき方向を判断できるだろう。

世界のどの海にも、かならずうねりがある。大洋の真ん中では、鏡のように穏やかな海でもはっきりと上下に動いている。動きが小さすぎてわからないのは、ごく例外的な条件においてのみだ。いつもある海のうねりは、それを引き起こして維持する卓越風の方向をいつも変わらず示している。うねりを乱し、べつの方向へ変えるには、卓越風とはべつの方向から長い時間、かなり強い風が吹かなくてはならない。通常、卓越風がもたらす動きは天候が一時的に変わっても続く。風は急に変わることもあるが、うねりの方向は変わらない。もちろん、うねりと波を区別することは重要だ。風が変わると、海面の波の動きと方向はすぐにそれに従うが、基本的なうねりはもっとずっと長く保たれる。卓越風と異なる風が吹くとすぐに、基本的な不変のうねりに対して波は斜めになる。

自然を読みとることができれば、波の動きからかなり多くの状況で、うねりからはほぼどんな状況でも、有益な情報が得られる。たとえば波は視界に入っていない陸地の方向を示すことがある。海岸近くに標高の高い場所がある陸地から風が吹いてくると、たとえ陸地がまったく見えなくても、船乗りには風を遮る壁の恩恵が感じられる。陸の下手で風を受けないと、波と（卓越風がその陸のほうから吹いている場合には）うねりが小さくなるためだ。船で進んでいるにせよ漂っているにせよ、風が同じ強さで吹いているにもかかわらず海が静まったら、風を遮る陸地がどの方向にあるかははっきりとわかる。

大昔の開拓者のなかでポリネシア人ほど、絶え間なく変わる海の表情から多くの意味を引きだした民族はいない。過去から現在にいたるまで太平洋に点々と散らばる島々に住んでいるため、彼らは島が波やうねりの形、方向、動きに及ぼす影響に対して特別な、大きな関心を向けてきた。海の深さを測るよりも、じっと観察することのほうがはるかに有益だった。太平洋の珊瑚島は非常に深い海に隔てられて孤立しているからだ。ポリネシア人にとっての波の形は、陸に住む人にとってのランドマークと同じように有益だった。

ポリネシア人は、波やうねりのしるしを理解する太平洋で唯一の航海者ではなかった。それ以上に高い技能を有していたのが、ポリネシア人とモンゴロイドの混血で、カロリン諸島やマーシャル諸島に住むグループであるミクロネシア人だ。彼らが住む群島は西太平洋の赤道の北側にあり、何百もの小さく低い環礁からなる。そのそれぞれが広大な海のなかで孤立しており、少し離れれば視界から消え、ひとつの島からべつの島が見えることはほとんどない。

このような群島のあいだを、ミクロネシア人はポリネシア人と同じ方法で行き来していた。ただし、ポリネシア人がおそらく発明していなかったものを持っていた。地元の水域を詳しく分析し、地形が書きこまれた海図だ。その独特な海図は模型とも言えるものだった。ココヤシの茎で作られ、ヤシの繊維で結びあわされていた。枠組みのなかで、精巧に並べられた曲がった茎が結ばれ、島の周囲によく現れるうねりの曲線や合流点をきわめて正確に表現した網のような形をしている。枠組みのなかに置かれた小さな貝は島を表している。この海図は距離や時間の尺度とするために作られたものではなかった。ミクロネシア人もポリネシア人も、旅程については、ある場所からべつの場所までカヌーや双胴船で何日かかるかでのみ考えていた。このミクロネシア人の海図では、製作者と使用者にとって重要な島は不均衡に大きく作られている。また、この海図は大いに記憶の助けになる。そして簡単に場所を示しただけの訓練用のもの、広範囲の一般的なもの、周辺の地域を表したものと、おもに3種類に分かれている。

ミクロネシア人の海図は（わたしたちに判断できるかぎり）とても個人的で個性的だ。それぞれの船長がそれを作り、自分にとってとりわけ興味があり、役立つアイデアを盛りこんでいる。世界中の博物館にあるものを調べると、同じ地域の海図にもかかわらず、たがいにかなり異なっているのはそうした理由からだ。残念ながら、わたしが知るかぎり現存するものは43個しかない。ある群島を表すミクロネシアの海図では、その島々を含む全域のうねりの方角的な特徴が丁寧に表現されている。さらに海図上の棒は、そこから島のココヤシの木が見える距離を示している。ほかの線は寄せるうねりと、島の環礁からの引き潮が合流する場所と、島からそこまでの距離を示している。多くの場合、この合流点は島からは見えない。

支配的なうねりは島へ寄せるとき、平行に並ぶ背の部分の形が変わっていく。この変形は島からまだ

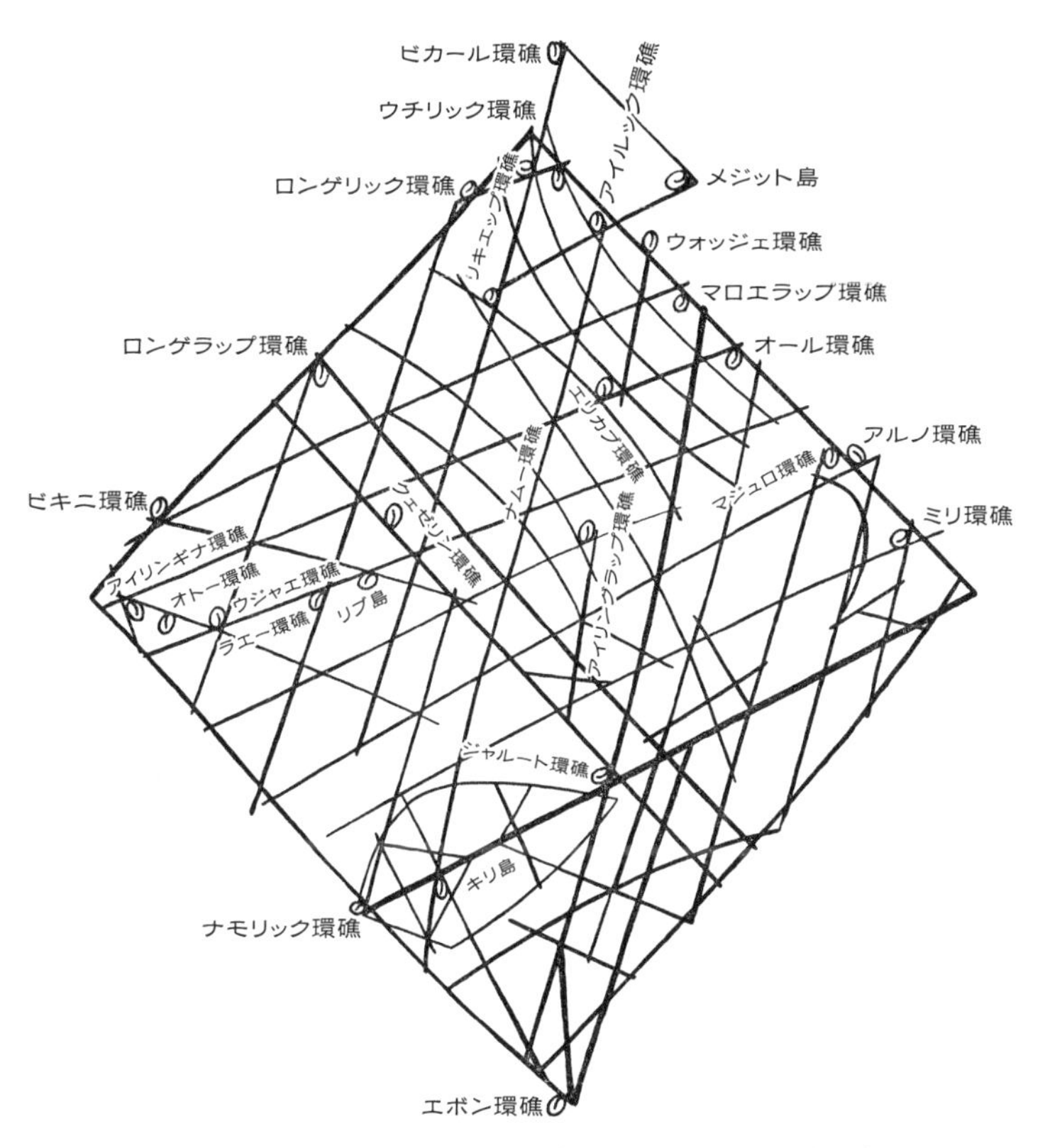

マーシャル諸島のココヤシの茎で作られた棒による海図．貝殻が島を表している

見えないところで始まり、最初はうねりの正面の部分が島を包みこむように優しい曲線を描く。うねりが島に近づくにつれ、この曲線はますます目立つようになり、行く手を阻む島とほとんど同じ形になる。うねりの一部が島の正面に着く時点で小さな波へと分かれ、それが集まって珊瑚礁にぶつかり砕ける。この支配的なうねりの方向から来る波の動きは見やすい。

だが、まだ話は終わりではない。島の裏側には反対方向のうねりがあるからだ。これは卓越風の来る方角から島へ寄せる支配的なうねりよりはるかに目立たない。だがそれを探せばいいとわかっている人ならば見つけられる。わたしはこの背面のうねりを空の上からよく見たことがある。その曲線は明確で、やはり島を包みこむ形なのだが、正面からのうねりの曲線ほど密集していない。背面のうねりと正面のうねりは、もちろん島の風下側を走っている線上で合流するが、そのとき支配的なうねりの向きと直角になる。この線に沿って、微かな渦と海面の乱れがしばしばかなり遠くまでつながっていく。また、ミクロネシア人が探していたのはふたつの反対方向のうねりが合流する線だ。島に向かって船を漕いでいてたまたま着くことができなかったとき、彼らはうねりの線まで進み、それに沿って島へ漕いでいく。さらに、彼らは夜にこのうねりの線を見分け、使うこともできた。熱帯の海では渦や海面の乱れによって発光生物が海面に昇ってきて、このうねりの線を微かだが本当に輝く道に変えるからだ。

ミクロネシア人は島の正面と背面のうねりの交差する線を見つけるだけでなく、ある島へ向かううねりとべつの島へ向かううねりの交差する場所も利用する。つねに島から島へと海を渡りながら、うねりの曲線やそのうねりを遮るもの、渦、うねりの合流点について、頭のなかや、模型の海図に記録している。もちろん航海のさいは、太陽や星を見て、飛ぶ鳥を観察し、またわたしがこの本で書いてきたたくさんの方法を用いている。わたしの知り合いの経験豊富な航海士たちは、昔のミクロネシア人の航海方法や、彼らがいかにして巧みに島から島へと移動していたかを教えると決まって驚き、ときには信じられないとさえ言う。必要は発明の母だというのはもちろんだが、1000年以上も昔に、この地の航海者たちが島々の卓越風の向きが生みだす特殊な大うねりのようなとらえがたいものを観察し、海図を作ることができたというのはまったく驚愕すべきことだ。その大うねりは海岸から返ってくるうねりによって生みだされ、その上を越え、あるいは跳ねかえされる。ミクロネシア人とポリネシア人はこのうねりを、はるか沖に出ているときでも見分けることができた。

20 海の色

一般には、海の色はおおむね、その上の空の色を反映していると考えられている。たしかに天候状況は海の色にわずかな違いをもたらし、日光のもとではより明るく、曇っていると暗くなる。だが経験豊富な航海者は誰でも、海の基本的な色はその成分によることを知っている。そこにはふたつの傾向があり、そのいずれもが複数の要因によって影響を受けている。

海の色はそこに含まれる粒子や生物の量が多く、塩分が低いほど緑色になる。そして粒子や生物の量が少なく、塩分が高いほど青くなる傾向がある。緑でも青でも、色の強度はいくらかは日光の量に左右されるが、それよりも影響が大きいのは海の深さで、深いほど色が濃くなる。

こうした原則から、赤道付近の海水は青く、温帯や極地の海は緑色だ。熱帯では——とりわけ紅海や地中海のように温暖な内海では——水の蒸発が盛んで、海水に含まれる塩分の濃度はふつうよりもかなり高くなる。さらに、熱帯の海には一般に、より北や南に位置する海よりも生物が少ないことから、海は青くなる。

反対に、南極や北極に近づくと、海はあまり蒸発せず、また氷が解けることによって濃度が低くなる。

そのため塩分は通常より薄くなる。さらに、水温の低い海では氷縁まで生物が群れている。したがって色は緑になる。

それでも、熱帯にも緑色の海はある。これには特別な理由がある。原色の黄色と青を混ぜると、緑色ができる。これと同じことが、黄色い砂の上に熱帯の青い海水がある場合に起こるのだ。そのため熱帯の緑の海水は通常、その海が浅いことを示している。ただしこれには例外がある。海底の砂がよく見られる黄色ではなく（珊瑚の繁殖する水域ではごく一般的な）白だと、浅瀬の海は青、それも特徴的な淡い青になる。

緑色の海水は、南米のアマゾン川やラプラタ川のような大河の河口に近い熱帯でも見られる。これらの川はいずれもすさまじい量の沈泥をある程度の沖合まで運ぶ。河口付近の堆積物によって、海水は青ではなく、泥のような緑になる。しかし川が泥を堆積させる範囲をはるかに超えて、淡水によって海水は薄められ、塩分濃度は低くなる。これによっても海水は緑色になり、ラプラタ川の水がもたらす効果は数千キロメートルの沖合でも見ることができる。

世界のおおまかな海流の図を調べたことのある人なら誰でも、緯度に応じて水温の異なる単純な帯のように水域が分かれているわけではないことに気づくだろう。むしろ、大洋のほとんどの場所で、海面でも深海でも、海流はつねに循環している。もちろんあまり循環していない場所もないわけではないが、ごく稀だ。そのなかで最も有名なのは、北大西洋の熱帯にあるサルガッソー海だ。ここの水は塩分が濃く、ほとんど生き物や固体の粒子が存在しない。そのため、サルガッソー海は淡水も海水も含めて、知られているほかのどの海よりも青く澄んでいる。それを上回る可能性があるのはオレゴン州の高い山の上にある、青く深い淡水湖、クレーター湖だけだろう。

海流がつねに循環していることによって、極地の冷たく緑色の海水は熱帯まで、また熱帯の温かい青い海水は極地の近くまで達する。それが海を流れていくとき、海流ははっきりと分かれており、航海するときには色と水温の急な変化で、海流の境目をたやすく見分けられる。いわゆるメキシコ湾流（ガルフストリーム）とラブラドール海流の境はきわめて明確で、その境界線は何百キロメートルにもわたって船の甲板の上から見分けられるうえ、場所が安定しているためそれを利用して船のとる位置を簡単に定めることができる。

メキシコ湾流の名は、それがメキシコ湾に端を発するという誤った考えからつけられた。だがいまでは、海流はユカタン海峡からフロリダ海峡へと抜け、メキシコ湾内にはほとんど流れていかないことがわかっている。大西洋の熱帯で生まれるこの海流は、塩分がとても濃く、多くの生物の成長をうながすだけの酸素を含んでいない。とても温かくて青く、隣りあう海流からたやすく区別することができる。

一方ラブラドール海流は、グリーンランドと北極諸島からラブラドール海岸に沿って流れ、高緯度北極の大氷河から多くの氷山を運んでいく。北米の東海岸沿いを、大陸と北東へ向かうメキシコ湾流に挟まれて流れる。とても冷たく、塩分は比較的薄く、膨大な量の海洋生物を含んでいる。そのため色は濃い緑だ。メキシコ湾流と合流するときは色の対比が鮮やかで、また水温の差はそれ以上に激しく、場所によっては、船に乗って合流点を渡るときに水温が急に摂氏15度以上も上昇、あるいは下降することがある。

この例からも――また世界中のどの海にもあるはずの、これほど鮮明ではないにせよ多くの例からも――海の色や海水温の変化が昔の〝未開民族の〟そしてヨーロッパの航海者にとっていかに重要だったかがわかるだろう。後者の航海日誌には、「緑がかった海水」といったものが頻繁に言及されている。海を渡る者には、とりわけ小型船に乗った人々には、海流についての知識と、それを見分けるだけの経験が必要だということは間違いないところだ。航海者たちはみな気温の変化によく注意し、それが海面にも変化をもたらすかどうかをすぐに確認する。外海でわずかな気温の変化に気づき、それがその周辺の天候の変化によるものではないときは、海岸からのなんらかの影響か、極地や赤道の方角からの海流によるものだと即座に判断できる。

わずか200年ほどまえ、クロノメーターで経度を知ることがまるで普及していなかったころ、ベンジャミン・フランクリンやジョナサン・ウィリアムズなどの航海者や地理学者は苦心して、「温度測定による航海法（サーモメトリカル・ナビゲーション）」という方法を打ちたてた。大西洋の暖流と寒流の正確な場所を記録した海図を作り、航海者たちに頻繁に海水温を測るよう推奨した。そうして得られた記録は、驚くほど正確なものだった。クロノメーターが進化し、ナビゲーションの一般的な道具になると、温度測定による航海法は廃れていった。だが自然を利用して航海するうえではいまだに役に立つ道具であり、ほんのわずかな温度の変化でも、水に手を浸すだけですぐに知ることができる。おそらく1000年前のポリネシア人も太平洋でそうしていただろう。

だが、色による航海法へと話を戻さなくてはならない。熱帯では、緑色の海水は砂浜（その色が黄色ならば）、または河口が近くにあることを示す徴候だということはすでに見てきた。海の色はまた、陸地があることや、珊瑚や、船が通過する場所の海の深さをも表している。熱帯の海では珊瑚礁が通路を塞いだり、大きな珊瑚の先端が海面のすぐ下まで伸びているため、経験豊富な船員はどこを通れば安全かを知るためにかならず海の色を見る。珊瑚の先端がある海の深さによって海水の色が変化するからだ。珊瑚の上の海水は、十数センチから90センチほどの深さだと黄色っぽく見える。これを超えると、深くなるほど色は濃くなる。フィジー諸島には、まだ海図に載っていない広い水域がある。（深さによる色の変化を知り尽くし、双胴船で珊瑚のある場所やその周辺を正確に、そして大胆に移動していた）昔のポリネシア人に倣って、わたしはモーター船を全速力で乗りまわし、珊瑚の上の海水の色だけから、どんな珊瑚ならば安全に通過できるかを判断できるようになった。

もうひとつだけ付け加えておこう。悪天候や、太陽が低いときにこんなことをしても、なんの自慢にもならない。そうした条件下では、色による判断は信頼できず、それをもとに航海するのはまったく安全ではない。

また海の色の変化がすべて、海流の合流や陸地が近くにあることを示すわけではない。世界のさまざまな大洋で、微少な生物が群れ、海の色をオレンジや赤にしている。例外もあるが、茶色や泥のような色をしていればほぼ確実に陸地が近くにある。その色は沈泥によるもので、沈泥は川や河口（あるいは稀に、噴火した火山）から来るものだからだ。

海がところどころ光っているのは、珊瑚か海岸線のしるしだが、例外もある。生物のなかには、外海の海面にまだらに姿を現し、夜になると自らの光で輝くものがいるためだ。いわゆる「燐光」を発する海では、自然を頼りに航海するときは珊瑚に注意する。燐光という言葉は、ちなみにまったく正確ではない。海の生物の発光は物質のリンの発光とは異なる現象だからだ。太平洋を航海した初期のスペイン人の船乗りガジェゴは1566年の日誌で、賢明にも以下のように書いている。「夜に覆われたとき、雲の厚さと風雨のため、港については何ひとつわからなかった。海の燐光に導かれ、われわれは珊瑚を避けて進んだ。そして珊瑚は燐光を発しないことを知り、その場所を抜け、夜の4時間目によい港に入った」

21　海鳥の生態

優雅な海鳥は人間の数千倍もの時間にわたって海を支配してきた。いちばん新しい目録では、世界にはおよそ8600種の鳥がいる。そのうち完全に海や外洋にのみ生息しているのはおよそ200種しかいない。人類は海に漕ぎだして以来、それら繁栄した、美しい鳥たちをガイドにしてきた。彼らの飛行の経路が人間を陸地へと導いた。海鳥は過つことのないナビゲーターなのだ。航海中に1、2種類の鳥の姿が見えれば、ある海域からべつの海域へ移動したことがわかる。各海域の温度や深さ、塩分濃度、そして移動し、支えあう海洋生物の群集はそれぞれ異なっているからだ。海鳥を支えているのはこうした海洋生物であり、それぞれの生物群集が暮らす海域ごとに、異なった翼を持ったナビゲーターが潜り、海面をかすめ、波を越えている。

海を渡るときは、たとえば世界中の鳥について記した、W・B・アレグサンダーの *Birds of the Ocean*〔『海洋の鳥』〕のような鳥の本を持っていくべきだ。またロバート・クッシュマン・マーフィー博士の *Oceanic Birds of South America*〔『南アメリカの海鳥』〕や、ジェームズ・フィッシャーとR・M・ロックリーの *Sea Birds*〔『海鳥』〕、またはフィッシャーの論文 *The Fulmar*〔『フルマカモメ』〕かロックリーの論文 *Shearwaters*

〔『ミズナギドリ』〕、*Puffins*〔『ツノメドリ』〕といった信頼できる著作を読めば、きっと海への理解が深まるだろう。

マーフィー博士の名著からの引用で始めたい。

……水質が鳥について教えてくれることがあるように、鳥もまた水についてたくさんのことを教えてくれる。ユキドリは冷たい水を必要とする。熱帯の鳥は透明で深く、塩分を含んだ適度に温かい水を好む。カツオドリはトビウオのいる水から離れないため、温度の一定なガスを含む水にしかいない。[1]

ここに名を挙げた権威ある学者や、同じように海鳥の不思議に魅了された数多くの学識ある鳥類学者たちの著作を読むことで、わたしはその知識を抽出し、自分の経験ともあわせて、ナチュラル・ナビゲーターにとって価値のあるものを得ようとしてきた。

マーフィー博士の *Oceanic Birds of South America* を読めば、熱帯の海で暮らす鳥は一般にとても少ないことがわかる。これは高緯度地方ときわだった対比をなしている。概して、繁殖地から遠く離れた外洋にまで幅広く分布する種を含むのは、（南北の）高緯度地方の海鳥の群集である。それに対して熱帯の海鳥の多くは、生息地の諸島や大陸の海岸線からあまり遠いところまで飛んでいかない。もちろん、生態がほとんど知られていない熱帯の種もいるし、セグロアジサシやクロアジサシのように個体数がか

（1）　Robert Cushman Murphy, *Oceanic Birds of South America*, New York, ©1936.

なり豊富なのに、海へと消えていき、どこへ行くのか誰にも見つけられない種もいる。たしかに環境のよいところでは熱帯の海鳥の数は天文学的に多い。とりわけ太平洋やインド洋などの熱帯の海の静かな群島では、文字どおり何百万もの海鳥が生まれる。もちろん最近では、またとりわけ大きな島では、人間によって導入された有害な生物や人間そのもののせいで海鳥の個体数は大きく減少しつつある。だが、巣を作る鳥が上空一面を覆い、曇ってしまうような小島も、まだ数多く残っている。

そのような状況であるにもかかわらず、繰りかえしになるが、何日も熱帯を航海していて、一向に鳥を見ないということがあるのだ。ある経験豊かな航海者が観測した記録によれば、太平洋の熱帯を渡る長い船旅で、平均して外洋を200キロメートル進むあいだにたった一羽しか鳥を見なかったという。熱帯で陸から遠く離れた場所で観測するときは、海鳥を利用して自分の位置を知ることは期待できない。そのため、利用可能なそれ以外のあらゆるものを使わなくてはならない。熱帯の海鳥が役に立つのは陸地が近づいてきたときだ。個体数を注意深く記録し、鳥の種を識別できればなおよい。

具体例を見てみよう。サンフランシスコからタヒチへ航海したとき、はじめの2日間は北米の海岸に棲む鳥が見られた。その後5、6日はときどきミズナギドリが観察された。赤道に近づくと、まばらな雲が厚みを増し、空を灰色にして、海のうねりは強まり、嵐が来た。突然、鳥の大群が現れた。ウミツバメやアカオネッタイチョウ、シラオネッタイチョウなどだ。そして島が迫ってくるとかなり多くのアジサシが見えてきた。さらに進むと、鳥は現れたときと同じように、あっという間に消えた。

自然を頼りに海を渡っていると、このように鳥がふいに現れてはいなくなるのを観察することがかなり頻繁にある。赤道無風帯に出入りするとき、あるいは支配する海流の異なる海域へ移るとき、鳥は現れたり消えたりする。これまでの章で見たように、隣接する海域はかなり特徴が異なることがあり、海流と同じように、鳥の分布もある場所を境に突然変わることがある。鳥が豊かに暮らせる海流の隣に、そうではない海流がある。海流の合流点では、鳥の分布が変わるだけでなく、鳥が密集している。そこでは海水が深いところから湧きあがり、海面に餌を運んでくるからだ。メキシコ湾流とラブラドール海流のあいだの境界（174ページ）に沿っては、ほとんどつねに鳥が大群をなしている。

次ページに載せたふたつの図は多くのバードウォッチャーによる観察に基づいたもので、大西洋に鳥が出現する相対的な頻度を表している。上の図は、一日で出合う鳥の平均数だ。たとえば航海者がより栄養豊富で浅い北の海域へ進むほど、鳥の数は多くなることが見てとれる。北大西洋のフェロー諸島周辺の海域では一日に100羽の鳥が見られるが、大西洋の真ん中では一日にわずか1羽しか見られないこともある。ヴェルデ岬諸島の近くでは一日に34羽ほど、（さらに説明すれば）バミューダ諸島と南スペインを結ぶ線上では、大西洋の真ん中では一日に1羽で、ジブラルタル海峡に近づくにつれてそれが4羽、7羽、15羽と増えていく。南大西洋に関する下の図もおおむね同じ、つまり緯度が上がるにつれ、鳥は増えることを表している。一般的に、航海者が赤道から南へ下るほど、そこの海水は豊かになり、海鳥の数は多くなる。

自然を頼りに航海するためのさらなる補助として、自分がいる海域を特定し、陸の方向を知るために本当に価値のあるものに絞って、代表的な海鳥の特徴を要約したものを以下に記そう。陸があることを示す鳥の重要性は季節によって、またとくに繁殖期であるかどうかによって大きく異なるため、季節ごとの注釈を含む表にまとめた。184ページから186ページにその鳥の表を掲載している。また、1

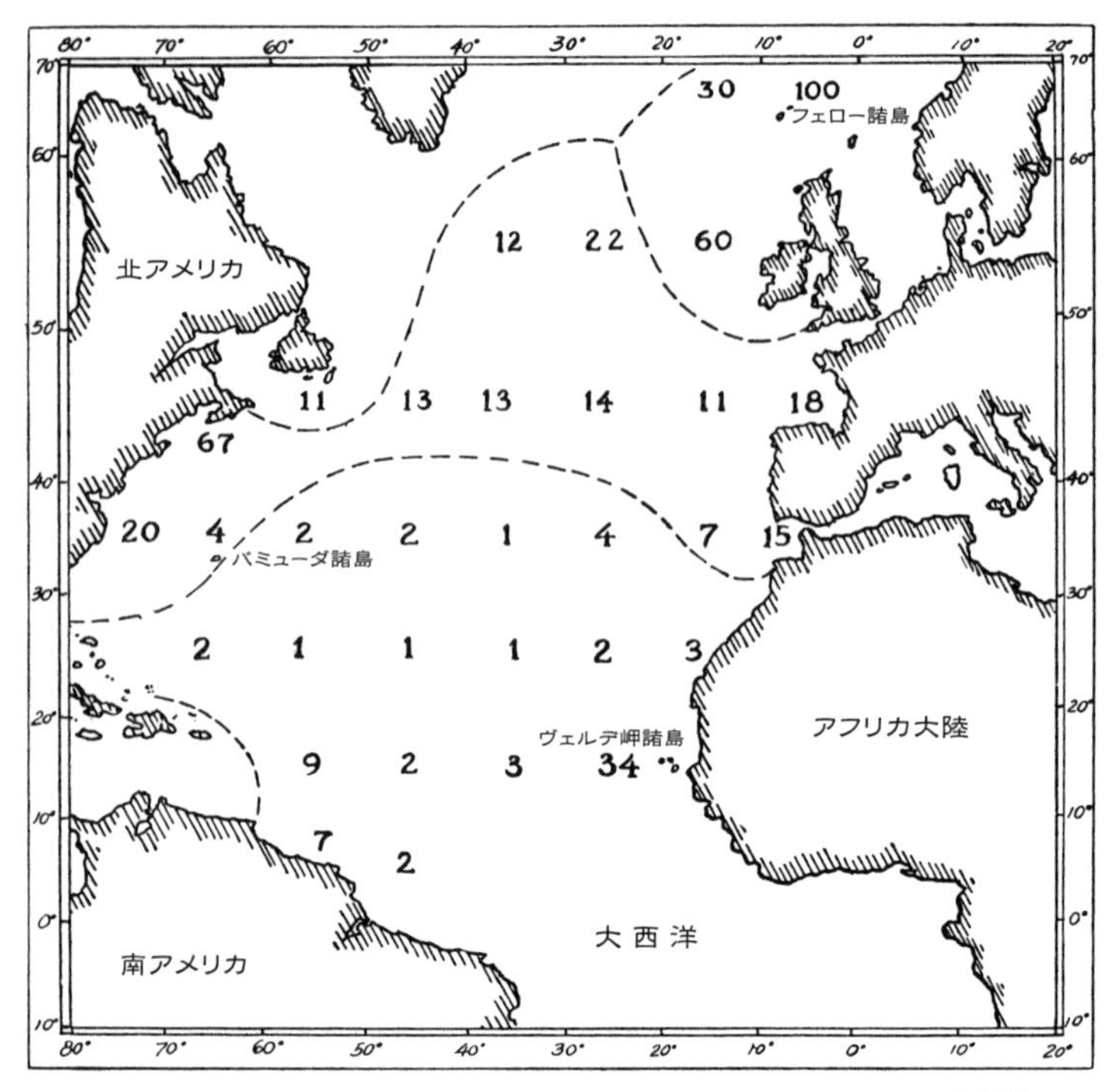

Jespersen, *On the Frequency of Birds over the High Atlantic Ocean* を参照

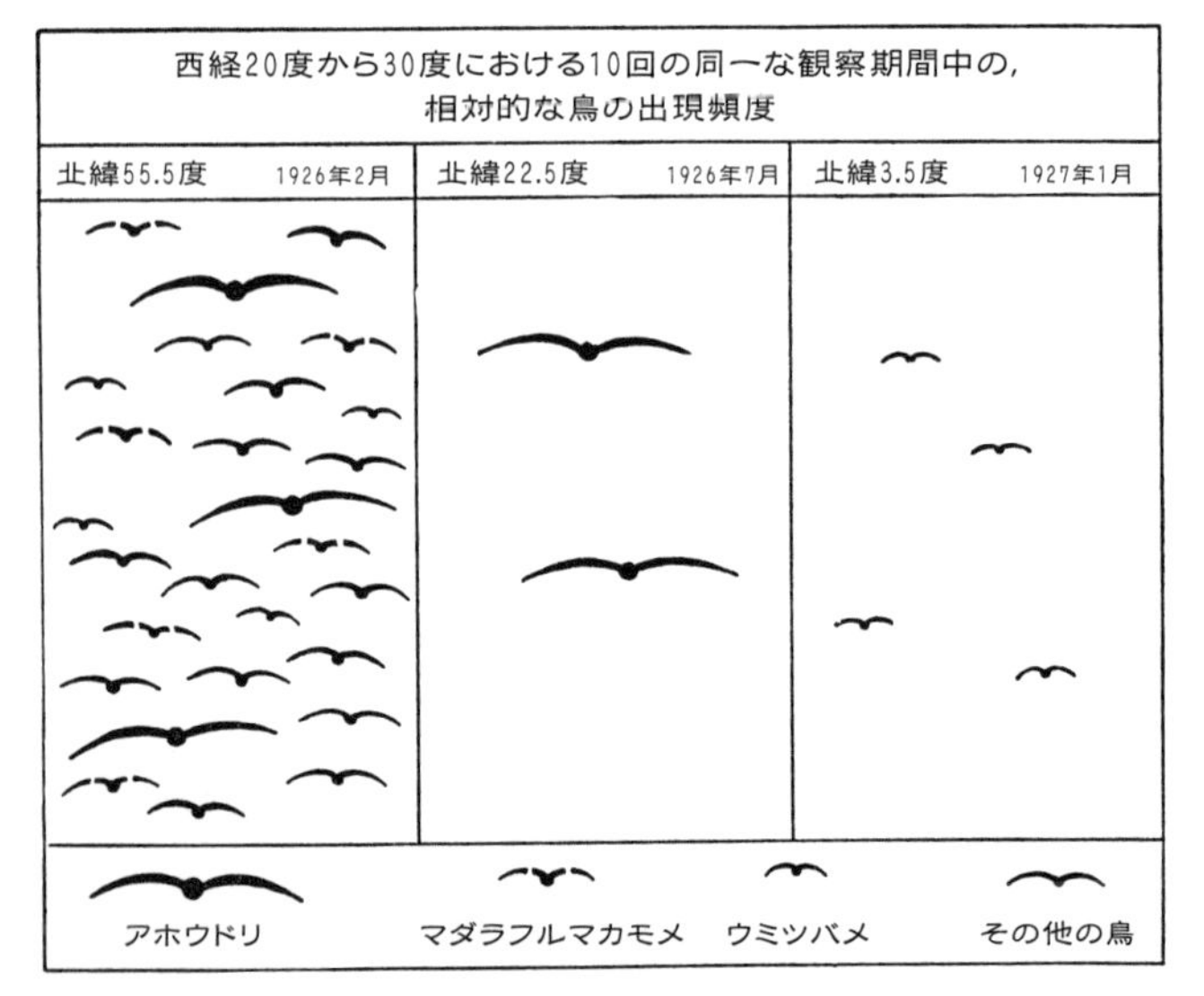

Spiess, *Die "Meteor" Fahrt* を参照，Murphy, *Oceanic Birds of South America* より

87ページ以降の注釈は表の情報を補うもので、挿入されている図は偉大なナチュラリストにして生きている鳥の観察者であるフランシス・リー・ジャックによって特別に描かれたものだ。特別なスタイルで、簡単に識別ができるようなそれぞれの種の特徴をとらえて描いてくれた。これらの注釈は純粋にガイドとして使うためのものであり、原則として一度、あるいは数少ない観察に基づいて判断すべきではない、ということは強調しておかなければならない。平均の法則を考慮に入れることが絶対に必要だし、わたしの示しているものはすべて、観察された鳥の数から合理的に推測できる陸までの距離である。海で見た鳥の数という指標はどれも、異なった種を5回以上観察した場合や、ほかの自然によるしると合致している場合を除いて、決定的なものとみなすべきではない。ナチュラル・ナビゲーションの技術とは多くの場合、ひとつだけでは信頼できないが総合するとたしかなガイドとなる複数の情報を取りいれることなのだ。

海鳥の指標による，陸からの距離についての合理的な推測

鳥の種類	図版ページ	生息地（本書中のページ）	観察された時期は？	一度に観察された個体数は？ ⇒ 推測される陸からの距離
ワタリアホウドリ，ススイロアホウドリ他，南極海のアホウドリ類	189	188	どの月でも	何羽でも ⇒ おそらく遠い
クロアシアホウドリ コアホウドリ	189	188	4月-10月 11月-3月	何羽でも ⇒ おそらく遠い 12羽以上 ⇒ 繁殖地から160km 以内
カワリシロハラミズナギドリ	189	194	どの月でも	6羽以下 ⇒ おそらく遠い 次第に増加 ⇒ 近づいている．夜明けと夕方に飛ぶ方向から陸の方角を判断
ハシボソミズナギドリ	189	195	11月-3月 4月-10月	6羽以上 ⇒ 繁殖地から160km 以内．夜明けと夕方に飛ぶ方向から陸の方角を判断．次第に増加する場合，陸が近づいている 何羽でも ⇒ おそらく遠い
フルマカモメ	189	192-193	北半球の夏 北半球の冬，大西洋全域で 通年	6羽以下 ⇒ おそらく遠い 何羽でも ⇒ おそらく遠い 次第に増加 ⇒ 近づいている
マダラフルマカモメ	191	194	どの月でも	次第に増加 ⇒ おそらく遠い
シロカツオドリ オーストラリアシロカツオドリ ケープシロカツオドリ	202	205-206	どの月でも	例外的に観察された単独の個体 ⇒ 最大で480km 3羽以上 ⇒ 最大で160km
アカアシカツオドリ	202	204-205	どの月でも	3羽～5羽 ⇒ 120km 以内 6羽～11羽 ⇒ 80km 以内 12羽以上 ⇒ 40km 以内
アオツラカツオドリ	202	205	どの月でも	3羽～5羽 ⇒ 120km 以内 6羽～11羽 ⇒ 80km 以内 12羽以上 ⇒ 40km 以内
カツオドリ	202	204	どの月でも	1羽（カリブ海で一例報告があるのみ）⇒ 200km 3羽～5羽 ⇒ 120km 6羽以上 ⇒ たいていは50km 以内

ネッタイチョウの仲間（アカオネッタイチョウ，アカハシネッタイチョウ，シラオネッタイチョウ）	202	198	どの月でも	１，２羽⇒おそらく遠い ３羽以上⇒50〜130km
グンカンドリ	203	198-200	どの月でも	３羽〜５羽⇒160km ６羽以上⇒120km 以内．夕方に飛んでいれば，たとえ１羽でも飛行方向は陸の方角を示してい 水上では決して眠らない鳥だ
ウ	203	201	どの月でも	何羽でも ⇒ 最大で40km
ペンギン		187	どの月でも	何羽でも ⇒ おそらく遠い（繁殖期は除く） 次第に増加 ⇒ 繁殖地に近い
カッショクペリカン，またはその他のペリカン	203	207	どの月でも	２羽以上 ⇒ 最大で40km，たいていはそれより るかに近い 次第に増加 ⇒ 近づいている
オオトウゾクカモメ	203	209	（南北いずれかの半球の）夏の時期 （南北いずれかの半球の）両半球の冬の時期	次第に増加 ⇒ 近づいている 何羽でも ⇒ おそらく遠い
その他のトウゾクカモメ	203	208	10月－５月 ６月－９月	何羽でも ⇒ おそらく遠い 何羽でも ⇒ 近い（北極圏）
セグロカモメ，またはその他のカモメ（ミツユビカモメ以外）	213	210-211	どの月でも	３羽以上 ⇒ 80km（あるいは大陸棚の上） 次第に増加 ⇒ 近づいている
ミツユビカモメ	213	212	４月－７月 ８月－３月	６羽以上 ⇒ 岸に近い．80km 以内 何羽でも ⇒ おそらく遠い
クロハサミアジサシ	213	216	どの月でも	１羽かそれ以上 ⇒ 40km 以内
シロアジサシ	213	214	どの月でも	１羽かそれ以上 ⇒ 64km 以内
キョクアジサシ	213	215	５月－７月 12月－２月 一年のその他の月	６羽以上 ⇒（北極で）岸から160km 以内 ６羽以上 ⇒（南半球と南極で）岸から160km 以内 何羽でも ⇒ おそらく遠い
クロアジサシ，セグロアジサシ，またはその他のアジサシ（シロアジサシ，キョクアジサシ以外）	213	214-215	どの月でも	何羽でも ⇒ おそらく遠い

グリウミツバメ		197	7月-11月 一年のその他の月	6羽以上 ⇒ 120km 以内 何羽でも ⇒ おそらく遠い
ミツバメ（南半球） ミツバメ（北半球）	191	190-191	12月-2月 一年のその他の月 6月-8月 一年のその他の月	6羽以上 ⇒ 120km 以内 何羽でも ⇒ おそらく遠い 6羽以上 ⇒ 120km 以内 何羽でも ⇒ おそらく遠い
グロミズナギドリ	191	195-196	10月初めから5月 一年のその他の月	6羽以上 ⇒ 160km 何羽でも ⇒ おそらく遠い より多く観察される ⇒ 海岸沿い より少なく観察される ⇒ おそらく遠い
ンクスミズナギド	191	196	4月-8月 9月-3月	3羽以上 ⇒ 320km 以内 12羽以上 ⇒ 160km 以内．夜明けと夕方に飛ぶ方向から陸の方角を判断 次第に増加 ⇒ 近づいている
の他のミズナギド（南半球）（ハシソミズナギドリ以）		195	12月-2月 一年のその他の月	3羽〜11羽 ⇒ 320km 以内 12羽以上 ⇒ 160km 以内．夜明けと夕方に飛ぶ方向から陸の方角を判断 何羽でも ⇒ おそらく遠い
ーストンウミツバ	191	190	1月 一年のその他の月	6羽以上 ⇒ 160km 3羽以下 ⇒ おそらく320km以上岸から離れている
イイロヒレアシシ，またはアカエリヒレアシシギ	217	207-208	6月-7月 8月-11月 2月-5月 12月-1月	3羽以上 ⇒ 120km 何羽でも ⇒ おそらく遠い（渡り中） 何羽でも ⇒ おそらく遠い（渡り中） 3羽以上 ⇒ 120km
エトピリカ，ツノメリ，ニシツノメド，ウミガラス	217	216-218	どの月でも	3羽〜5羽 ⇒ 240km．夜明けと夕方に飛ぶ方向から陸の方角を判断 6羽以上 ⇒ 110km．夜明けと夕方に飛ぶ方向から陸の方角を判断
ハシブトウミガラス，たはブラニッチのミガラス，あるいはパラスのウミガラス（ウミガラスと似た仲間）		218	5月と6月 どの月でも	何羽でも ⇒ 大西洋とグランドバンク沖，最大350km 次第に増加 ⇒ 近づいている
ハジロウミバトウミスズメ	217	216, 218-219	どの月でも	1羽以上 ⇒ 80km 6羽以上 ⇒ 40km

とくに有益な海鳥のガイドに関する注

以下の情報は代表的な種の生態に関する要約で、184ページから186ページの表に対する補足だ。

ペンギン　世界には15種のペンギンがおり、すべて南半球のかなり水温の低い海域にかぎられる。種のうち半数は亜南極諸島と南極大陸の海岸線の周辺で繁殖する。ほぼすべてのペンギンが、騒々しく、かなり遠くまで音を響かせる大規模な群生地で産卵する。繁殖期には、群生地からその外へ、あるいはそこへ向かって泳ぐ数多くのペンギンが観察できる。しかし、南極や亜南極で泳いでいるペンギンの巨大な群れを見たとしても、繁殖地が近いとはかぎらない。というのは、彼らは居住地から数百キロメートル離れたところに餌となる甲殻類がいると、そこに密集することがあるからだ。おそらくナチュラル・ナビゲーターが最も見慣れた種は、それよりも北に棲むものだろう。そのうち4種はフンボルトペンギン属で、目のまわりに白くて幅の広い縞模様があり、それが横顔で広がり、首から白い胸につながっている。足黒ペンギンとも言われるケープペンギンは南アフリカ共和国〔からナミビア共和国〕の海岸沿いで、北は南緯15度まで見られる。南米のマゼランペンギンは東海岸の南緯24度まで、そして西海岸まで分布している。西海岸にはフンボルトペンギンが寒冷なペルー海流の流れる沿岸に、北は南緯6度まで見られる。また、小型のガラパゴスペンギンは、南米大陸の西海岸の沖、赤道直下のガラパゴス諸島にのみ生息している。ペンギンの生息地が赤道にまで達するのはここだけだ。またオーストラリアとニュージーランドの南岸で繁殖するペンギンもおり、そのうち一種は西オーストラリア州の南緯22度の地点まで生息している。

アホウドリ　あらゆる海鳥のなかで、環境に対し最も高度に適応し、特化しているのはアホウドリ科の鳥だ。世界で13種が知られている。ウミツバメやミズナギドリと同じミズナギドリ目に属している。ワタリアホウドリは現在知られている最大の海鳥で、翼開長350センチ、体重はおよそ7・7キロになる。南緯30度から60度の海に広く分布している。なかには南米の西海岸でペルー海流に沿って南緯30度を越え、南緯23度あたりまで北上する個体もいる。それよりも北に生息するのは4種のみだ。そのうちの一種、赤道直下のガラパゴス諸島にのみ生息するガラパゴスアホウドリは、熱帯で繁殖する唯一のアホウドリ科の鳥である。北大西洋にはアホウドリ科は生息していないが、北太平洋には3種がいる。そのなかで、ずば抜けて希少なのがアホウドリだ。近年ではもう絶滅したものと考えられていたほどだ。だが幸運なことに絶滅してはおらず、1954年には日本の鳥島で10組のつがいからなるコロニーが確認された。コアホウドリは頭と腹が白く、翼と背中は濃い茶色をしている。ハワイ諸島の北西の島々に繁殖する。北太平洋で最もよく見られるのがクロアシアホウドリで、その繁殖地は太平洋のハワイより北の島々から、マーシャル諸島、硫黄列島、小笠原諸島まで広く分布する。北太平洋のアホウドリ科の鳥は4月から10月にかけて繁殖する。その時期でも、少数の個体が陸から遠く離れた場所で確認されることがある。

現代の海の男は、コールリッジの『老水夫行』で荘重に語られた古い迷信を信じてはいないらしく、アホウドリを捕まえるのを不吉なことだとは考えない。わたしはかつてオーストラリアからニュージーランドへ航海する船で見習い水夫をしたことがあり、そのころは乗組員たちがアホウドリを捕まえて調べるのはごくふつうのことだった。わたし自身が行っていたのは、紐の端に真鍮の小さな三角の縁をつ

カワリシロハラ
ミズナギドリ
ハシボソ
ミズナギドリ
ワタリ
アホウドリ
ススイロ
アホウドリ
クロアシ
アホウドリ
フルマカモメ
水の上の
フルマカモメ
水の上の
ワタリアホウドリ

けて引く方法だ。輝く金属に引きよせられ、アホウドリの曲がった嘴はその三角に絡まってしまう。捕まえた鳥を引き、船に乗せるのはいたって簡単だった。ちなみに、船上に引っぱられたアホウドリは体調を悪くする。多くの著述家がこれを「船酔い」と呼んでいるが、防御機構にちがいないとわたしは考えている。巣のある崖では、アホウドリは雛鳥も含めて侵入者を撃退するために嘔吐する。アホウドリを捕まえたら、その鋭い嘴を確認するときはとくに慎重に行うべきだ。鉤がついていてとても強く、敵をひどく痛めつけることができる。

ウミツバメ　アホウドリのほかに、ミズナギドリ目にはあと3科が属する。ウミツバメ科には19種があり、その多くは身体の色が黒に近く、腰が白い。ウミツバメは小型で、蛾のように羽ばたきながら海面すれすれを飛び、餌を捕る。全種ではないが多くのウミツバメが船についてきて、非繁殖期には巣から数千キロ離れたところでも見られる。研究者にわかっているかぎりでは、雛が生まれる季節のあとに繁殖期を迎えるため、そのときには繁殖しない若い個体も含めて、沖合にはほとんどあるいはまったくいない。そのため、ウミツバメの数は繁殖が行われているコロニーがある陸地の近くであることを示すものとして役立つ。

世界で最も数が多いウミツバメはアシナガウミツバメで、繁殖の中心地である南極大陸と周辺の島々から、非繁殖期には太平洋のはるか北、西側の赤道のあたりまで、また大西洋とインド洋の赤道の北側にまで出現する。北大西洋ではイギリスまで達することは稀だが、西側では4月まではサルガッソー海にまで優に達し、アメリカ合衆国の東海岸の沖合でメキシコ湾流とラブラドール海流の合流点で餌を捕っているのが何羽も見える。しかも、この鳥はラブラドール海流を示す最高の指標のひとつだ。北大西

洋のアシナガウミツバメの南への帰還は、大西洋の東側、ビスケー湾から西アフリカの海岸に沿っていることがわかっている。6月以降、ポルトガルの沖ではこの鳥が多く見られ、そして12月から1月初めまで西アフリカ沖で観察できる。アシナガウミツバメは北大西洋に棲むほかの2種のウミツバメと混同されやすい。そのひとつはコシジロウミツバメで、大西洋の西側に本拠地があるが、イギリス、フェロー諸島、アイスランドにも数カ所のコロニーがある。そしてもうひとつはヒメウミツバメで、本拠地はイギリスの北部と西部だが、アイスランドやフェロー諸島、フランス北西部、ビスケー湾、マデイラ島や地中海西部でも繁殖する。

　ミズナギドリ目は50種からなり、そのなかには「悪臭を放つ鳥（スティンカー）」とも呼ばれるオオフルマカモメや、ミズナギドリ科の数多くの鳥が含まれる。小型のウミツバメよりもアホウドリと同じように滑るように飛び、シーズンになると繁殖地の近くにはつねに多くが集まっているが、成鳥になるまでに時間がかかり、一年を通じて繁殖地から離れた場所でかなり多くの個体が観察される。しかし、それらの生態について知っていれば、自然を頼りに航海するうえで大いに助けとなるだろう。

たとえば北大西洋で最もよく見られるミズナギドリ科の鳥は、成鳥になるまでに7年かかる海鳥のフルマカモメだ。北大西洋の北部ではほぼどこでも、毎月フルマカモメの姿が見える。それでも、この鳥について知っていればとても役に立つ。第二次世界大戦中のあるとき、「女王（クイーン）」の名を冠したあるイギリス船が本国から海を渡り北米へ向かっていた。当然ながら安全のために針路に灯りはともされておらず、乗客にはどこを通るのか知らされていなかったが、そのうち少なくともひとりは、その大型船がアイスランドとグリーンランドのあいだのデンマーク海峡を通っていることをはっきりと知っていた。北大西洋に生息するフルマカモメは体色が大きくふたつに分かれており、頭と胸部が白いものと、青みがかった濃い灰色のものがいる。暗色型のフルマカモメは7月の海面水温が0度に近い高緯度北極にのみ巣を作る。デンマーク海峡近辺には暗色型のフルマカモメの繁殖地はないが、北極から来た鳥たちが集まっている。また、少なくとも西寄りのグリーンランドの海岸に近い場所では、1月から4月にはその地域の淡色型と同数になり、5月から8月になるとそれらを上回る。

フルマカモメは南極と北極の両方に生息する世界でも珍しい鳥だ。それはギンフルマカモメという名で知られている南極のフルマカモメと同一種、あるいは近縁種だ。この鳥は南極大陸や亜南極諸島で繁殖し、インド洋、大西洋、太平洋にまで姿を現すが、ふつう水温の低い地域にしかいない。しかし、寒冷なペルー海流に助けられ、ときには南米の太平洋岸の赤道にまで達し、さらにはそこを越えることもある。北太平洋で繁殖するフルマカモメは南極のものと大西洋のもののさまざまな雑種であり、はるか昔には、南極から来たフルマカモメが北大平洋にコロニーを作ったのだろう。そのあとで北極海盆に広まり、北大西洋に入ったにちがいない。

現在、太平洋のフルマカモメのコロニーは千島列島、カムチャッカ半島の東に位置するコマンドルスキー諸島、アリューシャン列島のいくつかの島々、アラスカ半島のセミディ諸島、ベーリング海のプリビロフ諸島、セントマシュー島、ホール島、そしてシベリアの最東部に近いいくつかの岬にある。ベーリング海ではいつでも、そして北米の太平洋岸のはるか遠い地点でも一年の多くで見られる。しかし5月から8月にかけて、カリフォルニア州でフルマカモメが見られたという記録はかなり少ない。

北大西洋のフルマカモメはカナダの北極諸島、グリーンランド、アイスランド、フェロー諸島、イギリス、ノルウェーのヤンマイエン島、ビュルネイ島、スピッツベルゲン島、ゼムリャ・フランツァ・ヨシファ、ノヴァヤゼムリャに巣を作る。この地域の西側には膨大な量の氷があるため、デービス海峡やバフィン湾には11月と12月にはフルマカモメはおらず、1月から2月になるとさらにラブラドール地方やニューファンドランド島の大部分からもいなくなる。冬にニューヨークからロンドンへ東向きに渡る蒸気船からは、ニューファンドランド島の沖に広がる堆、グランドバンクの東側に着くまでフルマカモメが見えることはまずないだろう。一般に、北大西洋でフルマカモメが見られる南端は、東側で北緯49度から50度であり、西側は西経50度の北緯41度から42度までで個体数も多い。そこはニューファンドランド島南東の堆で、フルマカモメにとって最高の餌場である。ジェームズ・フィッシャーの論文 *The Fulmar* (New Naturalist series, 1952) には、年間を通じたフルマカモメの分布を表した有益な地図が載っている。

ミズナギドリ科のうち南半球の海でよく見られるのはマダラフルマカモメだ。フルマカモメと同じようにふつう船についてきて、しばしば陸から離れたところでも見られる。それでもこの鳥が数多く観察されたときは、一般には陸地が近いことを示しているとみなされる。非繁殖期でも、海岸や南極の氷河の端から遠くない場所に集まって集団で餌を捕る習性があるためだ。マダラフルマカモメは亜南極諸島よりも南の、サウスジョージア島、サウスオークニー諸島、グレアムランドの島々、ケルゲレン諸島、そしておそらくブーベ島やクローゼ諸島で繁殖する。繁殖地から離れた南極海に広く分布し、寒流に沿ってペルー北部やマルキーズ諸島まで広がっている。アフリカ沿岸ではアンゴラ、モザンビークに達する。オーストラリアにも現れるが、赤道を越えることはほとんどない。

南半球の低緯度の海で見られる典型的な鳥はカワリシロハラミズナギドリだ。数多くの種を含むミズナギドリ科の一種で、身体の下の部分が白い。この鳥は南太平洋のフアン・フェルナンデス諸島、さらにケルマディック諸島、ロードハウ島、オーストラル諸島、トゥアモトゥ諸島に巣を作る。以前はノーフォーク島もそこに含まれていた。この鳥ときわめて近縁のミズナギドリが南大西洋のトリンダデ島に生息している。カワリシロハラミズナギドリは赤道を越えて遠くまで移動し、しばしば北緯15度のメキシコの海岸まで達する。海上ではぐれて飛んでいるこの鳥を見かけても、陸地があると考えてはならない。フアン・フェルナンデス諸島から340キロも離れた場所で記録された例もあるが、多数の集団が現れるのは繁殖地が近づいてからだ。

ミズナギドリ科のうちミズナギドリ族に属する、かなり興味深く重要な鳥の一種が、タスマニア島とオーストラリア南海岸のあいだのバス海峡に繁殖しているハシボソミズナギドリである。その個体数は膨大で、雛鳥を燻して塩味をつけたものが地元の市場で売られており、大きな産業となっている。およそ1億羽を超える個体が繁殖地となる島々へ飛んでいくのが観察されたという報告もある。5月から11月の非繁殖期には、おもに太平洋西部から北へ、シベリア東部やベーリング海へと渡っている姿が見られ、アリューシャン列島の近辺ではとりわけ数が多い。ベーリング海で最もよく見られるのは4月から10月にかけてだ。太平洋東部のベーリング海よりも低緯度へ渡る鳥は少なく、カリフォルニア沖で見かけることもあるが、それはハイイロミズナギドリと行動をともにしている個体だと考えられている。ハイイロミズナギドリは通常、太平洋東部に沿ってベーリング海や周辺の海域にある冬の生息地からニュージーランドや南米とその周辺の繁殖地へと渡る。

さらに、ミズナギドリには、南半球で繁殖し、非繁殖期を夏の北半球で過ごすものが何種かいる。渡りのときや冬の四半期のあいだ、これらの鳥の存在や飛ぶ方角は、陸地が近いことの指標にはまったくならないという点は強調しておかなければならない。こうした鳥のなかで重要な種は、大西洋に生息するズグロミズナギドリだ。その判明している唯一の繁殖地は、南大西洋にある世界で最も孤絶した島々のひとつトリスタンダクーニャ諸島だ。ズグロミズナギドリは北半球の夏のあいだずっと北大西洋で過ごす。5月になるとアメリカ合衆国の東海岸沿いに姿を現しはじめ、個体数が増えると、メキシコ湾流とラブラドール海流の合流点やニューファンドランド島沖の堆など、彼らが好む場所に100羽以上の群れが見られるようになる。6月には東へ向きを変え、北大西洋を渡ってイギリスの西海岸の沖に現れる。北大西洋の東部を南下して帰っていき、ヨーロッパを11月に離れる。この種は非繁殖期にはおおむね北大西洋をゆっくりと一周しており、この周回の各地点にはそれぞれ最もよく観察できる時季がある。たとえばナンタケット島、ケープコッド、カナダのノバスコシア州から、大西洋の中央で北緯51度、西経30度の地点を結ぶ線上では、ズグロミズナギドリのピークは5月の最終週のころだ。6月最初の週にはグランドバンクで多く見られる。

ジェームズ・フィッシャーはまだ5月だというのにスコットランドの西およそ480キロのロッコール島でズグロミズナギドリを見たことがあるが、イギリス西部での最盛期は7月ごろで、シリー諸島の沖によく現れ、コーンウォールの海岸で大群がときどき見られるようになるのはさらにそのあとだ。

またマンクスミズナギドリも重要なミズナギドリの一種だ。これは南半球から長距離を渡ってくるものに比べると繁殖地が狭い。また世界中に、いくつか識別しやすい種が分布している。生息地はニュージーランドやハワイ、メキシコの西海岸やその沖の島々、地中海、北大西洋だ。地中海と北大西洋の種は実際に見れば明確な違いがあり、見分けるのはむずかしくない。現在では個体につけた標識の記録から、北大西洋にいる種はブリテン諸島から赤道を越え、南米の東海岸へ渡ることがわかっている。だがマンクスミズナギドリは、渡りのときでなければ、たいてい海岸から320キロ以内、または水深200メートル未満の大陸棚の上にいる。北半球の夏の繁殖期には、マンクスミズナギドリの大きな〝群れ(ラフト)〟が水上で休んでいたり、集団で飛んでいたら、巣を拠点にして行動している。最大で1週間ごとに交代で巣を守り、行動範囲はかなり広い。ウェールズで繁殖するものの多くはふつう、ビスケー湾で餌を捕る。繁殖期の終わりには、地中海に生息するものはジブラルタル海峡の外へ出て北へ向きを変え、イギリス海峡の入り口まで達する。マンクスミズナギドリは北大西洋のアメリカ側ではほとんど見られない。

バミューダ諸島にまだ生息しているのかは不明で、アメリカのニューイングランド地方の海岸は分布図から大きく外れている。だが、ウェールズの巣で捕獲され、ボストンに運ばれた個体は、2週間とかからずに自力で大西洋を渡って戻った。

最後に、最も小さなミズナギドリ目の鳥について述べるべきだろう。モグリウミツバメ科には4種が属し、いずれも南半球の寒冷な海域や亜南極に生息している。この鳥はとても小さく、エビを餌とし、水中に翼を沈めて泳ぐことができる。ときには巣から遠く離れた、餌の豊富な海でおびただしい数が群れていることがある。

全蹼目〔かつての全蹼目（ペリカン目）のうち、グンカンドリ科、カツオドリ科、ウ科は現在ではカツオドリ目に分離され、ネッタイチョウ科はネッタイチョウ目に再編されている〕　全蹼目はネッタイチョウ科、グンカンドリ科、ウ科、カツオドリ科、ペリカン科からなる。これらの科には海鳥でないものも含まれるが、進化した場所が世界各地の海であることは間違いない。

ネッタイチョウ　ネッタイチョウ科には3種が含まれ、いずれもおもに熱帯に分布している。ネッタイチョウはナチュラル・ナビゲーターの役に立つガイドで、陸の近くでなければ3羽以上の群れが観察されることはめったにない。

バミューダ諸島周辺では、夏のあいだそこに巣を持つシラオネッタイチョウが、朝におよそ100キロから110キロ沖合の餌場まで飛んでいき、日没の直前に戻ってくる。その時間帯に3羽以上の集団が飛んでいるのが見えれば、陸の方向が判断できる。シラオネッタイチョウは、世界の三つの熱帯の海すべてにいる。大西洋ではバミューダ諸島だけでなく、バハマや西インド諸島、おそらくはギアナ地方、赤道のすぐ南にあるフェルナンド・デ・ノローニャ諸島、アセンション島、そして赤道直下の西アフリカの海岸沖にある島々でも繁殖している。また中部、西部太平洋やインド洋にも広く分布している。ネッタイイチョウが有人島で繁殖している場合、尾の羽がない鳥が飛んでいるのが見られることがある。その細く美しい尾を賛美する現地の人に取られてしまうためだ。

シラオネッタイチョウはサルガッソー海一帯に生息する数少ない鳥の一種だ。ただし、その海域の西側を除いては通常はあまり見られない。ここからネッタイチョウの繁殖期（5月から8月）に西インド諸島やバミューダ諸島へ向かって航海すると、進むにつれて鳥の数が増えるのが観察できるだろう。

アカハシネッタイチョウはメキシコ西部、アメリカ合衆国中央部、西インド諸島南東部、ヴェルデ岬諸島、セントヘレナ島、アセンション島、フェルナンド・デ・ノローニャ諸島、ロカス環礁で見られる。このうち最後に挙げた四つの繁殖地は大西洋の赤道のわずか南にある。この種はまたエクアドルの海岸とガラパゴス諸島、紅海の南東の端やインド洋への入り口付近でも繁殖する。

アカオネッタイチョウは大西洋ではなく、インド洋と太平洋に生息する種で、マダガスカル島からガラパゴス諸島、日本の南の島々からハワイ諸島、ケルマディック諸島やオーストラリア北部まで広い範囲に分布する。

グンカンドリ　体重に比して巨大な翼開長を持つグンカンドリは、すべての海鳥のなかで最も能力が高く操縦の巧みな飛行者だ。発達した身体の構造は、空の略奪者として獲物を奪いとるのに適している。グンカンドリはたしかに海鳥だが、本来は陸を拠点としているため、ナチュラル・ナビゲーターにとって価値がある。ほんのわずか海に着水しただけで羽が水を吸い、飛べなくなってしまう。食べるのはほぼ魚だけだが、自分で捕獲することはめったにない。通常は魚を捕って重くなったカツオドリやアジサシが戻ってくるのをじっと待っていて迎え撃ち、餌を横取りする。標的がやってくると飛びたち、上昇したあとで急降下して腹に詰めた魚を吐きださせ、それを空中でうまく捕まえる。わたしは太平洋の小さな島で夕暮れどきに立っていて、飛行機が着陸するような音がしたので思わず頭を下げたことがある。それはグンカンドリに捕まらないように逃げてきたカツオドリが着陸しようとした音だった。

グンカンドリ科の鳥どうしを見分けるのはかならずしも容易ではない。世界で5種が属し、すべて熱帯の、赤道の南北2900キロの帯に存在する海岸や島にほぼ満遍なく生息している。アメリカ大陸の西海岸では、南カリフォルニアからペルー北部、そしてチリ沖のサラ・イ・ゴメス島まで分布する。太平洋では北はハワイ諸島、南はニューカレドニアまで、また北は日本の近くまで、南はニュージーランド、トンガ、オーストラリア北部まで達する。インド洋の熱帯にも広がっている。

グンカンドリが陸から480キロの距離に現れたという記録はあまりない。そしてこの鳥が多数出現した場合は、ほぼ確実にそこが陸から160キロ以内の場所であることを意味する。ふつうは海に着水せず、海で夜を過ごすことを避けるため、夕暮れに飛んでいるときは陸へ向かっており、方向を観察する価値は充分にある。ちなみに、グンカンドリは視覚が鋭い。そして航海中に頭上かなりの高さを一羽が飛んでいったときは、巣を直接見ながらそこへ戻る途中だと考えてまず間違いない。

グンカンドリについて、わたしがこの章で述べてきたこと、つまりどんな規則にも例外があり、できるだけ多様な観察データを集め、それに基づいて結論を下すべきだという考えを説明するためのよい例がある。わたしが覚えているあるフランス人医師は、イギリス海峡を泳いで渡ろうとして失敗し、その後ゴムボートで大西洋を渡ることで名を上げようとした。その人物は第二次世界大戦中に、海を漂流する人の役に立てようと書いたわたしの前著、*The Raft Book*〔『筏の本』〕を携えていた。この本でわたしは、なんであれただひとつの徴候に信頼を置いてはならないと繰りかえし語っていた。

ところがこの医師はその忠告を無視し、一羽のグンカンドリを見たという自分の観察を信頼し、陸地に近づいていると推測してしまった。もしそれがグンカンドリだという判断が正しかったとすれば、多くの人々の長年にわたる観察結果からして、かなり例外的なことだった。ロバート・クッシュマン・マーフィー博士はのちに手紙をくれ、この件について詳しく説明してくれた。

……おそらく1000年に1羽、あるいは1万年に1羽くらい嵐に飛ばされた迷鳥がいたことによって、現在のように数種のグンカンドリが温暖な海域に広く分布するようになったのでしょう。現在、種の分布がいくつかの海域に明確に分かれているという事実は、この鳥が本来、比較的狭い地域に生息する鳥であることのさらなる証拠となっています。

彼はさらにこう述べる。

Oceanic Birds of South America を執筆していたとき、グンカンドリが遠海で発見されたとされる記録を探したのですが、そのどれもが何かの間違いでした。

ウ　世界には30種のウがいるが、なかには海鳥ではないものも含まれ、また外洋に生息するものは数少ない。平均的なウはほとんどが海岸の鳥で、そのため古くは海のカラスと呼ばれ、古いヨーロッパの航海者は陸を探す鳥として船に乗せていた。キャプテン・クックは、ウは海岸から40キロ以上離れたところでは決して見られないと述べており、近年のバードウォッチャーたちによる多数の実体験もまた、この数字を裏づけている。よって一羽の、あるいはさらにいいことに複数羽のウを見たとしたら、陸地から40キロ以内とみなしてほぼ間違いない。

ウは世界の海洋（そして内陸の水域）の全域に、太平洋の中央の島々を除いて非常に幅広く分布している。概してウの個体数は南半球のほうが多く、わずかに種も多い。あるウの一種は、世界最大の海鳥の群集のなかで多数を占めている。グアナイウはチリとペルーのグアノでできた海岸沿いにある島の島で最も数が多い鳥だ。

ウは大陸から離れた島ではめったに見られないが、ガラパゴス諸島では孤立して独特な形に進化した飛ばないウがおり、また亜南極諸島でコロニーを作っている数種は非常に個体数が多い。

カツオドリ　カツオドリ科の鳥は陸地があることを示すいい指標になる。海洋の島々に数多く生息するが、通常大陸棚の先まで餌を探しにいくことはないからだ。9種が属するカツオドリ科はいずれも漁がうまく、とくに朝の早い時間に陸地から離れ、餌場へ向かうのが見えるだろう。日中の多くの時間はどちらの方向にも飛び、夕方になると、雛のために腹に魚を詰めこんだ鳥が陸へ戻っていく。

カツオドリ科のコロニーを訪れると、しばしば巣のまわりを歩くことができる。多くの種は平らな地面の上や茂みの枝に巣を作るからだ。そこを歩いていると、親鳥や雛が捕ってきたばかり、あるいは食

シロ
カツオドリ
アオツラ
カツオドリ
オーストラリア
シロカツオドリ
アカアシ
カツオドリ
(白色型)
アカアシ
カツオドリ
(褐色型)
アカオ
ネッタイチョウ
アカオ
ネッタイチョウ
(飛行中)
カツオドリ

カッショク
ペリカン
グンカンドリ
(胸が白いもの)
グンカンドリ
(後ろから)
グンカンドリ
(黒いもの)
クロトウゾクカモメ
ウ
オオトウゾクカモメ
泳いでいるウ

べたばかりの魚を吐きだそうとするが、これは明らかに威嚇行動だろう。

現代では、そのような習性を知っても、あまり旅の役には立たないと思われるかもしれない。少なくともわたし自身は以前そう思っていた。ところがあるとき、わたしは太平洋でホエールボートに乗っていて、ベーカー島の沖で転覆してしまったことがあった。仲間ともどもスクーナー船に戻ることができなかった5日のあいだに、わたしは餌を戻すカツオドリの習慣を利用して、捕まえたばかりでまだ食べられる魚を手に入れることができた。

カツオドリ科の6種は熱帯に、3種は温帯に分布する。おそらく最も広く生息しているのはカツオドリだろう。大西洋の熱帯（セントヘレナ島を除く）、西アフリカの海岸沖の島々、西インド諸島の多くの島、太平洋は広くメキシコからコロンビア、ハワイからケルマディック諸島、台湾からオーストラリア北部まで分布している。またインド洋や紅海の熱帯の島でも繁殖する。

ふつうカツオドリは巣のあるところからおよそ50キロ以内の場所で餌を捕る。一羽のカツオドリが陸から最も遠いところで確認されたのは、カリブ海で190キロという例がある。一般には数羽のカツオドリが海で見られる陸からの距離の上限は120キロと考えて問題ないだろう。夜明けには陸から、夕方には陸へ向かって飛んでいる可能性が高い。十数羽からそれ以上が集まって飛んでいる場合は、ほぼ陸から50キロ以内と考えられる。

アカアシカツオドリは地面ではなく茂みに巣を作るため、樹木が生えている島にしか繁殖しない。地面から飛びたつのはかなりむずかしいようだ。こうした制限があるにもかかわらず、インド洋や大西洋の西部、中央ではカツオドリよりも広く分布している。南北アメリカ大陸の熱帯では、カツオドリよりもコロニーの数は少ない。大西洋の中央では、カツオドリとは異なり、セントヘレナ島で繁殖している。アカアシカツオドリは巣から40キロ以内のところで最も数が多い。80キロの範囲では数が減ってまばらにしか見られず、120キロを超えると稀になる。

アオツラカツオドリの分布は他の種と似ているが、判明しているコロニーの数はあまり多くない。アカアシカツオドリ同様、西アフリカ沖の島にはいない。

いま挙げた3種のカツオドリは最も広く分布しており、その有益な分布図がジェームズ・フィッシャーとR・M・ロックリーの *Sea Birds* (New Naturalist Series, 1954) に載っている。

これらカツオドリ属の鳥と同じく、シロカツオドリ属の鳥も水深200メートル未満の大陸棚から外洋へ出ることはめったにない。つまり、陸から160キロを超えて見られるのは稀で、480キロを超えると観察されることはほぼない。繁殖期には一日に少なくとも一度は巣を訪れ、つがいの相手と交代する。北大西洋のシロカツオドリの成鳥の行動範囲はおそらくコロニーから100ないし110キロで、この活力ある鳥はその距離を5、6時間かけて飛んでいき、餌を捕る。180センチの翼開長と3・4キロの体重を持つシロカツオドリは北大西洋で最大の海鳥だ。

北大西洋のシロカツオドリのコロニーはすべて発見され、さらに10年ごとにフィッシャー、ヴェヴァーズ、ロックリーとその同僚たちによって巣の個数まで数えられている。1949年の最新の調査では、コロニーはブルターニュ沖の海岸にひとつ、チャンネル諸島にふたつ、ウェールズにひとつ、アイルランドに3つ、イングランドにひとつ、スコットランドに8つ、ノルウェーにひとつ、フェロー諸島にひとつ、アイスランドに5つあり、大西洋の西側では、セントローレンス湾に3つ、ニューファンドランド島の海岸にひとつ、その沖の島にふたつあった。その年、総計10万個の巣が利用されていた。シロカツオドリの繁殖期はイギリスでは1月か2月に、北米では3月か4月に成鳥の到来とともに始まる。産卵は5月に始まり、雛は9月初めに巣を離れる。幼鳥は身体の白い成鳥とは見た目が異なり、暗い色をした羽が幼鳥である4年間のあいだに段階的に変化していく。この期間、幼鳥は成鳥よりも遠くへ飛び、はるか彼方のアフリカ西海岸にまで達する。非繁殖期には地中海を抜け、ときにはパレスチナにも姿を現す。メキシコ湾に到達することもある。北米東海岸におけるシロカツオドリの大集団の分布状況は、ラブラドール海流に左右される。繁殖期の成鳥はつねに陸地があることの、さらに（コロニーの数はかなりかぎられ、飛行経路から特定できるため）特定の岩があることのよい指標だとだけ言えば充分だろう。非繁殖期には、成鳥も幼鳥も、そこが大陸棚の上であることを示している。

シロカツオドリによく似ているのがケープシロカツオドリだ。南アフリカ共和国のアルゴア湾からナミビア共和国のホラムスバード島で繁殖し、非繁殖期にははるか遠く西アフリカの海岸まで達し、ときには赤道を越える。

オーストラリアシロカツオドリもとても近い種だ。このうちの一種はバス海峡とタスマニア島の周辺の島々で7月から1月に繁殖し、幼鳥や非繁殖期の成鳥は近隣の海を西オーストラリア州のポイント・クローツやクイーンズランド州のブリズベンまで飛んでいく。またオーストラリアシロカツオドリのもう一種はニュージーランドから出ることはない。

1946年から1947年にかけて、ニュージーランドに生息するシロカツオドリの十数個のコロニー（うちふたつは南島の沖、残りはすべて北島の沖にあった）の調査が行われ、1万8000組から2万40

00組のつがいが生息していることが判明した。オーストラリアの種は、わずか5つのコロニーにおよそ2000組のつがいが生息していた。

ペリカン　世界で6種いるペリカン科のうち、アメリカ大陸のカッショクペリカンのみが海鳥とみなされている。その他の種は内陸か、河口や潟に生息し、陸の見えないところまで行くことはめったにない。しかしカッショクペリカンはチリからカリフォルニアのアメリカ大陸熱帯地方の太平洋岸と、フロリダからアマゾン川流域までの大西洋岸で繁殖している。シロカツオドリと同様に高いところから飛んできて餌を捕るが、チリやペルー沖のグアノのある島のあいだを除き、大陸棚の端まで達することはほとんどないという点がちがう。ふつうカッショクペリカンの行動範囲は海岸から40キロ以内で、数羽のペリカンが飛んでいるのが見られれば、陸から40キロ以内だとみなすことができる。

渉禽類のなかで、サヤハシチドリ属、ヒレアシシギ属、トウゾクカモメ科、カモメ亜科、アジサシ亜科、ウミスズメ亜科はすべて、あるいはほとんどが海鳥だ。サヤハシチドリ属にはハトに似たふたつの種が属し、いずれも南極か亜南極にかぎられ、海鳥のコロニーからあまり遠くない場所にとどまって、ときおり捕食するほか、おもに屍肉食をしている。

ヒレアシシギ　自然界で最も遠くまで移動をするものは、渉禽類に見られる。ヒレアシシギ属の痩せた繊細な2種の鳥は、北極圏のツンドラで夏に繁殖し、（近縁のイソシギととてもよく似て）冬には外洋へ出る。ハイイロヒレアシシギは北極圏の全域で、近縁のアカエリヒレアシシギ（とかなり範囲が重複するが、それ）よりも北で繁殖する。

航海中に見かけるヒレアシシギは冬の灰色の羽で、繁殖期と比べてはるかに地味な装いをしている。

ハイイロヒレアシシギの南への渡りは大部分が（少なくとも北米大陸と西ヨーロッパでは）陸の上だが、とくに北大西洋の北半分では、海の上を飛ぶこともある。ハイイロヒレアシシギの大群が冬のあいだ過ごしている場所を判断できるだけの情報はまだ集まっていない。南アフリカや、さらにニュージーランドにまで達するものがいるということはわかっている。だがどうやら、冬の生息地は主要な三つの海域にほぼ集中しているようだ。そのひとつはチリとペルーの国境の西の沖にあたるペルー海流だ。もうひとつは西アフリカの最西部とヴェルデ岬諸島の周辺。三番目はインド洋の北西部と紅海の入り口にかけてだ。

北極圏とアメリカ大陸、ユーラシア大陸の北部に広く分布する繁殖地から、アカエリヒレアシシギは陸や海を越えて南へ渡る。おそらくこの小型の種のほうが、陸路を進む個体はハイイロヒレアシシギよりも多いだろう。冬の生息地は（ハイイロヒレアシシギ同様）インド洋の北西部と紅海の入り口と考えられる。冬場にはまたペルシャ湾や、広く東南アジアの海域でも見られ、フィリピン諸島、ボルネオ島、スラウェシ島、モルッカ諸島、ニューギニアなどに広がっている。これらの場所では、ハイイロヒレアシシギはほとんど見られない。

アカエリヒレアシシギは南米とその近海、南アフリカや西アフリカにはほとんど姿を現さない。

トウゾクカモメ　トウゾクカモメ科は4種で、いずれも姿はカモメに似ていて、海の猛禽であり、はるか遠くまでしばしば赤道を越えて渡る。航海をしているときは、同じ種のトウゾクカモメが大きな群れをなしているときにだけ近くに陸があると推測できる。この鳥は、寄生するほかの海鳥がいる場合は、小さな集団で陸から数百キロのところまで飛んでいくことがある。というのは、トウゾクカモメはほかの鳥を追い、腹の中身を吐きださせてそれを餌にしているからだ。

トウゾクカモメ科のうち最大のものはオオトウゾクカモメだ。フルマカモメ属と同じく、南北両極に生息する数少ない鳥のひとつだ。繁殖の中心地は南にある。一種は南極大陸に、残りの種は亜南極諸島から、北はトリスタンダクーニャで繁殖する。またフォークランド諸島やチリ、アルゼンチン南部、またニュージーランド南島とその周辺の海でも繁殖する。

また地球の反対側の北大西洋にも繁殖地がある。ブリテン諸島の北部（とりわけシェトランド諸島）、フェロー諸島、アイスランド南東部だ。

それらの拠点から、オオトウゾクカモメは広い海へ出ていく。さまざまな種の鳥が西は日本から、東はカナダのブリティッシュ・コロンビア州で観察されたことがある。またインド洋の赤道近くまで達するものもいる。また、大西洋の中央では、南と北の両方のコロニーから来たものが見られ、大きく隔ったふたつの繁殖地の個体が飛んでいる範囲が重なっているのかどうかはまだわかっていない。北大西洋ではオオトウゾクカモメはとても広範囲で見られ、北米の東海岸、北大西洋のほとんどの島、バフィン島、グリーンランド、スピッツベルゲン島、ロシア北岸にまでおよぶ。また少なくとも地中海のなかばや、バルティック海まで飛んでいく個体もいる。

クロトウゾクカモメは北半球だけで繁殖し、海岸沿いだけでなく適した沼やツンドラがある数百キロ内陸のアメリカ大陸やユーラシア大陸の北緯60度付近、またカムチャッカ半島では北緯50度のところまで広く分布する。繁殖地から、陸や海をはるか遠くまで渡り、南極大陸に近接した島々にまで達する。

クロトウゾクカモメのうち多くが熱帯の海で冬を越すことは間違いないが、多くはさらに南アフリカ、オーストラリア南東部、ニュージーランド南島、南米の南部にまで進出する。

トウゾクカモメはクロトウゾクカモメよりも北で繁殖し、個体数は少ない。南米の南部や南極大陸付近では観察されたことがなく、クロトウゾクカモメのように南に到達するという証拠はない。大多数は赤道のすぐ北、西アフリカの西側の海で冬を越す。またオーストラリア南東部やニュージーランドに達するものもいる。

トウゾクカモメのうち最小のものはシロハラトウゾクカモメで、やはり北極圏で繁殖する。陸と海を越えて渡るが、日本より南のアジアや、オーストラリアやニュージーランドを訪れることはない。ただし、大西洋の熱帯や西アフリカ、南米では観察されたことがある。シロハラトウゾクカモメの越冬の拠点に関してはまだかなりの謎が残っている。

カモメ (Gulls)　世界には42種のカモメがいる。この段落の冒頭はGullsではなくSea Gulls〔意味は同じく「カモメ」〕としてもよかったのだが、そうしなかったのは、(種としても、個体数でも) 世界のおよそ半分はあまり海では見られず、なかにはまったく見られないものもいるためだ。

カモメは主として海岸の鳥だ。世界中のカモメのうち、真の海鳥といえるのはミツユビカモメ属の2種のみだ。その他のすべての種については、むしろShore Gulls (海岸のカモメ) とでも呼んだほうがいい。

海岸のカモメの多くは砂浜や陸上で餌をとり、海藻や軟体動物、ヒトデ、ウニ、甲殻類などを食べて成長する。また間潮帯で偶然見つけた動物の屍肉食をしたり、ある程度は捕食することもある。ほかの海鳥のコロニーを襲って (生きている卵や、可能なら幼鳥などを) 手当たり次第に奪う。数種のカモメのかなり多くの個体が世界各地の沿岸漁業に寄生し、魚が保管され、船がつながれている波止場に出没し、余りものを掠める。海岸のカモメはふつう岸から80キロ以上離れたところで見られることはないが、種によっては岸から80キロ以上離れていても、大陸棚の端までやってくることがある。こうした例外が起こるのはたいていそのカモメが船を、とくにトロール船を追っているときだ。北大西洋や北極海で活動するあらゆる国籍のほとんどのトロール船には、餌を期待してその航跡を追ってくるカモメ（場所によっては大量のフルマカモメ）がついている。ほとんどのカモメは蒸気船が陸から見えないところまで来ると岸へ戻り、ふたたびそこで餌を漁りはじめるが、トロール船や漁船を追っている場合は陸に戻らないこともある。また、カモメは一般に、ウェールズのフリートウッドやイングランドのミルフォード・ヘイヴンの港から出てアイリッシュ海の北へ抜け、ロッコール島付近の堆まで400から480キロ進むトロール船についていく。ジェームズ・フィッシャーはかつて、ロッコール島でユリカモメを見たことさえあるという。それはイギリスで最も内陸に生息するカモメで、陸が見えないところまで飛んでいくにはかなり強い要因があったにちがいない。

北半球で最もよく見られるカモメはセグロカモメだ。ただし西ヨーロッパの一部ではその近縁のニシセグロカモメも同様によく見られる。セグロカモメは海岸に広く分布し、また北半球の温暖地帯の川や湖、北極圏の周囲の地域全域にも生息している。秋になるとある程度の距離を移動するが、未知の領域をおもに海岸に沿って気まぐれに探検するニシセグロカモメほどは南下しない。

大型で頭部の白いカモメの多くは上背や翼が黒い。ミナミオオセグロカモメは背が黒く、尾が完全に白い、南半球に生息する唯一のカモメだ。上背はほかのどのカモメよりも、北半球のオオセグロカモメよりも黒い。南米の南部、南アフリカ、ニュージーランド、トリスタンダクーニャ島、ゴフ島、そして南極大陸を取り囲む亜南極諸島のほぼすべての島で繁殖する。

世界のカモメのおよそ半数は、もともと頭部の色が濃いか、あるいは繁殖期になると茶色や黒になる。典型的な例が北米の美しいワライカモメだ。中央アメリカ、カリブ海で繁殖し、そこから北西には南カリフォルニア、北東にはニューイングランドまで達し、秋から冬にかけては海岸沿いを南下してブラジルやペルー北部まで達する。

南半球で海岸沿いに棲む定住性のカモメの典型がギンカモメだ。南アフリカ共和国の海岸で北はおよそ南緯30度まで見られ、またニューカレドニア島、オーストラリア、タスマニア島、ニュージーランド、そしてその周囲のチャタム諸島やオークランド諸島でもよく見られる。

すでに述べたように、カモメのなかで本当に海鳥といえるのはミツユビカモメ属の2種のみだ。そのうち、アカアシミツユビカモメは個体数が少なく、これまでのところ繁殖地として知られているのはベーリング海の小さな三つの群島のみだ。一方ミツユビカモメは北太平洋、北大西洋、北極海周辺と繁殖地が広い。さらに北極の最も北の部分にまで達し、非常に繁栄している。また南は大西洋の西岸ではセントローレンス湾、東岸ではブルターニュ地方でも繁殖する。太平洋の繁殖地はアラスカ西部と千島列島の南へは広がらない。

ミツユビカモメの海での分布や生態については、多くのことがまだ判明していない。大西洋の中央では、6月なかばから8月なかばまでミツユビカモメはいないか、少なくともかなり稀だということはわかっている。冬になると大西洋を自由に飛びまわり、フルマカモメよりも南まで行く。ときには、北緯24度にまで達するものもいる。年間を通して、大西洋の両岸、北緯40度から50度のあいだの沖合でとて

キョクアジサシ
ワライカモメ
とまっている
キョクアジサシ
セグロカモメ
ミナミ
オオセグロカモメ
ギンカモメ
ミツユビカモメ
ミツユビカモメ
(横から)
泳いでいる
セグロカモメ
シロアジサシ
セグロアジサシ
ハサミアジサシ
クロアジサシ

もよく見かける。

アジサシと、ハサミアジサシに関する注釈

世界には39種のアジサシと、近縁だが特徴ある3種のハサミアジサシがいる。アジサシはカモメよりもツバメに似て小さく、同じ亜科に属することはすぐにわかる。大きな、ときには非常に大きなコロニーで繁殖する。北極から南極のあいだのどこでも、かならず1種以上のアジサシが生息している。なかでもキョクアジサシは、あらゆる鳥のなかで最も長い距離を渡る。

海鳥のなかで最も美しいのは、わたしの見解では、流線形の繊細な姿をしたシロアジサシだ。この熱帯のアジサシをはじめて見たのは1935年、ハワイ諸島の1700キロ南に位置するパルミラ環礁でのことだった。その愛らしい生き物はよく人に慣れていて、撮影しようとすると顔のまわりに舞い降りてきて鮮やかなスナップ写真を撮らせてくれた。巣を作らず、低木や枝に止まって休む。横木の上に産卵し、自分で作った粘着する物質で固定する。

シロアジサシは陸から64キロ以上離れた海に出ることはめったにない。そのため陸地の指標となり、数羽の集団を見たら、陸地までの最大距離を判断することができる。

シロアジサシは南太平洋の赤道のすぐ南の島々(フェルナンド・デ・ノローニャ諸島、トリンダデ島、アセンション島、セントヘレナ島)や、インド洋ではセーシェル諸島その他、そして太平洋では北半球のレイサン島から南半球のケルマディック諸島で繁殖する。

おそらく熱帯のアジサシで最も典型的な、そして最も個体数の多いのはクロアジサシとセグロアジサシだろう。シロアジサシよりも数が多く、海上で見かければ陸地が近くにあることのはっきりとした指標になる。そのうちセグロアジサシのほうが冒険好きで、岸からより遠くまで飛ぶ。この2種の海上での分布についてはまだわかっていないことが多い。いずれも繁殖期かどうかにかかわらず、南北の回帰線のあいだの帯から外へ出ることはない。ただし、北回帰線のやや北にあたるフロリダ沖のドライ・トートガスでも繁殖しており、これがアメリカ合衆国で唯一の熱帯の海鳥のコロニーとなっている。セグロアジサシの繁殖期は場所によって大きく異なり、アセンション島では一年おきではなく、およそ10カ月ごとに繁殖期がめぐってくる。

黒い頭部を持つアジサシの仲間は数多いが、その典型がキョクアジサシだ。個体識別調査によって、グリーンランドで卵から孵った一羽のキョクアジサシが喜望峰を回り、同じ年の秋に南アフリカのナタール州〔現在のクワズール・ナタール州〕に到達し、その間に海上を1万1000キロ移動していたことが確認されている。キョクアジサシの繁殖場所は北半球の温暖地帯から高緯度北極、そして亜北極の全域におよぶ。これらの高緯度地方から、多くの個体がはるばる南極大陸まで渡る。このうち大西洋を渡るものは、アメリカ大陸の北極圏からアフリカの西海岸へ、北大西洋を北西から南東へと斜めに飛びこえる。この点から、渡りをしているキョクアジサシは近くに陸があることを示す指標として信頼してはならないことがわかるだろう。

一般に、アジサシは泳ぎが下手なため海上で目にすることはあまりない。むしろ魚や甲殻類の群れの上を飛び、海面（またはそのすぐ下）へすばやく飛びこんで獲物を捕らえるのを好む。長い渡りのあいだにキョクアジサシが北大西洋に浮かんでいるのを見たものは誰もいない。海にいるときは流木や船で休憩するためだ。

ハサミアジサシには3種が属しているが、ほとんど海鳥とは言えない。ふつうは熱帯の河口や潟、そして川などの真水のそばに生息している。ときどき沖の浅瀬で餌を捕ることはあるが、わたしの知るかぎり陸が見えないところへは決して行かない。その奇妙に長く伸びた嘴を使って、ハサミアジサシは飛びながら水底を掘りかえすように動く。彼らはこうして獲物を捕っているのだと一般には考えられているが、ロバート・クッシュマン・マーフィー博士の指摘によれば、この行為のあいだ、ふつう嘴は閉じられているという。彼はハサミアジサシがその鮮やかな赤い嘴で〝海原を掘りおこし〟、それによって小魚を海面におびきよせておいて、もう一度同じ場所を飛んで捕まえるのだと考えている。

ウミスズメ　ここで最後に述べるウミスズメ科は、太平洋の北部、おそらくベーリング海を故郷とする。というのは、現在この海域でウミスズメが最も多様に進化しているためだ。ウミスズメは基本的に海鳥で、海面の近くや海中を飛べることをきわだった特徴とする。とても巧みに翼を使って、ペンギンほどではないにせよ、それに迫るほどの速度で泳ぐ。

ツノメドリやウミガラス、コウミスズメなど、ウミスズメ科の鳥は概して巣から大陸棚の端までを行動範囲とし、陸から110キロ以上のところでは、大陸棚がそこまで延びている場合を除いてあまり見られない。どの種も、深い海の上や大洋の真ん中にはほとんど現れない。

現在ウミスズメ科で最も大きいものはツノメドリ属だ。その一種である太平洋のエトピリカはベーリング海からカリフォルニアまで広く分布し、アメリカ西海岸を訪れるとよく見かける。太平洋にはまた美しいツノメドリがいて、北大西洋にはその近縁のニシツノメドリがいる。ツノメドリ属の鳥はウミス

ズメ科の多くと同様に大陸棚の先まで飛んでいくことはあまりないが、スコットランドの大陸棚と孤絶したロッコール島の堆のあいだの長く深い海を越える個体はしばしば見られ、個体識別用の標識をつけたツノメドリが大西洋を横断した例もある。そのため、数羽のツノメドリを観察したとしても、陸が近くにあることやその方向を示すものとして信頼することはできない。

ニシツノメドリは冬になると南へ遠く移動し、かなり多くの個体がカナリア諸島や、さらにはアゾレス諸島にも達する。それは大西洋を途中まで渡っているということであり、その間におそらく、飛んでいるのと同じくらいの距離を泳いでいるはずだ。

ウミガラス属の2種は数が多い。どちらも北太平洋、北大西洋とそのあいだの北極海で見られるが、より高緯度で繁殖するのはハシブトウミガラス（arctic murre）のほうだ。この名を使うのは、大きな混乱を避けるためだ。というのはこの種は大西洋では「ブラニッチのウミガラス（Brünnich's guillemot あるいはBrünnich's murre)」として、そして太平洋では「パラスのウミガラス（Pallas's murre)」として知られているためだ。同様に、より南に生息するウミガラスは、太平洋では「カリフォルニアウミガラス（California murre)」として知られている。この2種はいずれも、大陸棚の端よりも遠くへ出ることはあまりない。2種のうち、冬にはハシブトウミガラスのほうが深い海の上を飛んでいくことが多い。大陸棚が通常より長く広がっている場所、たとえばグランドバンクの南東側などでは、どちらのウミガラスも（とくにハシブトウミガラスは）多く見られることがある。そしてときには、夏場、かなりの数のハシブトウミガラスがグリーンランドの南端の東、陸から240キロ近く離れた深い海の上に現れる。だがふつうは、この2種はいずれも非繁殖期には海岸にいて、大陸棚の上の海岸の近くで深く潜って魚を捕っている。

ウミスズメ科のいくつかの種を日常的にどう呼ぶかについて、大西洋の両側でかなりの混乱があるようだ。アメリカではguillemotという言葉はほぼハジロウミバト（black guillemot）を指す（太平洋ではウミバト（pigeon guillemot）と呼ばれる）。北極圏と亜北極に広く分布するこの種は定住性で海岸に棲み、北極圏の冬であっても繁殖地の近くに留まり、氷原に開いた細長い水路で餌を見つける。この鳥の特徴的な夏羽と、とらえどころのない冬羽の両方を覚えるべきだ。この鳥は浅瀬で餌を捕り、ほぼ渡りをせず、つがいの相手など小さな集団のなかで完結した暮らしをし、大きな集団を作ることは決してないため、陸が近くにあるという指標としてとても有益だからだ。

ハジロウミバトとは対称的に、ヒメウミスズメは大西洋のウミスズメ科のなかで最も小さく、また最も海岸から離れて暮らす。高緯度北極で繁殖し、年によっては海氷の端からはるか南へと移動し、突然かなりの大群で南へと進出する。この鳥は陸の端よりも氷の端に興味を示すが、しばしば大洋の真ん中で大きな群れが見られる。

太平洋には、ヒメウミスズメと同じようにプランクトン（おもに甲殻類）を食べる、その近縁の数種がいる。エトロフウミスズメやウミオウムは大陸棚の外では大きな群れを見ることは少なく、非繁殖期に移動するときには、海岸沿いや島を伝っていく。年間を通して、海岸が近いことを示す指標として信頼できる。

ウミスズメ科で最も小さいのはコウミスズメだ。エトロフウミスズメやウミオウム同様、ウミスズメの故郷、ベーリング海やその周辺で繁殖する。冬にはベーリング海の外へ海岸沿いに南下し、オホーツク海から台湾の北東にまで、北太平洋のアメリカ大陸側ではワシントン州まで達する。

22 月が告げること

多くの人が夜に移動する。漁師や樵(きこり)がそうだし、キャンプやクロスカントリーをする人もいる。こうした人々やナチュラル・ナビゲーターは月がよいガイドになることを知っているだろう。方角や時間を教えてくれ、明かりにもなる。ひと月のうち数日を除いて毎晩、晴れていれば、月から進むべき道がわかるという自信を持って移動することができる。

月そのものは光を発しない。ただ太陽と(ごくわずかに)ほかの天体の光を反射して輝いているだけだ。明るい月の表面は、このためつねに太陽のほうを向いており、太陽が沈んでいてもその位置を示している。三日月のふたつの尖った先端を貫く想像上の直線はつねにほぼ南北を指している。そしてこのふたつの先端の中点を通る垂線は、三日月の明るい部分の先に、太陽が地平線の上に出ていても下に隠れていても、その位置を指している。

太陽が真東から昇り、真西に沈むのは特定の場所の、一年のうちある時期にすぎない。しかし日の出や日の入りの方角と時間を正しく知っているか、つぎの章の情報からそれを導きだすことができるなら、月からかなり正確な方角を知ることができる。

三日月はつねに太陽のすぐ後ろにある

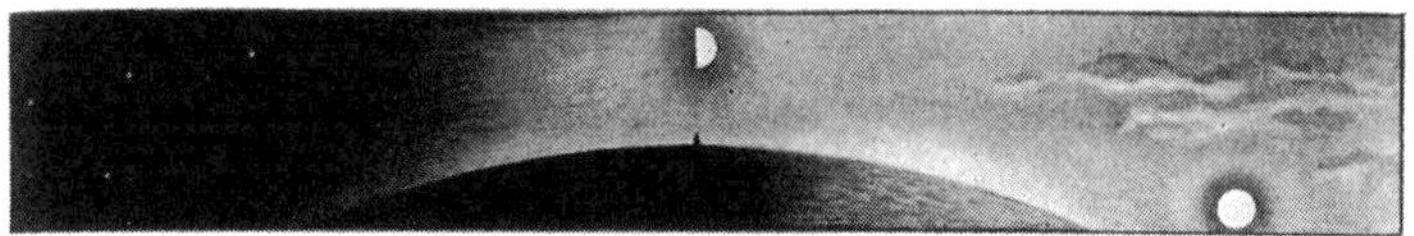
上弦の月は太陽が沈むときに正中（北中または南中）する

満月が昇るとき，太陽はかならず沈む

満月は午前 0 時に正中（北中または南中）する

満月が沈むとき，太陽はかならず昇る

下弦の月はかならず午前 0 時に昇る

下弦の月は日の出に正中（つまり真北か真南に位置）する

二六夜の月はわずかに太陽に先だって昇る

新月	月齢０日
上弦の月	月齢７日
満月	月齢15日
下弦の月	月齢22日
新月	月齢30日

満月はつねに、太陽と正反対の位置にある。太陽が沈むときに昇り、午前0時に正中し、朝に太陽が昇るときに沈む。月齢7日の上弦の月は太陽が正中しているとき、つまり正午に昇る。上弦の月は日没のときにいちばん高く昇る。新月から3週間の下弦の月は午前0時に昇り、日の出にいちばん高く昇る。月の日周運動はひと晩ごとにおよそ50分ずつ遅くなるということを頭に入れておくのが重要だ。

月齢は直接その明るい、あるいは輝いている部分の形と大きさに関わっている。月は最も薄い、筋のような状態からきれいな半月になるまで7日あまりかかり、さらに7日あまりで完全に満ちる。さらに7日あまりで半分欠けて下弦の月になり、結局29日半でサイクルは完結し、また新月に戻る。月齢（いちばん近い日数）は表にして提示しておくとよいだろう。

地元の月の形に慣れている人は、緯度の異なる地方に旅をすると、しばしば月の表面の傾きが異なることに驚く。北半球から南半球に来た人にはすべての天体が上下逆さまに見えるが、月もこの原則の例外ではない。

しかし、夜の旅を計画するとき、月のどちらの面が上に向いていてもあまり関係がない。ぜひ知らなくてはならないのは、月の昇る時間だ。月がどのくらい満ちているか、そしてその明かりを利用できるのは夜のどの時間か。これから述べるように、必要な予測をするのに充分な情報は簡単に記憶できる。

例として、1956年8月16日の月齢を知りたいとしよう。わかっている必要があるのは、それに先立つどこか一日の月齢だけだ。たとえば、1955年3月1日の月齢が7日であることを知っているとすることができる。

１９５５年３月１日に続く12カ月ごとにこの数字（７日）に11日を足す。数の和が30を超えたら、30を引く。１９５６年３月１日の月齢は、７足す11で18日だ。

３月に続くひと月ごとに、該当の月（この場合は８月）も含めて、さらに１日を加える。そして該当の日付を加える。また合計が30を超えたら、30を引く。

したがって、１９５６年８月16日の月齢は

18日（１９５６年３月１日）
足す　５日（４月、５月、６月、７月、８月）
足す　16日（８月16日）
計　39日
引く　30日
月齢は
したがって　９日となる。

これはややこしい計算のように思われるだろう。だが考えてみれば、覚えていなければならないのは直近の３月１日の月齢と、11と30というふたつの数字だけだ。

この計算方法を使って１９５６年８月16日の月齢を知ったことで、どれくらいの光が得られるかが予

測できる。9日は、上弦の月の2日後だ。したがって、天候がよければ、光は相当に当たるだろう。また明かりが得られる時間帯も簡単に求められる。上弦の月は太陽が正中しているときに昇り、日の入りのときに真上に来るからだ。月は平均して一日ごとに昇るのが50分遅くなるから、上弦の月の2日後では、午後1時40分ごろ昇り、およそ7時52分に真上に来る。

では、旅の途中のある時点で、およその時間を知りたいと思ったとしよう。月を見ると、それはいちばん高いところを過ぎてかなり経ち、これから沈む地平線とのおよそ真ん中にある。すると時間は月が正中した3時間ほどあとだ。7時52分に月は最も高くなるから、時刻は午後11時ごろであるはずだ。

夜に移動をすることになっていて、出発の日付を選べるなら、当然満月のときを選ぶだろう。月の光を最も多く受けられ、日の入りから日の出までずっとその恩恵が得られるからだ。

潮位表が手元になく、その地域の満潮と干潮の時間を知りたいときには、以下の方法によって、ほぼ実用的な目的を達することができる。自分で見るか人に尋ね、その地域で月が昇る時間と満潮や干潮の時間の差を確認する。この差は同じ場所ならばいつでも均等だ。すると月が空のどこにあるかを観察することで、月が昇ってからどれくらいの時間が経過したかがわかり、そこから潮の満ち引きをいつでも知ることができる。

この部分を執筆しているとき、わたしはたまたま自宅のあるフィジー諸島のカタファンガ島にいた。フィジーのこの地域では、満潮はたまたま月の出、月の入りと同時で、正中が干潮と一致している。これは偶然のことで、世界のほかの場所にはこの反対である場所もあること、また月の出と満潮や干潮の時間の差は一定だということは繰りかえしておきたい。いったんそれを知れば、その地域ではその時間差はいつでも同じだ。

またそのときカタファンガには、日中にスピアフィッシングをしたいという友人が来ており、夜に海の珊瑚礁のそばでロブスターを釣るのが全員の希望だった。このロブスターは場所によっては「棘のある(ハパイニー)ロブスター（イセエビ）」、フランス語では「ラングスト」と呼ばれ、月がない干潮時にのみ、珊瑚礁で捕まえられる。

そのため月の満ち欠けの状況や、ロブスター釣りができる干潮はいつか、日中に干潮となりスピアフィッシングができるのはいつかを知る必要があった。

ここで説明をしておくと、世界のほとんどの場所では一日に満潮が二度と干潮が二度、6時間ごとに起こる。正確には6時間12分ごとで、それは毎日およそ50分ずつ同じ潮が後ろにずれ、それによって一日のうちの潮の干満を12分ずつ遅らせるからだ。わたしの暮らす地域では月が昇る時間と沈む時間に満潮となり、月が最も高いときに干潮となる。この場合、満潮と干潮の時間は以下のように求められる。

日付は１９５５年3月21日
わたしたちの方法により、１９５５年3月1日の月齢は７日
3月21日だから21日を足して
１９５５年3月21日の月齢は28日
これは新月（30日）の2日前だ
一日ごとに月が昇るのは平均50分遅くなるため、月が昇る時間の差は２×50＝1時間40分

新月は午前6時に昇る（この地域の満潮の時間）
それゆえ、3月21日には月は1時間40分早い午前4時20分に昇り、同じ時間に満潮となる
午前の干潮はその6時間12分後、つまり10時32分（スピアフィッシングをする）
午後の満潮は4時44分（一日のうちの潮の変化はおよそ12分遅れることを忘れずに）
夜の干潮（ロブスター釣り）は10時56分となる

こうした計算から、午後11時ごろには月もなく干潮で、珊瑚の海へ出るのに理想的な状況にあることがわかった。暗い夜、石油ランプでロブスターの目をくらまし、保護のために革手袋をはめて、平均700グラムのロブスターを20匹以上捕まえておいしくいただくことができた。

23 太陽から方角を知る

もし鳥などの動物が口をきけたら、太陽はほかの何よりも簡単に方角を知らせてくれると言うことだろう。ナチュラル・ナビゲーターにとって最も単純で最も基本的なのは太陽を使う方法、つまり太陽（あるいは影）の向きから進むべき方向や方角を知ることだ。

日没からしばらくの時間は、当然ながら地平線に近い西の空はほかの部分よりも明るく、早朝には東の空が明るい。しかしこれでは、東西のおおまかな方向しかわからない。なぜなら一年のうちわずかな期間しか、太陽は真東から昇り、真西に沈まないからだ。

もし正午の太陽が自分の北にある緯度の地方にいるなら、太陽が昇るのは東のいくらか北で、沈むのは西の同じだけ北の場所だ。正午の太陽が自分より南なら、昇るのは東よりも南で、沈むのは西よりも南だ。太陽が正午に最も高くなるとき、その方向は真南か真北だ。

北極圏と南極圏では、太陽がつねに地平線の上に出ていることがあるが、そのさいは太陽が最も高いときと低いとき、北半球では真北、南半球では真南になる。

空が曇っているときでも、ナイフの刃を自分の親指の爪や、紙などの明るい背景に垂直に持つことで

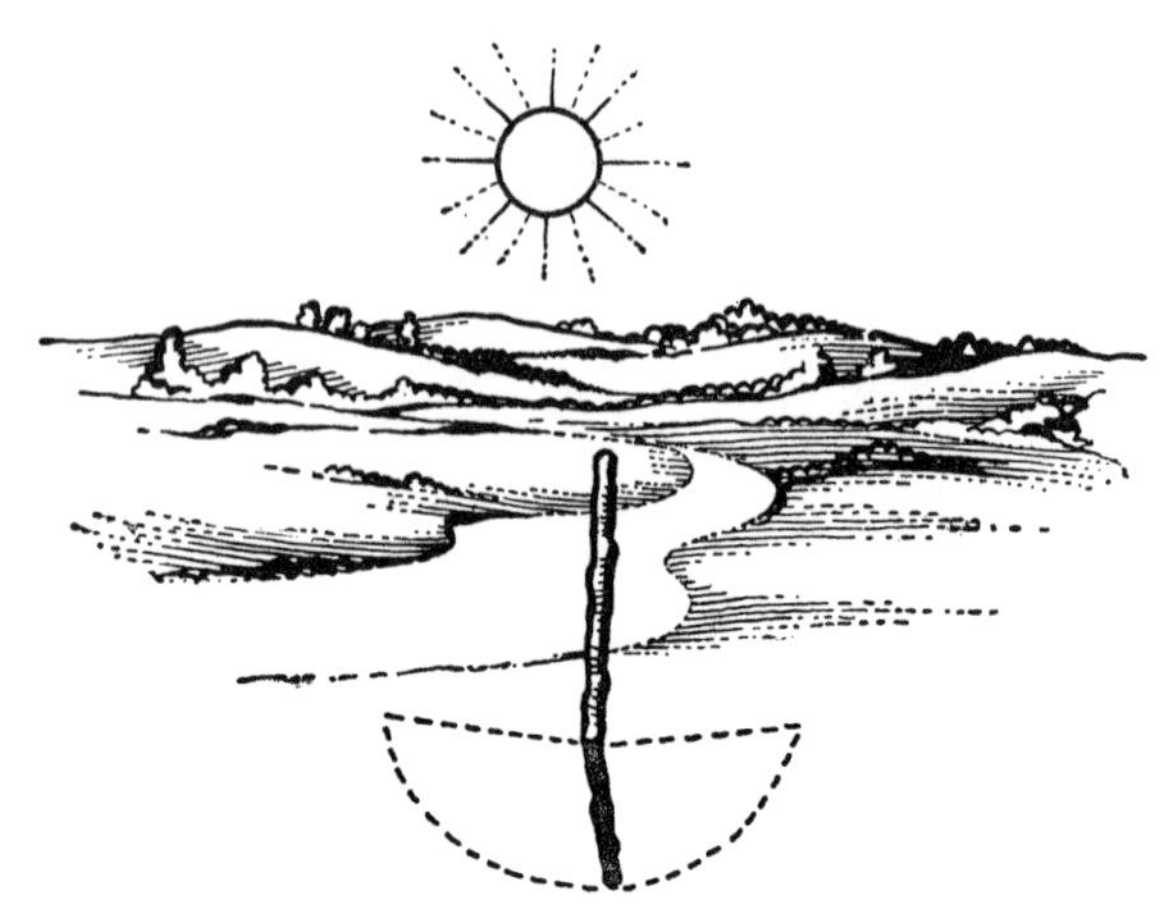

棒の影は正午に最も短くなり，地域や季節によって北または南を指す

太陽の方向を知ることができる。刃を回して、影がいちばん短くなるとき、それは太陽の方向を示している。

直線に沿って歩くための基準として太陽や影を用いるとき、通常の緯度では、太陽は1時間におよそ15度方角が変わることを知っておくと役に立つだろう。

より正確に太陽の方角を知ることができるように、巻末に簡易表が添付されている。この表は一年のすべての時期の、北緯60度から赤道を経て南緯50度までの緯度を含むものだ。

太陽の方角、つまり太陽方位角の表は通常、ナビゲーターや調査のために作られたもので、かさばるうえに複雑だ。それは厳密な正確さを求めて編集されており、素人が使うには向いていない。

わたしが提供した表は、誤差が5度以内の正確さで、歩いてクロスカントリーをするには充分なものだ。また、1度の誤差があると60マイル（96・6キロ）歩くごとに1マイル（1・6キロ）のずれが生じるということは頭に入れておくとよい。自分の進みたい方向から5度逸れ

午前は北から東への角度，午後は北から西への角度を表す．

北緯 45°

正午からの時間	3月21 / 9月23	3月31 / 9月13	4月11 / 9月2	4月22 / 8月22	5月1 / 8月12	5月12 / 8月2	5月26 / 7月19	6月10 / 7月3
0	180	180	180	180	180	180	180	180
1	159	158	156	154	152	150	148	146
2	141	138	136	133	130	127	124	122
3	125	122	120	116	114	111	108	106
4	112	109	106	103	101	98	95	94
5	101	98	95	92	90	87	85	83
6	90	87	84	81	79	77	75	73
7					69	67	65	63
日の出，日の入り	90°	84°	79°	73°	69°	64°	60°	56°

太陽の方位角の簡易表の見本（247ページ参照）

ていると、60マイル先の目的地に着いたとき、片側へ5マイル（8キロ）の誤差が生じていることになる。

出発するまえに、自分がいる地域の太陽方位角の表をコピーし、それを持っていくことを勧める。表の使いかたを示すために例を挙げよう。

メイン州バンゴーの近くにいるとする。地図から、緯度がいちばん近い（その線は地図で東西に描かれている）のは北緯45度だ。日付は8月10日。時間は午前10時。太陽の方角を知りたい。

表の北緯45度のページを開く。表の左側の柱に載っているのは、「正午からの時間」だ。これは正午までの時間と正午からの時間の両方を意味する。この表はボリュームを半分にできるように作られている。太陽の方位角は正午までの時間と、正午から同じだけ経過した時間で、同じ角度となる。唯一の違いは、その角度を計測する向きが逆になるということだ。

午前10時は正午まで2時間だから、左の柱の2の段を、いちばん近い日付、つまり8月12日まで横に見ていく。これで目的を達成できる。この日付の太陽の方位角は130度だ。前ページの表の上（巻末の表では下）にある情報から、午前中は北を起点に東へこの角度をとればよいことがわかる。

懐中時計によって真北や真南の点を知る方法は、とりわけ若い探検者のあいだで広く使用され、信頼されているようだが、勧められない。知らない人のために説明すると、時計を水平にして、その地域の時間に合わせ、短針を太陽のほうへ向ける。北半球にいるなら、短針と文字盤の12時の中間の線が南を指しているとされる。南半球では、その線は北を指す。

幻想を打ち砕くのは申し訳ないが、この場合はそうせざるをえない。この単純な方法は実際以上に正確であるような誤った印象を与えるからだ。時と場合によってはこの時計を使った方法で正確だとみなせることもあるが、深刻な間違いが起きることもある。この方法では最大で24度の誤差が生じてしまうのだが、それが広く受けいれられ、信頼されているのは理解しがたいことだ。北緯あるいは南緯40度から60度のあいだで、一年のうち特定の期間であれば、この方法によって得られる結果は正しいものに近い。しかしその緯度であっても、実用性を確保するために必要な修正をするのはあまりに煩雑だ。修正をする必要がまったくないのは、3月21日と9月23日の日の出と日の入り、あるいは日付を問わず正午で太陽が真北か真南にあるときのみで、それも時計がその場所の正確な地方時にあっている場合にかぎる。時計を使ったこの方法は、北極や南極に近い場所では当然ながらまったく役に立たない。極点に近づくにつれて、東西に移動したときの地方時の変化はより大きくなるからだ。

24　星から方角を知る

晴れた夜には、星は進行方向から逸れないための有益な手段となる。かりにポリネシア人のように、頭上に広がる夜の空を、無数の明るい点がちりばめられた巨大な半円の内側とみなすなら、それらの点、つまり星は固定された軸のまわりで回転するように動くように見える。星どうしの位置関係は不変で、毎晩同じ場所を通過するが、昇るのはひと晩ごとに4分ずつ早くなる。

夜ごと、星は東の地平線の同じ場所から昇り、西の地平線の同じ場所へ沈む。北半球で南を向くと、星の集団は空を南の東のほうへ移動していき、最も南に達したとき高くなり、沈むときは、南の東側から昇ったように、南の西側へ沈んでいく。

北を向くと、夜どおし見えている星の集団がある。それは固定された一点、つまり北極星をめぐり、その点からの距離に応じて大きな円や小さな円を描く。

南北方向に日ごとに位置を変える太陽や月とは異なり、星の動く球面は固定されていて、時間とともに西へ動くことを考慮すればすばらしい基準点となる。

夜の空に見えるおもな星を知るために、古代人は想像力を用いて、それを人や動物、鳥、魚などの図柄を表すいくつかの集団に分けた。その集団、つまり星座はそこから名づけられた。古代人が描いた図柄を見てとるにはかなりの想像力が必要となるものもある。

はじめは星々の迷宮のように見えるだろうが、迷子にならないように、空で最も明るい星などからなる主要な星座を覚えるとよい。そうすればほかのどの星も、近くの星座からの方角や位置によって特定できるようになる。

234ページから239ページまでの星座の図版では、点線をたどって心のなかで象（かたど）ることができるように主要な星座が示されており、おもな星座に含まれる特定の星と心のなかで関連づけることにより、星が見分けられるようになるだろう。

星座から星を見分けることに加えて、空のほかの部分が曇っていても、特定の星々の色によってそれを見分けられると知っておくといいだろう。空のなかでのその星の位置を知っていればなおさらいい。以下に色がはっきりとした星を挙げる。

アンタレス、アルデバラン、ベテルギウス——赤っぽい
アークトゥルス、プロキオン、ポルックス——黄色っぽい
ベガ、アルタイル——青っぽい白
カペラ、カノープス、シリウス、そしてほかの多数の星は明るい白

以下の図版1〜5の8つの図には空のさまざまな部分の星座と、天の両極に近いふたつの星が載って

いる。両極のまわりの、地平線の上に見えている部分を完全な円を描いて回る星は周極星と呼ばれる。自分がいる地点の地平線の上をどの星が完全な円を描いて回るかは、赤道からの距離による。図版1と図版2に示した、両極を回る星の図表は方角を知るのに使えるだろう。

天体を観察するとき、恒星に似てとても明るいが、恒星と混同してはならない星が空のさまざまな場所に見える。それは惑星で、明るいのはそのうちの四つ、金星、火星、木星、土星だ。それらが惑星であることを知らないと、恒星の図版で位置を探そうとして混乱するだろう。惑星は恒星とは動きかたが異なるため、この図版には載っていない。複雑な表がないと、天における惑星の位置を追うことは困難だ。

紛らわしい惑星と明るい恒星の混同を避けるために、以下のことが役に立つ。

- 海面では、恒星はふつうきらめくが、惑星は一定の明るさを保つ。
- 惑星はすべて赤道から南北に30度以内の場所の上にある。
- 最も明るい惑星、金星はいつも太陽に近く、その前か後ろにあり、角度にして47度、時間にして3時間以上離れることはない。つまり、金星はつねに日の出前もしくは後、あるいは日の入り前もしくは後に見られる。金星は、どこを探せばよいかわかっていれば、日中のあいだずっと見られることも多い。
- 火星はその赤っぽい色で見分けることができる。

図版１　天の北極のまわりの星

図版 2　天の南極のまわりの星

これら天をさすらう星たちは夜ごとの位置によってたしかめるのがいちばんだ。周囲の星との位置関係は、ひと晩ごとに変わっていく。

北半球の晴れた夜には、天の北極を見つけるのは北極星によるのが最も簡単だ。図版1の星の表が北極星を見つけるのに役立つだろう。北極星が見えない、もしくは特定できない場合は、恒星がその周囲で小さな円を描いている点を見つけよう。それが天の北極だ。

以下に、天の北極を見つける四つの方法を挙げる。

天の北極のまわりの星の図表（図版1）を参照する。北斗七星のうちふたつの指極星を探す。メラクとドゥーベの中間点からドゥーベのほうへ、角度〔目を中心とした場合の天の2点間を表した角度〕にして15度となる親指と中指のあいだの距離を2回分とると、そこが北極星の位置だ。腕を伸ばしたときの平均的な人の親指と中指の距離は、指を自然に伸ばしたとき角度がおよそ15度になる。

アークトゥルスとアルカイド（ベネトナシュ）を結ぶ線（図版5）の延長上に、アルカイドの先に同じ長さを三つとると、そこが天の北極の位置だ。

また北極星はカシオペア座（図版1）のルクバーから、北斗七星の柄のひとつミザールのほうへ15度を2回とることでも見つけられる。カシオペア座は〝W〟の文字の形をしており、その両端の線の延長が交わる点から、中央の星を結んだ線の先に15度を2回とったところが北極星だ。

晴れていれば、星が突然現れることによって、おおまかに東の地平線がわかり、星が沈んでいくことで西の地平線がわかるだろう。地平線のそれらの部分では、星の動きは簡単に見分けることができる。

北半球であれば、真南を星から判断することができる。星をひとつも知らなくても、低い位置にある

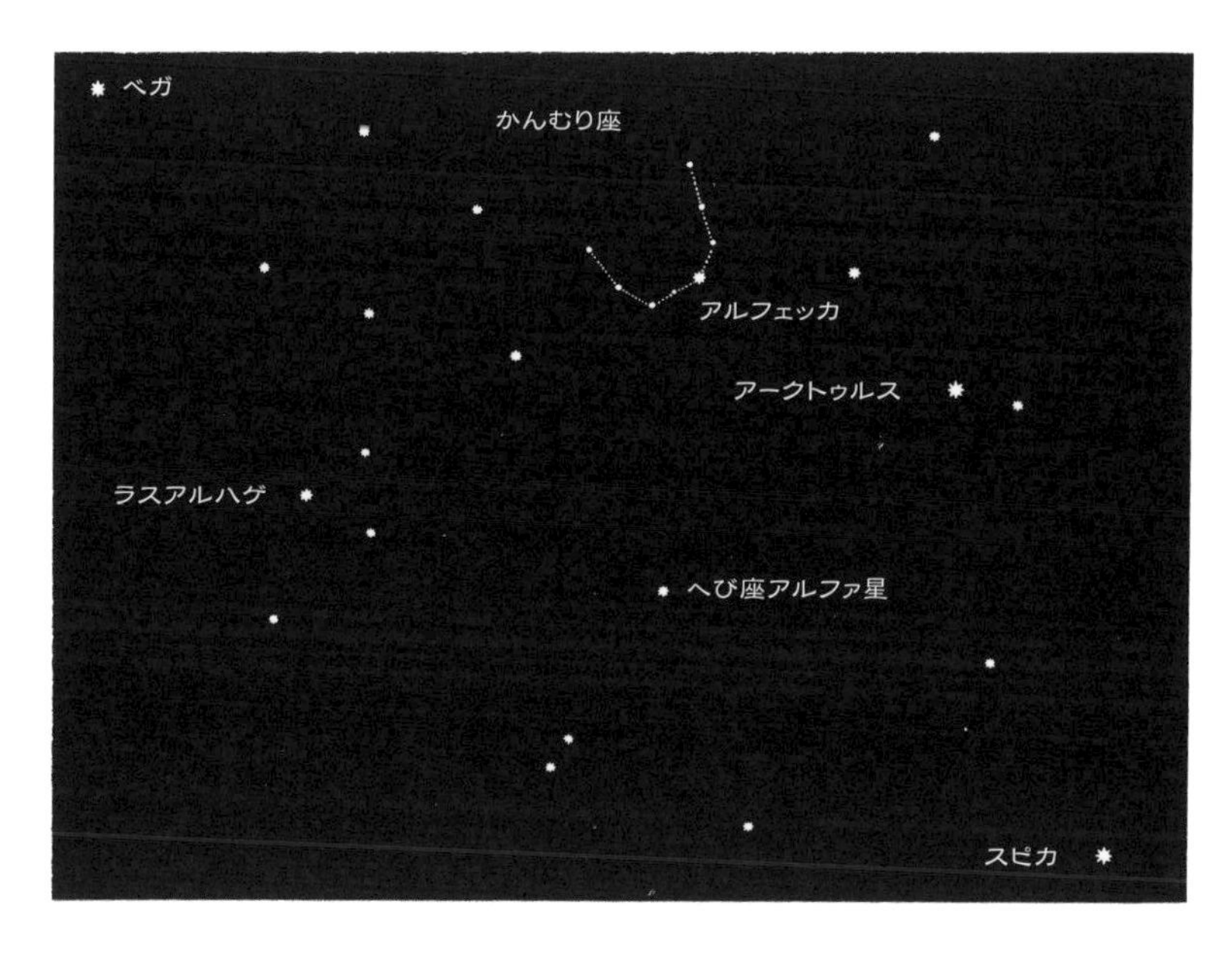

図版3　かんむり座，さそり座，南十字星のまわり

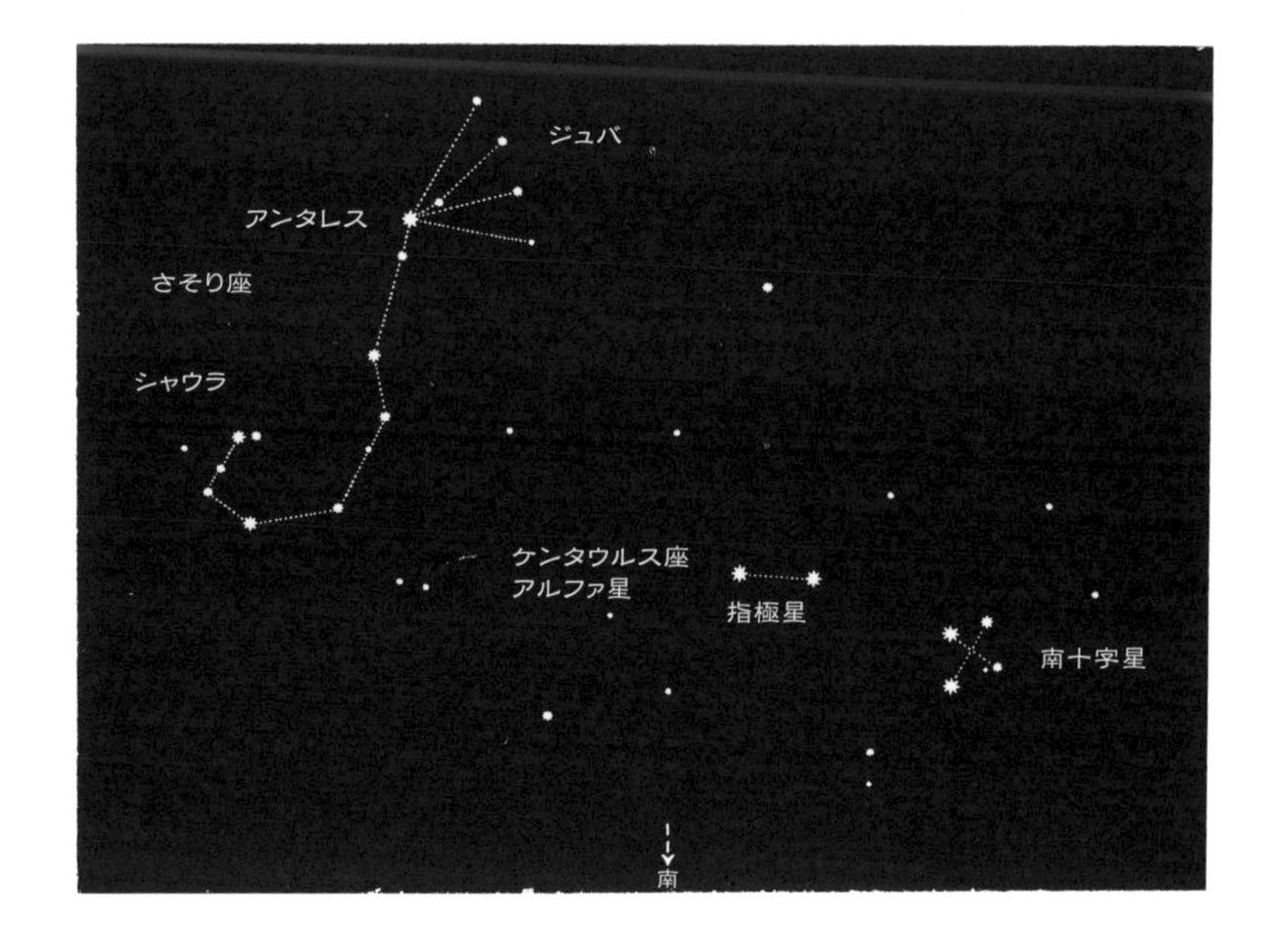

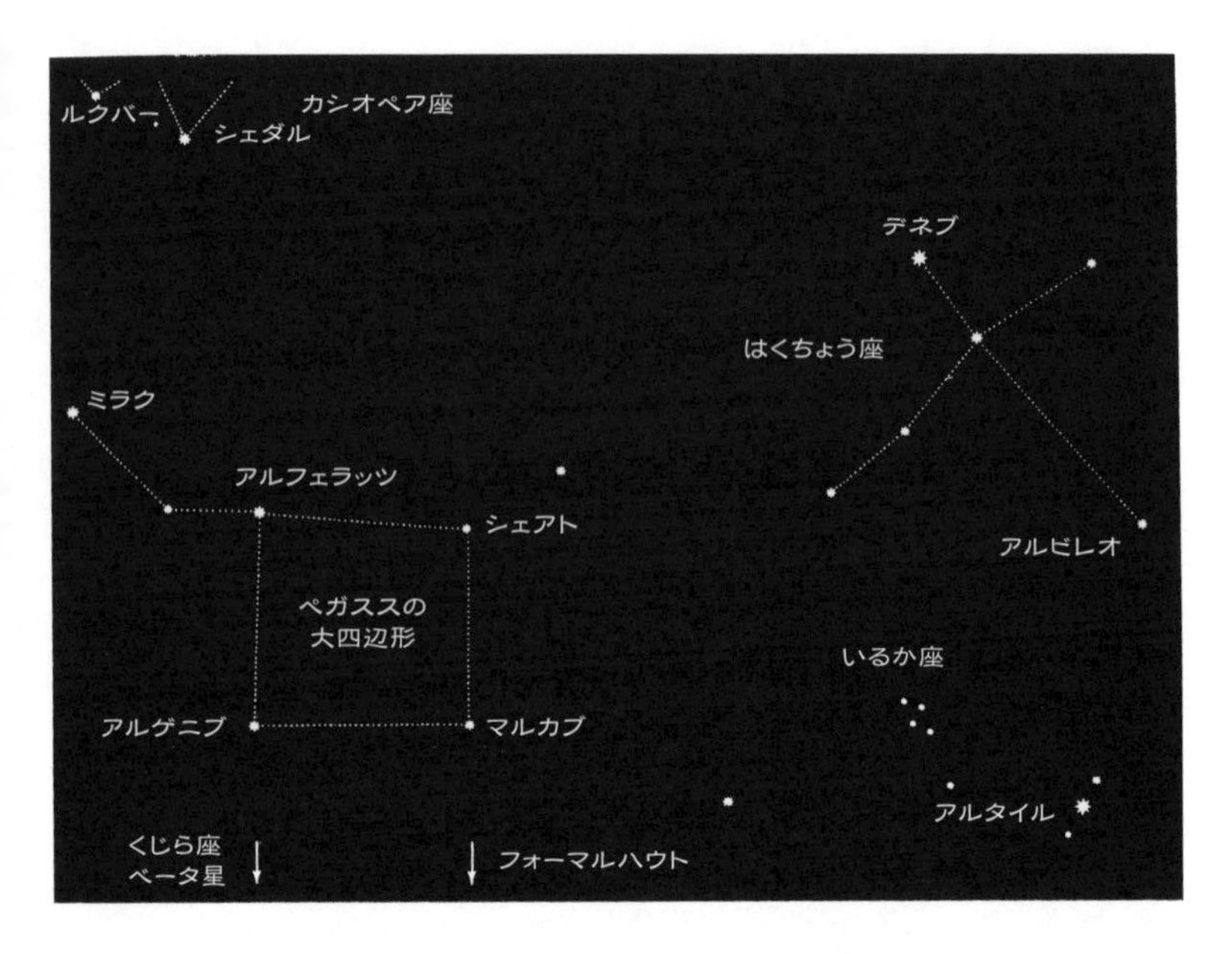

図版 4　ペガススの大四辺形とカシオペア座のまわり

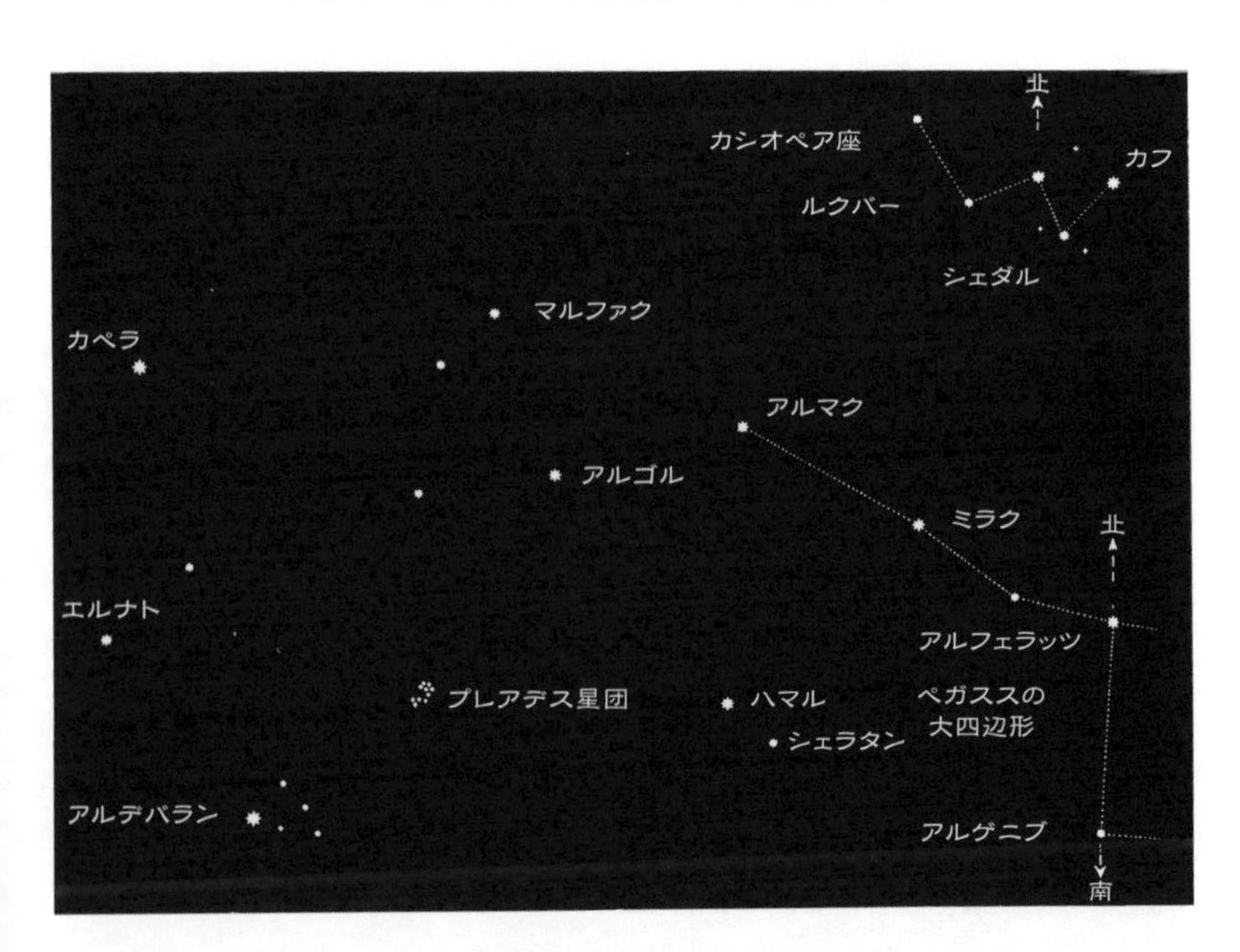

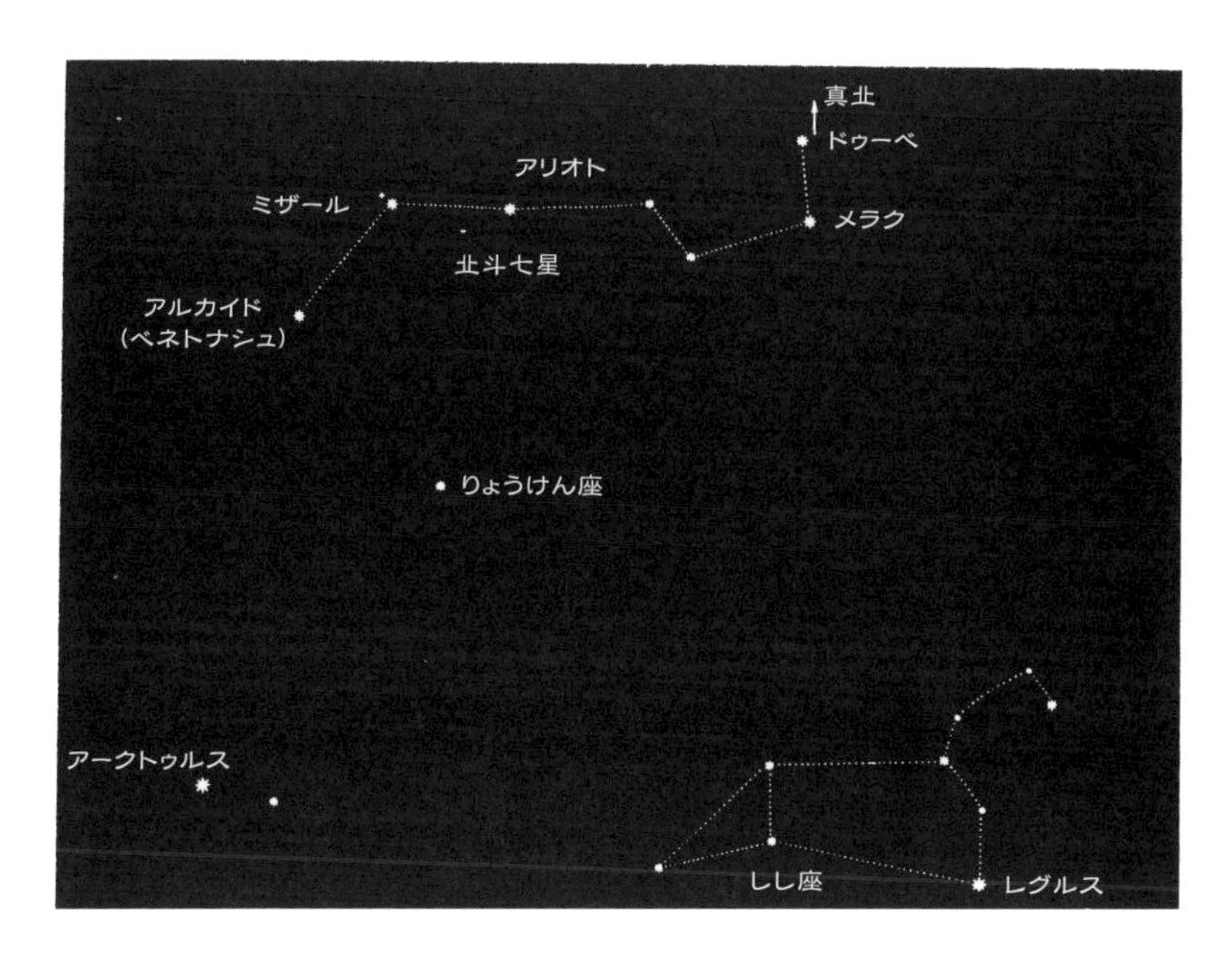

図版5　北斗七星とオリオン座のまわり

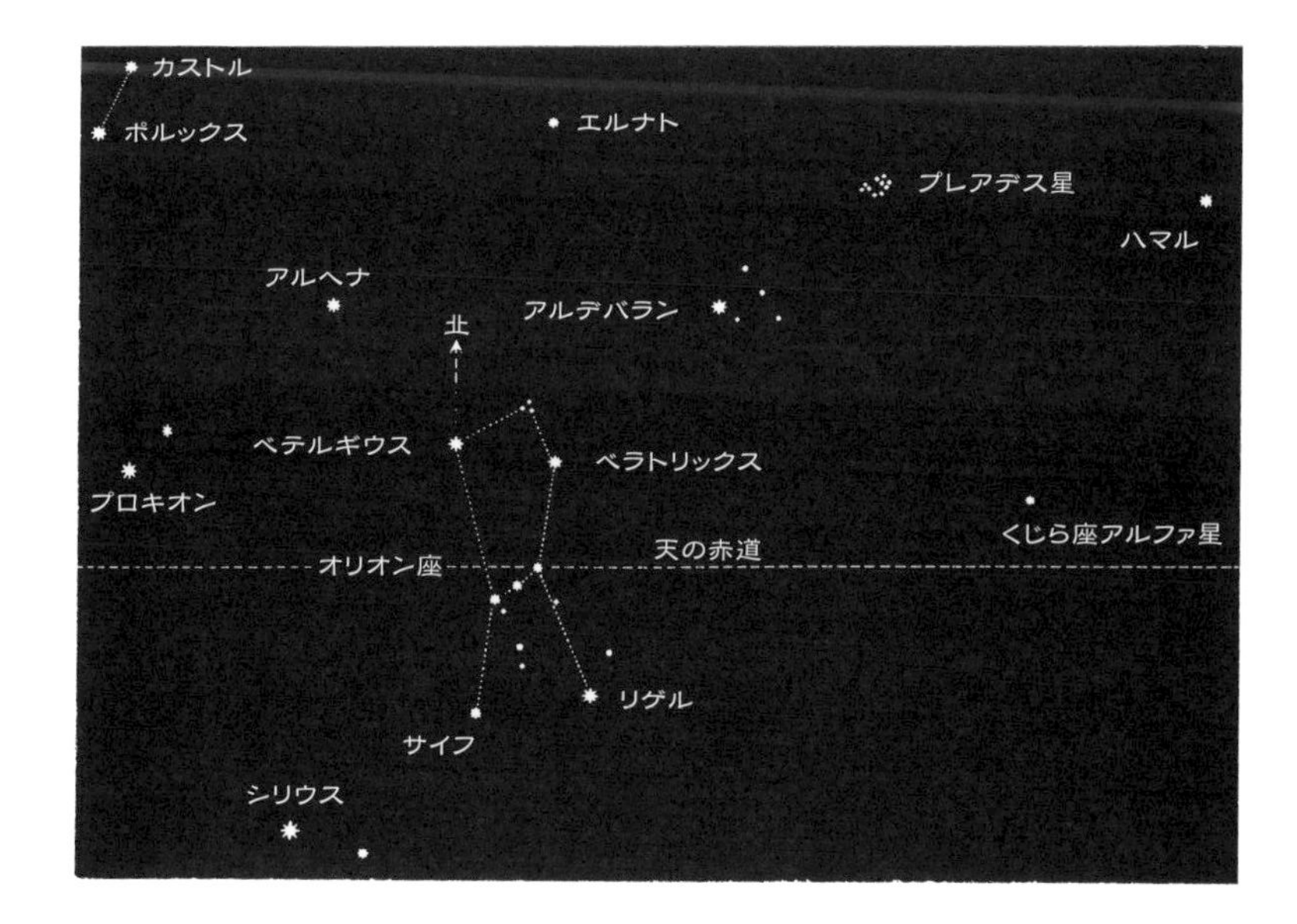

星がほぼ垂直に右へ動いている地平線の場所を見つければいい。それほど長く見ていなくても、星がどちらへ動いているかは判断できる。そしてその低い位置の星が描いている短い弧の中心を真南とする。

同様に、南半球では北の地平線の低い位置にある星はほぼ垂直に動くため、晴れた夜ならこの方法で簡単に北を見つけられるだろう。

南十字星（図版2）の近くに、「指極星」として知られるふたつの明るい星がある。南十字星と、指極星のうち近いほうとを結ぶある点から親指の中指の長さ（15度）を2回分とると、アケルナルとを結ぶ線の真ん中に達するが、そこが天の南極だ。南十字星は南半球のどこからでも見え、赤道のおよそ25度北にある。

赤道付近にいる場合、正しい方角を知るための最もよい指標は地平線の東と西の点をとる方法で、自分のいる場所のちょうど東から昇る星は垂直に上昇し、頭上を越えて進み、ちょうど西の地平線に沈む。地平線のそれ以外の点は、観察者から垂直ではなく弧を描いているように見える。

もしも最も明るく、美しい星座であるオリオン座が見えるなら、図版5の下図から、サイフとベテルギウスを結ぶ線の延長はおよそ南北に延びる線であることがわかるだろう。オリオン座の三つ星のうち北の星がほぼ天の赤道の上にあることは覚えておくとよい。オリオン座はそちらを上に、観察者がいる場所の緯度にかかわらず真東から昇り、天の赤道上の最も高い点に達して、真西に沈む。オリオン座が真上を通過した7時間後、南十字星はそのはるか南で最も高い点に達し、すでに紹介した方法に利用できる。観察者が同じ緯度にいるかぎり、星は地平線の同じ場所から昇り、同じ場所へ沈むが、昇り、沈む時間がひと晩ごとにおよそ4分遅くなることを覚えておこう。自分のいる場所の真東から昇る星は、自分が赤道上にいないかぎり自分の真上を通過しない。

観察者が両極にいるとき、星は頭上で小さな円を描いて回り、その外側へ重なっていく円は地平線と平行だ。北極星は、赤道から1度でも南にいると、海面の高さから見ることはできない。南の空には、残念ながら自分の方角を確認できる極星はない。

コンパスがなく、さらにコンパスを確認する方法もない場合、真南を決定する便利な方法は南十字星を見ることだ。この有名な星座は最高点に達したときほぼ直立し、そのときこれを見ている観察者はほぼ真南に視線を向けており、右手は西に、左手は東に、背中は北にあたっている。

25　星から時間を知る

天の北極と南極をまわる恒星は、その場所の地方時を告げる天然の時計となる。北半球では、北斗七星のなかのふたつの明るい星は北極星の指極星として知られているが、この時計の時針として使うことができる。北極星の位置はこの針が回る想像上の中心だ。

恒星から時間を知るためには、地方恒星時を知らなければならない。これが意味を持つのはナビゲーターや天文学者にとってのみだが、ここから地方太陽時、つまりふだん使っている時計と一致する時間を得ることができる。

地方時を得るためのステップを以下の例で見てみよう。

日付は8月28日で、北斗七星の指極星は、想像上の星時計で7時を指している（これは12時間の時計だ。次ページの図を参照）。

まず地方恒星時を求める。

星時計の時刻、つまり7時間を12時間から引く　＝　5

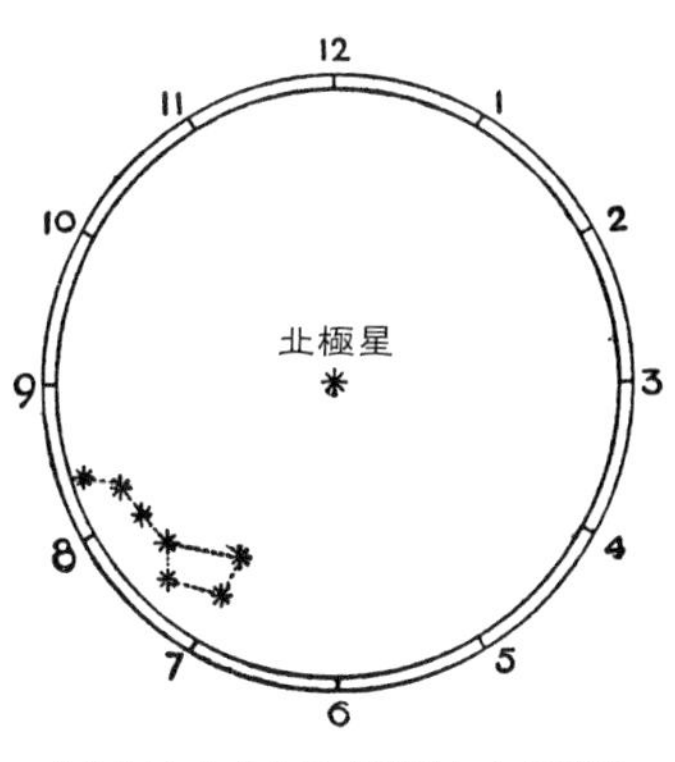

北極星と北斗七星を利用した星時計

2を掛ける　＝ 10
（つねに）11を足す　＝ 21時間 ＝ 地方恒星時

地方恒星時は太陽時（常用時）、つまり時計上の時間よりも一年で1日、一月で2時間、一日に4分早く進む。

そこで、地方太陽時を得るために、以下の方法で地方恒星時を変換しなければならない。

3月23日からその時点までの一月ごとに2時間を、余った日数ごとに4分を引く。

求める日付は8月28日
3月23日から8月23日まで　5（カ月）× 2時間　＝ 10時間
8月23日から8月28日まで　5（日）× 4分　＝ 20分
合計：10時間20分
これを地方恒星時から引く　21時 － 10時間20分
＝ 地方常用時　午後10時40分

もし北斗七星が地平線の下にあるか曇っていて見えない場合、ほかの目立つ星の集団、カシオペア座を使って時間を知ることもできる。この星座はゆがんだWの形をしていて、北極星を回っている。

カシオペア座は北斗七星とは北極星の反対側にあるため、北斗七星が地平線の下に隠れている場合は使うことのできる機会が多いだろう。

図のまわりの数字は実際の日付や時刻ではなく、星の位置を自分がいる場所の地方時に変換するのを容易にするための数字だ。この場合はカシオペア座のなかのひとつの星を使う。Wの文字を上に向けたとき右の先にある星で、名前はカフという。

この星から時間を知るためには以下のようにする。

想像上の時計の文字盤は北極星を中心とし、24分割されていて、24が頂点に来るように反時計まわりに並んでいる。

北極星とカフを結ぶ想像上の時針が指している数字を読みとる。

この場合は4だ。

これにそのときの日付に相当する数字を加える。この場合は2月1日で、数字は14。

4 ＋ 14 ＝ 18時間 ＝ 午後6時

和が24を超えたら、24を引く。

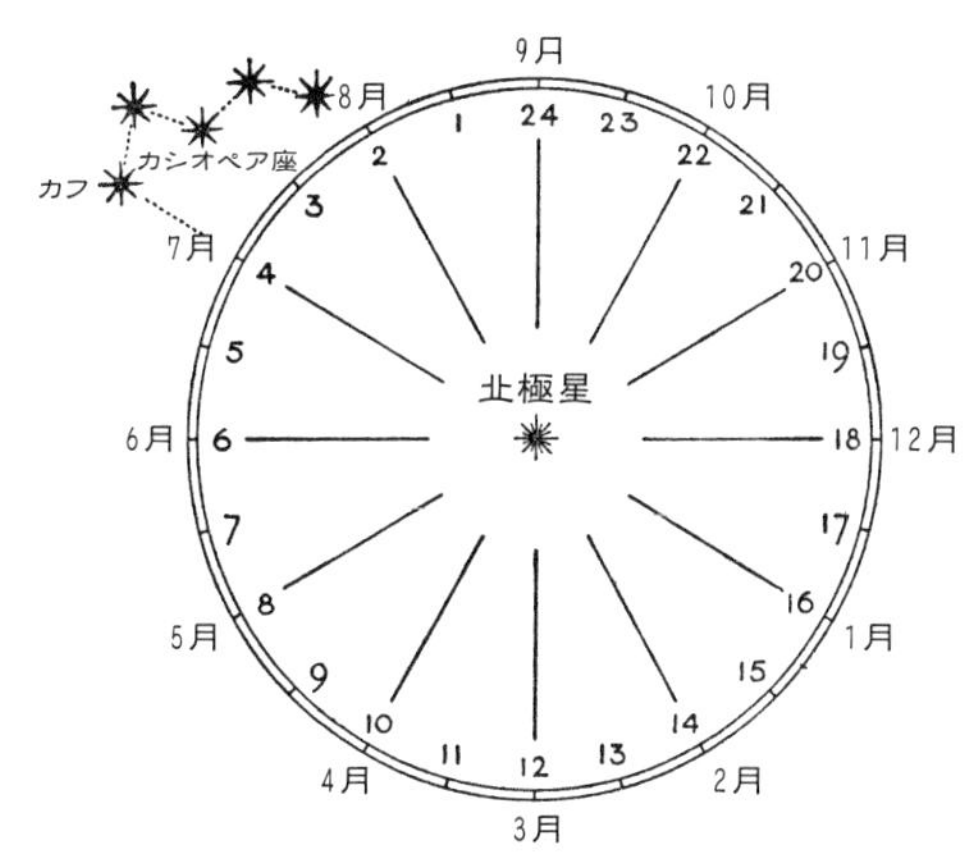

北極星とカシオペア座を利用した星時計

わたしが住む地域には夏時間があるのだが、この計算ではこれも、地方時もいっさい考慮していない。場所による差異は調べることができる。

忘れられがちだが、北斗七星とカシオペア座は、北極星の上に来ているときには、赤道のかなり南からでも見える。それゆえ、南半球の多くの人もこれらを使って夜に時刻を知ることができる。

これらの星座が見えないほど南にいるか、あるいは曇っていて見えない場合は、南十字星によって時間を確認することができる（ちなみに、天の南極の位置には恒星が存在しないが、回転の中心となる点は十字の底から長い軸を4・5倍することで見つけられる）。

南十字星の長い軸を時針とし、十字の底を文字盤の中心とし、昔からある12時間ではなく、24時間に分割した想像上の時計の文字盤ができる（上の図を参照）。

十字の長い軸から〝時間〟を読みとり、前回の3月29日から一月ごとに2時間を、一日ごとに4分を引く。その結果は24時制での時刻を表している。

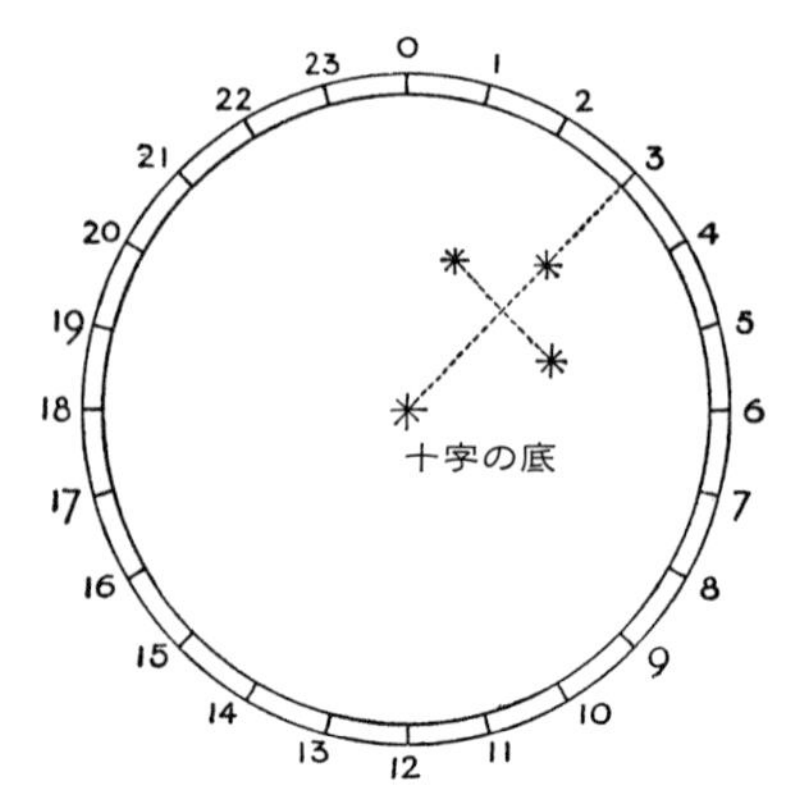

南十字星を利用した星時計

例：
日付：5月31日
星時計での時間：3時間
計算のため24時間を繰り下げる
3時間 ＋ 24時間 ＝ 27時間
3月29日から5月29日 ＝ 2（カ月）× 2時間
＝ 4時間
5月29日から5月31日 ＝ 2（日）× 4分 ＝ 8分
4時間8分を27時間から引く ＝ 22時間52分
12時間を引く ＝ 地方時：午後10時52分

太陽方位角の簡易表

（この表を使って方角を知る手順については第23章「太陽から方角を知る」を参照）

緯度 0°（赤道）

正午からの時間	→ 3月21 / 9月23	3月31 / 9月13	4月11 / 9月2	4月22 / 8月22	5月1 / 8月12	5月12 / 8月2	5月26 / 7月19	6月10 / 7月3 ←
0	x	x	x	0	0	0	0	0
1	90	75	61	51	44	39	34	31
2	90	82	74	67	62	57	52	50
3	90	84	79	73	69	65	61	59
4	90	85	81	76	73	69	66	64
5	90	86	82	78	74	71	68	66
6	90	86	82	78	75	72	69	67
日の出,日の入り	90°	86°	82°	78°	75°	72°	69°	67°

正午からの時間	→ 9月23 / 3月21	10月4 / 3月11	10月14 / 3月1	10月25 / 2月18	11月3 / 2月9	11月14 / 1月29	11月27 / 1月16	12月11 / 1月2 ←
0	x	x	x	180	180	180	180	180
1	90	105	119	129	136	141	146	149
2	90	98	106	113	118	123	128	130
3	90	96	101	107	111	115	119	121
4	90	95	99	104	107	111	114	116
5	90	94	98	102	106	109	112	114
6	90	94	98	102	105	108	111	113
日の出,日の入り	90°	94°	98°	102°	105°	108°	111°	113°

北緯 $2\frac{1}{2}$°

正午からの時間	→ 3月21 / 9月23	3月31 / 9月13	4月11 / 9月2	4月22 / 8月22	5月1 / 8月12	5月12 / 8月2	5月26 / 7月19	6月10 / 7月3 ←
0	180	x	0	0	0	0	0	0
1	99	84	69	57	49	42	37	34
2	94	86	78	71	65	60	55	52
3	92	87	81	76	71	67	63	61
4	91	87	82	78	74	71	67	65
5	91	87	82	78	75	72	69	67
6	90	86	82	78	75	72	69	67
日の出,日の入り	90°	86°	82°	78°	75°	72°	69°	67°

正午からの時間	→ 9月23 / 3月21	10月4 / 3月11	10月14 / 3月1	10月25 / 2月18	11月3 / 2月9	11月14 / 1月29	11月27 / 1月16	12月11 / 1月2 ←
0	180	180	180	180	180	180	180	180
1	99	113	125	134	140	145	149	151
2	94	102	110	116	121	126	130	132
3	92	98	104	109	113	117	120	122
4	91	96	101	105	108	112	115	117
5	91	95	99	103	106	109	112	114
日の出,日の入り	90°	94°	98°	102°	105°	108°	111°	113°

午前は北から東への角度，午後は北から西への角度を表す．X となっている箇所は，太陽の角度の変化が速すぎて実用的な価値がない．

北緯 5°

正午からの時間	→ 3月21 / 9月23	3月31 / 9月13	4月11 / 9月2	4月22 / 8月22	5月1 / 8月12	5月12 / 8月2	5月26 / 7月19	6月10 / 7月3 ←
0	180	180	x	0	0	0	0	0
1	108	93	78	64	55	47	41	37
2	99	91	83	75	69	64	58	55
3	95	89	84	78	74	70	66	63
4	93	88	84	79	76	72	69	66
5	91	87	83	79	76	73	70	67
6	90	86	82	78	75	72	69	67
日の出,日の入り	90°	86°	82°	78°	75°	72°	69°	67°

正午からの時間	→ 9月23 / 3月21	10月4 / 3月11	10月14 / 3月1	10月25 / 2月18	11月3 / 2月9	11月14 / 1月29	11月27 / 1月16	12月11 / 1月2 ←
0	180	180	180	180	180	180	180	180
1	108	121	131	139	144	148	151	153
2	99	106	113	120	124	129	132	135
3	95	101	106	111	115	119	122	124
4	93	97	102	106	110	113	116	118
5	91	95	100	104	107	110	113	115
6	90							
日の出,日の入り	90°	94°	98°	102°	105°	108°	111°	113°

北緯 $7\frac{1}{2}$°

正午からの時間	→ 3月21 / 9月23	3月31 / 9月13	4月11 / 9月2	4月22 / 8月22	5月1 / 8月12	5月12 / 8月2	5月26 / 7月19	6月10 / 7月3 ←
0	180	180	x	x	0	0	0	0
1	116	103	87	72	62	53	44	41
2	103	95	87	79	73	67	62	58
3	97	92	86	80	76	72	68	65
4	94	89	85	80	77	73	70	68
5	92	88	84	80	76	73	70	68
6	90	86	82	78	75	72	69	67
日の出,日の入り	90°	86°	82°	78°	75°	72°	69°	67°

正午からの時間	→ 9月23 / 3月21	10月4 / 3月11	10月14 / 3月1	10月25 / 2月18	11月3 / 2月9	11月14 / 1月29	11月27 / 1月16	12月11 / 1月2 ←
0	180	180	180	180	180	180	180	180
1	116	127	136	142	147	150	153	155
2	103	110	116	123	127	131	135	137
3	97	103	108	113	117	120	124	126
4	94	99	103	108	111	114	117	119
5	92	96	100	104	107	110	113	115
6	90							
日の出,日の入り	90°	94°	98°	102°	105°	108°	111°	113°

午前は北から東への角度，午後は北から西への角度を表す．X となっている箇所は，太陽の角度の変化が速すぎて実用的な価値がない．

北緯10°

正午からの時間	→ 3月21 / 9月23	3月31 / 9月13	4月11 / 9月2	4月22 / 8月22	5月1 / 8月12	5月12 / 8月2	5月26 / 7月19	6月10 / 7月3 ←
0	180	180	180	x	x	x	x	x
1	123	111	96	81	70	60	51	46
2	107	99	91	83	77	71	66	62
3	100	94	89	83	79	74	70	67
4	96	91	87	82	78	75	71	69
5	93	89	84	80	77	74	71	69
6	90	86	82	78	75	72	69	67
日の出,日の入り	90°	86°	82°	78°	75°	72°	69°	67°

正午からの時間	→ 9月23 / 3月21	10月4 / 3月11	10月14 / 3月1	10月25 / 2月18	11月3 / 2月9	11月14 / 1月29	11月27 / 1月16	12月11 / 1月2 ←
0	180	180	180	180	180	180	180	180
1	123	132	140	146	149	152	155	156
2	107	114	120	126	130	133	137	139
3	100	105	110	115	119	122	125	127
4	96	100	105	109	112	115	118	120
5	93	97	101	105	108	111	114	116
6	90							
日の出,日の入り	90°	94°	98°	102°	105°	108°	111°	113°

北緯12½°

正午からの時間	→ 3月21 / 9月23	3月31 / 9月13	4月11 / 9月2	4月22 / 8月22	5月1 / 8月12	5月12 / 8月2	5月26 / 7月19	6月10 / 7月3 ←
0	180	180	180	x	x	x	x	x
1	129	119	105	90	79	67	57	52
2	111	103	96	88	82	75	69	66
3	102	97	91	86	81	77	72	70
4	97	93	88	83	80	76	73	71
5	93	89	85	81	78	75	72	70
6	90	86	82	78	75	72	69	67
日の出,日の入り	90°	86°	82°	78°	75°	72°	68°	66°

正午からの時間	→ 9月23 / 3月21	10月4 / 3月11	10月14 / 3月1	10月25 / 2月18	11月3 / 2月9	11月14 / 1月29	11月27 / 1月16	12月11 / 1月2 ←
0	180	180	180	180	180	180	180	180
1	129	137	143	148	151	154	156	157
2	111	117	123	128	131	135	138	140
3	102	107	112	117	120	124	127	128
4	97	102	106	110	113	116	119	121
5	93	97	101	105	108	111	114	116
6	90							
日の出,日の入り	90°	94°	98°	102°	105°	108°	111°	114°

午前は北から東への角度，午後は北から西への角度を表す．Xとなっている箇所は，太陽の角度の変化が速すぎて実用的な価値がない．

北緯15°

正午からの時間	3月 → 21 / 9月 23	3月 31 / 9月 13	4月 11 / 9月 2	4月 22 / 8月 22	5月 1 / 8月 12	5月 12 / 8月 2	5月 26 / 7月 19	6月 10 / 7月 3 ←
0	180	180	180	180	x	x	x	x
1	134	125	114	100	88	76	65	58
2	114	107	100	92	86	80	74	70
3	105	99	94	88	84	80	75	72
4	98	94	90	85	81	78	74	72
5	94	90	86	82	79	76	73	70
6	90	86	82	78	75	73	70	68
日の出,日の入り	90°	86°	82°	78°	74°	71°	68°	66°

正午からの時間	9月 → 23 / 3月 21	10月 4 / 3月 11	10月 14 / 3月 1	10月 25 / 2月 18	11月 3 / 2月 9	11月 14 / 1月 29	11月 27 / 1月 16	12月 11 / 1月 2 ←
0	180	180	180	180	180	180	180	180
1	134	141	146	150	153	155	157	159
2	114	120	126	131	134	137	140	142
3	105	110	114	119	122	125	128	130
4	98	103	107	111	114	117	120	122
5	94	98	102	106	109	112	114	116
6	90							
日の出,日の入り	90°	94°	98°	102°	106°	109°	112°	114°

北緯$17\frac{1}{2}$°

正午からの時間	3月 → 21 / 9月 23	3月 31 / 9月 13	4月 11 / 9月 2	4月 22 / 8月 22	5月 1 / 8月 12	5月 12 / 8月 2	5月 26 / 7月 19	6月 10 / 7月 3 ←
0	180	180	180	180	180	x	x	x
1	138	131	121	109	98	86	74	66
2	117	111	104	97	91	84	78	74
3	107	102	96	91	87	82	78	75
4	100	96	91	87	83	80	76	74
5	95	91	87	83	80	76	73	71
6	90	86	82	79	76	73	70	68
日の出,日の入り	90°	86°	82°	77°	74°	71°	68°	66°

正午からの時間	9月 → 23 / 3月 21	10月 4 / 3月 11	10月 14 / 3月 1	10月 25 / 2月 18	11月 3 / 2月 9	11月 14 / 1月 29	11月 27 / 1月 16	12月 11 / 1月 2 ←
0	180	180	180	180	180	180	180	180
1	138	144	149	152	155	157	158	160
2	117	123	128	133	136	139	141	143
3	107	112	116	120	123	126	129	131
4	100	104	108	112	115	118	121	123
5	95	98	102	106	109	112	115	117
日の出,日の入り	90°	94°	98°	103°	106°	109°	112°	114°

午前は北から東への角度，午後は北から西への角度を表す．X となっている箇所は，太陽の角度の変化が速すぎて実用的な価値がない．

北緯20°

正午からの時間	→ 3月21 / 9月23	3月31 / 9月13	4月11 / 9月2	4月22 / 8月22	5月1 / 8月12	5月12 / 8月2	5月26 / 7月19	6月10 / 7月3 ←
0	180	180	180	180	180	180	x	x
1	142	136	127	117	107	95	83	75
2	121	115	108	101	95	89	83	78
3	109	104	99	93	89	85	80	77
4	101	97	93	88	85	81	78	75
5	95	91	87	83	80	77	74	72
6	90	86	82	79	76	73	70	68
日の出,日の入り	90°	86°	82°	79°	76°	73°	70°	68°

正午からの時間	→ 9月23 / 3月21	10月4 / 3月11	10月14 / 3月1	10月25 / 2月18	11月3 / 2月9	11月14 / 1月29	11月27 / 1月16	12月11 / 1月2 ←
0	180	180	180	180	180	180	180	180
1	142	147	151	154	156	158	159	160
2	121	126	131	135	138	140	143	144
3	109	113	118	122	125	128	130	132
4	101	105	109	113	116	119	122	123
5	95	99	103	107	109	112	115	117
6	90							
日の出,日の入り	90°	94°	99°	103°	106°	109°	112°	115°

北緯$22\frac{1}{2}$°

正午からの時間	→ 3月21 / 9月23	3月31 / 9月13	4月11 / 9月2	4月22 / 8月22	5月1 / 8月12	5月12 / 8月2	5月26 / 7月19	6月10 / 7月3 ←
0	180	180	180	180	180	180	180	0
1	145	140	133	124	115	105	93	85
2	124	118	112	105	100	94	87	83
3	111	106	101	96	92	88	83	80
4	102	98	94	90	86	83	79	77
5	96	92	88	84	81	78	75	73
6	90	86	83	79	76	73	70	69
日の出,日の入り	90°	86°	81°	77°	74°	70°	67°	65°

正午からの時間	→ 9月23 / 3月21	10月4 / 3月11	10月14 / 3月1	10月25 / 2月18	11月3 / 2月9	11月14 / 1月29	11月27 / 1月16	12月11 / 1月2 ←
0	180	180	180	180	180	180	180	180
1	145	149	153	155	157	159	160	161
2	124	128	133	137	139	142	144	145
3	111	115	120	123	126	129	131	133
4	102	106	110	114	117	120	122	124
5	96	100	103	107	110	112	115	117
6	90							
日の出,日の入り	90°	94°	99°	103°	106°	110°	113°	115°

午前は北から東への角度，午後は北から西への角度を表す．Xとなっている箇所は，太陽の角度の変化が速すぎて実用的な価値がない．

北緯25°

正午からの時間	→ 3月21 / 9月23	3月31 / 9月13	4月11 / 9月2	4月22 / 8月22	5月1 / 8月12	5月12 / 8月2	5月26 / 7月19	6月10 / 7月3 ←
0	180	180	180	180	180	180	180	180
1	148	143	137	130	123	114	103	95
2	126	121	116	109	104	98	92	88
3	113	108	104	99	95	90	86	83
4	104	100	96	91	88	85	81	79
5	96	93	89	85	82	79	76	74
6	90	86	83	79	76	74	71	69
日の出,日の入り	90°	86°	81°	77°	73°	70°	67°	64°

正午からの時間	→ 9月23 / 3月21	10月4 / 3月11	10月14 / 3月1	10月25 / 2月18	11月3 / 2月9	11月14 / 1月29	11月27 / 1月16	12月11 / 1月2 ←
0	180	180	180	180	180	180	180	180
1	148	151	154	157	158	160	161	162
2	126	131	135	138	141	143	145	146
3	113	117	121	125	127	130	132	134
4	104	108	111	115	118	120	123	125
5	96	100	104	107	110	113	115	117
6	90							
日の出,日の入り	90°	94°	99°	103°	107°	110°	113°	116°

北緯$27\frac{1}{2}$°

正午からの時間	→ 3月21 / 9月23	3月31 / 9月13	4月11 / 9月2	4月22 / 8月22	5月1 / 8月12	5月12 / 8月2	5月26 / 7月19	6月10 / 7月3 ←
0	180	180	180	180	180	180	180	180
1	150	146	141	135	129	121	112	105
2	129	124	119	113	108	103	97	93
3	115	110	106	101	97	93	89	86
4	105	101	97	93	90	86	83	80
5	97	93	90	86	83	80	77	75
6	90	86	83	79	77	74	71	69
日の出,日の入り	90°	85°	81°	76°	73°	70°	66°	64°

正午からの時間	→ 9月23 / 3月21	10月4 / 3月11	10月14 / 3月1	10月25 / 2月18	11月3 / 2月9	11月14 / 1月29	11月27 / 1月16	12月11 / 1月2 ←
0	180	180	180	180	180	180	180	180
1	150	153	156	158	159	161	162	163
2	129	133	136	140	142	144	146	147
3	115	119	123	126	129	131	133	135
4	105	109	112	116	118	121	123	125
5	97	101	104	108	110	113	115	117
日の出,日の入り	90°	94°	99°	104°	107°	110°	114°	116°

午前は北から東への角度，午後は北から西への角度を表す．

北緯30°

正午からの時間	3月 → 21 / 9月 23	3月 31 / 9月 13	4月 11 / 9月 2	4月 22 / 8月 22	5月 1 / 8月 12	5月 12 / 8月 2	5月 26 / 7月 19	6月 10 / 7月 3 ←
0	180	180	180	180	180	180	180	180
1	152	149	144	139	134	128	120	114
2	131	127	122	116	112	107	101	97
3	117	112	108	103	100	96	92	89
4	106	102	98	94	91	88	85	82
5	98	94	90	87	84	81	78	76
6	90	87	83	80	77	74	72	70
日の出,日の入り	90°	85°	81°	76°	73°	69°	66°	63°

正午からの時間	9月 → 23 / 3月 21	10月 4 / 3月 11	10月 14 / 3月 1	10月 25 / 2月 18	11月 3 / 2月 9	11月 14 / 1月 29	11月 27 / 1月 16	12月 11 / 1月 2 ←
0	180	180	180	180	180	180	180	180
1	152	155	157	159	160	161	162	163
2	131	135	138	141	143	145	147	148
3	117	120	124	127	130	132	134	136
4	106	110	113	117	119	122	124	125
5	98	101	105	108	111	113	116	117
6	90							
日の出,日の入り	90°	95°	99°	104°	107°	111°	114°	117°

北緯$32\frac{1}{2}$°

正午からの時間	3月 → 21 / 9月 23	3月 31 / 9月 13	4月 11 / 9月 2	4月 22 / 8月 22	5月 1 / 8月 12	5月 12 / 8月 2	5月 26 / 7月 19	6月 10 / 7月 3 ←
0	180	180	180	180	180	180	180	180
1	153	151	147	143	139	133	127	122
2	133	129	125	120	116	111	106	102
3	118	114	110	106	102	99	95	92
4	107	104	100	96	93	90	86	84
5	98	95	91	88	85	82	79	77
6	90	87	83	80	77	75	72	70
7								63
日の出,日の入り	90°	85°	80°	76°	72°	68°	65°	62°

正午からの時間	9月 → 23 / 3月 21	10月 4 / 3月 11	10月 14 / 3月 1	10月 25 / 2月 18	11月 3 / 2月 9	11月 14 / 1月 29	11月 27 / 1月 16	12月 11 / 1月 2 ←
0	180	180	180	180	180	180	180	180
1	153	156	158	160	161	162	163	164
2	133	136	139	142	144	146	148	149
3	118	122	125	128	131	133	135	136
4	107	111	114	117	120	122	124	126
5	98	102	105	108	111	113	116	
日の出,日の入り	90°	95°	99°	104°	108°	111°	116°	118°

午前は北から東への角度，午後は北から西への角度を表す．

北緯35°

正午からの時間	→3月21 / 9月23	3月31 / 9月13	4月11 / 9月2	4月22 / 8月22	5月1 / 8月12	5月12 / 8月2	5月26 / 7月19	6月10 / 7月3←
0	180	180	180	180	180	180	180	180
1	155	152	149	146	142	138	133	129
2	135	131	127	123	119	115	110	107
3	120	116	112	108	105	101	97	95
4	108	105	101	97	94	91	88	86
5	99	95	92	88	86	83	80	78
6	90	87	83	80	78	75	73	71
7							64	63
日の出,日の入り	90°	85°	80°	75°	72°	68°	64°	62°

正午からの時間	→9月23 / 3月21	10月4 / 3月11	10月14 / 3月1	10月25 / 2月18	11月3 / 2月9	11月14 / 1月29	11月27 / 1月16	12月11 / 1月2←
0	180	180	180	180	180	180	180	180
1	155	157	159	160	161	162	163	164
2	135	138	141	143	145	147	148	149
3	120	123	126	129	131	134	136	137
4	108	112	115	118	120	123	125	126
5	99	102	105	108	111	113		
6	90							
日の出,日の入り	90°	95°	100°	105°	108°	112°	116°	118°

北緯$37\frac{1}{2}$°

正午からの時間	→3月21 / 9月23	3月31 / 9月13	4月11 / 9月2	4月22 / 8月22	5月1 / 8月12	5月12 / 8月2	5月26 / 7月19	6月10 / 7月3←
0	180	180	180	180	180	180	180	180
1	156	154	151	148	145	143	138	134
2	136	133	130	126	122	118	114	111
3	121	118	114	110	107	104	100	98
4	109	106	103	99	96	93	90	88
5	99	96	93	89	87	84	81	79
6	90	87	84	80	78	76	73	71
7							64	63
日の出,日の入り	90°	85°	78°	75°	71°	67°	63°	60°

正午からの時間	→9月23 / 3月21	10月4 / 3月11	10月14 / 3月1	10月25 / 2月18	11月3 / 2月9	11月14 / 1月29	11月27 / 1月16	12月11 / 1月2←
0	180	180	180	180	180	180	180	180
1	156	158	160	161	162	163	164	164
2	136	139	142	144	146	147	149	150
3	121	124	127	130	132	134	136	137
4	109	113	116	119	121	123	125	127
5	99	102	106	109	111	113		
6	90							
日の出,日の入り	90°	95°	100°	105°	109°	113°	117°	119°

午前は北から東への角度，午後は北から西への角度を表す.

北緯40°

正午からの時間	→ 3月21日 / 9月23日	3月31日 / 9月13日	4月11日 / 9月2日	4月22日 / 8月22日	5月1日 / 8月12日	5月12日 / 8月2日	5月26日 / 7月19日	6月10日 / 7月3日 ←
0	180	180	180	180	180	180	180	180
1	157	155	153	151	148	145	142	139
2	138	135	132	128	125	122	118	115
3	123	120	116	112	109	106	103	100
4	110	107	104	100	98	95	92	90
5	100	97	93	90	88	85	82	81
6	90	87	84	81	78	76	74	72
7						67	65	63
日の出,日の入り	90°	85°	80°	74°	70°	66°	62°	59°

正午からの時間	→ 9月23日 / 3月21日	10月4日 / 3月11日	10月14日 / 3月1日	10月25日 / 2月18日	11月3日 / 2月9日	11月14日 / 1月29日	11月27日 / 1月16日	12月11日 / 1月2日 ←
0	180	180	180	180	180	180	180	180
1	157	159	160	162	163	163	164	165
2	138	141	143	145	147	148	150	150
3	123	126	128	131	133	135	137	138
4	110	113	116	119	121	123	125	127
5	100	103	106	109	111			
6	90							
日の出,日の入り	90°	95°	100°	106°	110°	114°	118°	121°

北緯$42\frac{1}{2}$°

正午からの時間	→ 3月21日 / 9月23日	3月31日 / 9月13日	4月11日 / 9月2日	4月22日 / 8月22日	5月1日 / 8月12日	5月12日 / 8月2日	5月26日 / 7月19日	6月10日 / 7月3日 ←
0	180	180	180	180	180	180	180	180
1	158	157	155	152	150	148	145	143
2	139	137	134	131	128	125	121	119
3	124	121	118	114	112	109	105	103
4	111	108	105	102	99	96	94	92
5	100	97	94	91	89	86	84	82
6	90	87	84	81	79	77	74	73
7						67	65	63
日の出,日の入り	90°	85°	79°	74°	69°	65°	61°	58°

正午からの時間	→ 9月23日 / 3月21日	10月4日 / 3月11日	10月14日 / 3月1日	10月25日 / 2月18日	11月3日 / 2月9日	11月14日 / 1月29日	11月27日 / 1月16日	12月11日 / 1月2日 ←
0	180	180	180	180	180	180	180	180
1	158	160	161	162	163	164	165	165
2	139	142	144	146	147	149	150	151
3	124	127	129	132	134	135	137	138
4	111	114	117	120	122	124	126	127
5	100	103	106	109	111			
6	90							
日の出,日の入り	90°	95°	101°	106°	111°	115°	119°	122°

午前は北から東への角度，午後は北から西への角度を表す．

北緯45°

正午からの時間	→ 3月21 / 9月23	3月31 / 9月13	4月11 / 9月2	4月22 / 8月22	5月1 / 8月12	5月12 / 8月2	5月26 / 7月19	6月10 / 7月3 ←
0	180	180	180	180	180	180	180	180
1	159	158	156	154	152	150	148	146
2	141	138	136	133	130	127	124	122
3	125	122	120	116	114	111	108	106
4	112	109	106	103	101	98	95	94
5	101	98	95	92	90	87	85	83
6	90	87	84	81	79	77	75	73
7					69	67	65	63
日の出,日の入り	90°	84°	79°	73°	69°	64°	60°	56°

正午からの時間	→ 9月23 / 3月21	10月4 / 3月11	10月14 / 3月1	10月25 / 2月18	11月3 / 2月9	11月14 / 1月29	11月27 / 1月16	12月11 / 1月2 ←
0	180	180	180	180	180	180	180	180
1	159	161	162	163	163	164	165	165
2	141	143	145	147	148	149	150	151
3	125	128	130	133	134	136	137	139
4	112	115	118	120	122	124	126	127
5	101	104	106	109				
6	90							
日の出,日の入り	90°	96°	101°	107°	111°	116°	120°	124°

北緯$47\frac{1}{2}$°

正午からの時間	→ 3月21 / 9月23	3月31 / 9月13	4月11 / 9月2	4月22 / 8月22	5月1 / 8月12	5月12 / 8月2	5月26 / 7月19	6月10 / 7月3 ←
0	180	180	180	180	180	180	180	180
1	160	159	157	156	154	152	150	149
2	142	140	137	135	132	130	127	125
3	126	124	121	118	116	113	110	108
4	113	110	108	105	102	100	97	95
5	101	98	96	93	91	88	86	84
6	90	87	85	82	80	78	75	74
7					69	67	65	64
日の出,日の入り	90°	84°	78°	72°	67°	63°	58°	55°

正午からの時間	→ 9月23 / 3月21	10月4 / 3月11	10月14 / 3月1	10月25 / 2月18	11月3 / 2月9	11月14 / 1月29	11月27 / 1月16	12月11 / 1月2 ←
0	180	180	180	180	180	180	180	180
1	160	161	162	163	164	164	165	165
2	142	144	146	147	149	150	151	152
3	126	129	131	133	135	136	138	139
4	113	116	118	121	122	124	126	127
5	101	104	106	109				
6	90							
日の出,日の入り	90°	96°	102°	108°	113°	117°	122°	125°

午前は北から東への角度，午後は北から西への角度を表す.

北緯50°

正午からの時間	→ 3月21 / 9月23	3月31 / 9月13	4月11 / 9月2	4月22 / 8月22	5月1 / 8月12	5月12 / 8月2	5月26 / 7月19	6月10 / 7月3 ←
0	180	180	180	180	180	180	180	180
1	161	160	158	157	155	154	152	151
2	143	141	139	136	134	132	130	128
3	127	125	123	120	118	115	113	111
4	114	111	109	106	104	101	99	97
5	102	99	96	94	92	89	87	86
6	90	87	85	82	80	78	76	75
7					69	67	65	64
日の出,日の入り	90°	84°	77°	71°	66°	61°	56°	53°

正午からの時間	→ 9月23 / 3月21	10月4 / 3月11	10月14 / 3月1	10月25 / 2月18	11月3 / 2月9	11月14 / 1月29	11月27 / 1月16	12月11 / 1月2 ←
0	180	180	180	180	180	180	180	180
1	161	162	163	164	164	165	165	166
2	143	145	146	148	149	150	151	152
3	127	130	132	134	135	137	138	139
4	114	116	119	121	123	124	126	
5	102	104	107	109				
6	90							
日の出,日の入り	90°	96°	102°	109°	114°	119°	124°	127°

北緯52½°

正午からの時間	→ 3月21 / 9月23	3月31 / 9月13	4月11 / 9月2	4月22 / 8月22	5月1 / 8月12	5月12 / 8月2	5月26 / 7月19	6月10 / 7月3 ←
0	180	180	180	180	180	180	180	180
1	161	160	159	158	157	155	154	153
2	144	142	140	138	136	134	132	131
3	128	126	124	121	119	117	115	113
4	115	112	110	107	105	103	101	99
5	102	99	97	94	92	90	88	87
6	90	88	85	83	81	79	77	75
7				71	69	67	66	64
8							54	53
日の出,日の入り	90°	83°	77°	70°	65°	59°	54°	50°

正午からの時間	→ 9月23 / 3月21	10月4 / 3月11	10月14 / 3月1	10月25 / 2月18	11月3 / 2月9	11月14 / 1月29	11月27 / 1月16	12月11 / 1月2 ←
0	180	180	180	180	180	180	180	180
1	161	162	163	164	164	165	165	166
2	144	146	147	149	150	151	151	152
3	128	130	132	134	136	137	138	139
4	115	117	119	121	123	124	126	
5	102	104	107					
6	90							
日の出,日の入り	90°	97°	103°	110°	115°	121°	126°	130°

午前は北から東への角度，午後は北から西への角度を表す．

北緯55°

正午からの時間	→ 3月21 / 9月23	3月31 / 9月13	4月11 / 9月2	4月22 / 8月22	5月1 / 8月12	5月12 / 8月2	5月26 / 7月19	6月10 / 7月3 ←
0	180	180	180	180	180	180	180	180
1	162	161	160	159	158	157	156	155
2	145	143	141	140	138	136	134	133
3	129	127	125	123	121	119	117	115
4	115	113	111	108	106	104	102	101
5	102	100	98	95	93	92	90	88
6	90	88	85	83	81	79	78	76
7				71	69	68	66	65
8							54	53
日の出,日の入り	90°	83°	76°	69°	63°	57°	51°	47°

正午からの時間	→ 9月23 / 3月21	10月4 / 3月11	10月14 / 3月1	10月25 / 2月18	11月3 / 2月9	11月14 / 1月29	11月27 / 1月16	12月11 / 1月2 ←
0	180	180	180	180	180	180	180	180
1	162	163	163	164	165	165	166	166
2	145	146	148	149	150	151	152	152
3	129	131	133	135	136	137	138	139
4	115	117	120	122	123	125		
5	102	105	107					
日の出,日の入り	90°	97°	104°	111°	117°	123°	129°	133°

北緯57 $\frac{1}{2}$°

正午からの時間	→ 3月21 / 9月23	3月31 / 9月13	4月11 / 9月2	4月22 / 8月22	5月1 / 8月12	5月12 / 8月2	5月26 / 7月19	6月10 / 7月3 ←
0	180	180	180	180	180	180	180	180
1	162	162	161	160	159	158	157	156
2	146	144	142	141	140	138	136	135
3	130	128	126	124	123	121	119	117
4	116	114	112	110	108	106	104	103
5	103	101	98	96	94	93	91	89
6	90	88	86	83	82	80	78	77
7				71	69	68	66	65
8						55	54	53
日の出,日の入り	90°	83°	75°	67°	61°	55°	48°	43°

正午からの時間	→ 9月23 / 3月21	10月4 / 3月11	10月14 / 3月1	10月25 / 2月18	11月3 / 2月9	11月14 / 1月29	11月27 / 1月16	12月11 / 1月2 ←
0	180	180	180	180	180	180	180	180
1	162	163	164	164	165	165	166	166
2	145	147	148	149	150	151	152	152
3	130	132	134	135	136	137	139	139
4	116	118	120	122	123			
5	103	105	107					
6	90							
日の出,日の入り	90°	97°	105°	113°	119°	125°	132°	137°

午前は北から東への角度，午後は北から西への角度を表す．

北緯 60°

正午からの時間	→ 3月21 / 9月23	3月31 / 9月13	4月11 / 9月2	4月22 / 8月22	5月1 / 8月12	5月12 / 8月2	5月26 / 7月19	6月10 / 7月3 ←
0	180	180	180	180	180	180	180	180
1	163	162	161	160	160	159	158	157
2	146	145	144	142	141	140	138	137
3	131	129	127	126	124	122	121	119
4	117	115	113	111	109	107	106	104
5	103	101	99	97	95	94	92	91
6	90	88	86	84	82	81	79	78
7				71	70	68	67	66
8						55	54	53
9								41
日の出,日の入り	90°	82°	74°	65°	59°	52°	44°	39°

正午からの時間	→ 9月23 / 3月21	10月4 / 3月11	10月14 / 3月1	10月25 / 2月18	11月3 / 2月9	11月14 / 1月29	11月27 / 1月16	12月11 / 1月2 ←
0	180	180	180	180	180	180	180	180
1	163	163	164	165	165	165	166	166
2	146	147	149	150	150	151	152	153
3	131	132	134	135	137	138	139	
4	117	118	120	122	123			
5	103	105	107					
日の出,日の入り	90°	98°	106°	115°	121°	128°	136°	141°

午前は北から東への角度，午後は北から西への角度を表す．

南緯 $2\frac{1}{2}$°

正午からの時間	→ 3月21 / 9月23	3月31 / 9月13	4月11 / 9月2	4月22 / 8月22	5月1 / 8月12	5月12 / 8月2	5月26 / 7月19	6月10 / 7月3 ←
0	180	180	180	180	180	180	180	180
1	99	113	125	135	140	145	149	151
2	94	102	110	117	121	126	130	133
3	93	98	104	109	113	117	120	123
4	91	96	101	105	108	112	115	117
5	91	95	99	103	106	109	112	114
6	90	94	98	102	105	108	111	113
日の出,日の入り	90°	94°	98°	102°	105°	108°	111°	113°

正午からの時間	→ 9月23 / 3月21	10月4 / 3月11	10月14 / 3月1	10月25 / 2月18	11月3 / 2月9	11月14 / 1月29	11月27 / 1月16	12月11 / 1月2 ←
0	180	0	0	0	0	0	0	0
1	99	84	69	57	49	43	37	34
2	94	86	78	71	65	60	55	52
3	93	87	81	76	71	67	63	61
4	92	87	82	78	75	72	69	67
5	91	87	82	78	75	72	69	67
6	90	86	82	78	75	72	69	67
日の出,日の入り	90°	86°	82°	78°	75°	72°	69°	67°

午前は南から東への角度，午後は南から西への角度を表す．

南緯 5°

正午からの時間	→ 3月21 / 9月23	3月31 / 9月13	4月11 / 9月2	4月22 / 8月22	5月1 / 8月12	5月12 / 8月2	5月26 / 7月19	6月10 / 7月3 ←
0	180	180	180	180	180	180	180	180
1	108	121	131	139	144	148	151	153
2	99	106	113	120	124	129	132	135
3	95	101	106	111	115	119	122	124
4	93	97	102	106	110	113	116	118
5	91	95	100	104	107	110	113	115
6	90	94	98					
日の出,日の入り	90°	94°	98°	102°	105°	108°	111°	113°

正午からの時間	→ 9月23 / 3月21	10月4 / 3月11	10月14 / 3月1	10月25 / 2月18	11月3 / 2月9	11月14 / 1月29	11月27 / 1月16	12月11 / 1月2 ←
0	180	180	0	0	0	0	0	0
1	108	93	78	64	55	47	41	37
2	99	91	83	75	69	64	58	55
3	95	89	84	78	74	70	66	63
4	93	88	84	79	76	72	69	66
5	91	87	83	79	76	73	70	67
6	90	86	82	78	75	72	69	67
日の出,日の入り	90°	86°	82°	78°	75°	72°	69°	67°

南緯 $7\frac{1}{2}$°

正午からの時間	→ 3月21 / 9月23	3月31 / 9月13	4月11 / 9月2	4月22 / 8月22	5月1 / 8月12	5月12 / 8月2	5月26 / 7月19	6月10 / 7月3 ←
0	180	180	180	180	180	180	180	180
1	116	127	136	142	147	150	153	155
2	103	110	117	123	127	131	135	137
3	97	103	108	113	117	120	124	126
4	94	99	103	108	111	114	117	119
5	92	96	100	104	107	110	113	115
6	90							
日の出,日の入り	90°	94°	98°	102°	105°	108°	111°	113°

正午からの時間	→ 9月23 / 3月21	10月4 / 3月11	10月14 / 3月1	10月25 / 2月18	11月3 / 2月9	11月14 / 1月29	11月27 / 1月16	12月11 / 1月2 ←
0	180	180	0	0	0	0	0	0
1	116	102	87	72	62	53	45	41
2	103	95	87	79	73	67	62	58
3	97	92	86	80	76	72	68	65
4	94	90	85	80	77	73	70	68
5	92	88	84	80	76	73	70	68
6	90	86	82	78	75	72	69	67
日の出,日の入り	90°	86°	82°	78°	75°	72°	69°	67°

午前は南から東への角度，午後は南から西への角度を表す．

南緯１０°

正午からの時間	→ 3月21 / 9月23	3月31 / 9月13	4月11 / 9月2	4月22 / 8月22	5月1 / 8月12	5月12 / 8月2	5月26 / 7月19	6月10 / 7月3 ←
0	180	180	180	180	180	180	180	180
1	123	132	140	146	149	152	155	156
2	107	114	120	126	130	133	137	139
3	100	105	110	115	119	122	125	127
4	96	100	105	109	112	115	118	120
5	93	97	101	105	108	111	114	116
6	90							
日の出,日の入り	90°	94°	98°	102°	105°	108°	111°	113°

正午からの時間	9月23 / → 3月21	10月4 / 3月11	10月14 / 3月1	10月25 / 2月18	11月3 / 2月9	11月14 / 1月29	11月27 / 1月16	12月11 / 1月2 ←
0	180	180	180	0	0	0	0	0
1	123	111	96	81	70	60	51	46
2	107	99	91	83	77	71	66	62
3	100	94	89	83	79	74	70	67
4	96	91	87	82	78	75	71	69
5	93	89	84	80	77	74	71	69
6	90	86	82	78	75	72	69	67
日の出,日の入り	90°	86°	82°	78°	75°	72°	69°	67°

南緯１２$\frac{1}{2}$°

正午からの時間	→ 3月21 / 9月23	3月31 / 9月13	4月11 / 9月2	4月22 / 8月22	5月1 / 8月12	5月12 / 8月2	5月26 / 7月19	6月10 / 7月3 ←
0	180	180	180	180	180	180	180	180
1	129	137	143	148	151	154	156	157
2	111	117	123	128	132	135	138	140
3	102	107	112	117	120	124	127	129
4	97	102	106	110	113	116	119	121
5	93	97	101	105	108	111	114	116
6	90							
日の出,日の入り	90°	94°	98°	102°	105°	108°	112°	114°

正午からの時間	→ 9月23 / 3月21	10月4 / 3月11	10月14 / 3月1	10月25 / 2月18	11月3 / 2月9	11月14 / 1月29	11月27 / 1月16	12月11 / 1月2 ←
0	180	180	180	180	0	0	0	0
1	129	119	105	90	79	67	57	52
2	111	103	96	88	82	75	69	66
3	102	97	91	86	81	77	73	70
4	97	93	88	83	80	76	73	71
5	93	89	85	81	78	75	72	70
6	90	86	82	78	75	72	69	67
日の出,日の入り	90°	86°	82°	78°	75°	72°	68°	66°

午前は南から東への角度，午後は南から西への角度を表す．

南緯15°

正午からの時間	3月 → 21 / 9月 23	3月 31 / 9月 13	4月 11 / 9月 2	4月 22 / 8月 22	5月 1 / 8月 12	5月 12 / 8月 2	5月 26 / 7月 19	6月 10 / 7月 3 ←
0	180	180	180	180	180	180	180	180
1	134	141	146	150	153	155	157	159
2	114	120	126	131	134	137	140	142
3	105	110	114	119	122	125	128	130
4	98	103	107	111	114	117	120	122
5	94	98	102	106	109	112	114	116
6	90							
日の出,日の入り	90°	94°	98°	102°	106°	109°	112°	114°

正午からの時間	9月 → 23 / 3月 21	10月 4 / 3月 11	10月 14 / 3月 1	10月 25 / 2月 18	11月 3 / 2月 9	11月 14 / 1月 29	11月 27 / 1月 16	12月 11 / 1月 2 ←
0	180	180	180	180	0	0	0	0
1	134	125	114	100	88	76	65	58
2	114	107	100	92	86	80	74	70
3	105	99	94	88	84	80	75	72
4	98	94	90	85	81	78	74	72
5	94	90	86	82	79	76	73	70
6	90	86	82	78	75	73	70	68
日の出,日の入り	90°	86°	82°	78°	74°	71°	68°	66°

南緯$17\frac{1}{2}$°

正午からの時間	3月 → 21 / 9月 23	3月 31 / 9月 13	4月 11 / 9月 2	4月 22 / 8月 22	5月 1 / 8月 12	5月 12 / 8月 2	5月 26 / 7月 19	6月 10 / 7月 3 ←
0	180	180	180	180	180	180	180	180
1	138	144	149	152	155	157	158	160
2	117	123	128	133	136	139	141	143
3	107	112	116	120	123	126	129	131
4	100	104	108	112	115	118	121	123
5	95	98	102	106	109	112	115	117
6	90							
日の出,日の入り	90°	94°	98°	103°	106°	109°	112°	114°

正午からの時間	9月 → 23 / 3月 21	10月 4 / 3月 11	10月 14 / 3月 1	10月 25 / 2月 18	11月 3 / 2月 9	11月 14 / 1月 29	11月 27 / 1月 16	12月 11 / 1月 2 ←
0	180	180	180	180	180	0	0	0
1	138	131	121	109	98	86	74	66
2	117	111	104	97	91	84	78	74
3	107	102	96	91	87	82	78	75
4	100	96	91	87	83	80	76	74
5	95	91	87	83	80	76	73	71
6	90	86	82	79	76	73	70	68
日の出,日の入り	90°	86°	82°	77°	74°	71°	68°	66°

午前は南から東への角度，午後は南から西への角度を表す．

南緯 20°

正午からの時間	→ 3月21 / 9月23	3月31 / 9月13	4月11 / 9月2	4月22 / 8月22	5月1 / 8月12	5月12 / 8月2	5月26 / 7月19	6月10 / 7月3 ←
0	180	180	180	180	180	180	180	180
1	142	147	151	154	156	158	159	160
2	121	126	131	135	138	140	143	144
3	109	113	118	122	125	128	130	132
4	101	105	109	113	116	119	122	123
5	95	99	103	107	109	112	115	117
6	90							
日の出,日の入り	90°	94°	99°	103°	106°	109°	112°	115°

正午からの時間	→ 9月23 / 3月21	10月4 / 3月11	10月14 / 3月1	10月25 / 2月18	11月3 / 2月9	11月14 / 1月29	11月27 / 1月16	12月11 / 1月2 ←
0	180	180	180	180	180	180	180	180
1	142	136	127	117	107	94	83	75
2	121	115	108	101	94	89	83	78
3	109	104	99	93	89	85	80	77
4	101	97	93	88	85	81	78	75
5	94	91	87	83	80	77	74	72
6	90	86	82	79	76	73	70	68
日の出,日の入り	90°	86°	81°	77°	74°	71°	68°	65°

南緯 $22\frac{1}{2}$°

正午からの時間	→ 3月21 / 9月23	3月31 / 9月13	4月11 / 9月2	4月22 / 8月22	5月1 / 8月12	5月12 / 8月2	5月26 / 7月19	6月10 / 7月3 ←
0	180	180	180	180	180	180	180	180
1	145	149	153	155	157	159	160	161
2	124	128	133	137	139	142	144	145
3	111	115	120	123	126	129	131	133
4	102	106	110	114	117	120	122	124
5	96	100	103	107	110	112	115	117
6	90							
日の出,日の入り	90°	94°	99°	103°	106°	110°	113°	115°

正午からの時間	→ 9月23 / 3月21	10月4 / 3月11	10月14 / 3月1	10月25 / 2月18	11月3 / 2月9	11月14 / 1月29	11月27 / 1月16	12月11 / 1月2 ←
0	180	180	180	180	180	180	180	0
1	145	140	133	124	115	105	93	85
2	124	118	112	105	100	94	87	83
3	111	106	101	96	92	88	83	80
4	102	98	94	90	86	83	79	77
5	96	92	88	84	81	78	75	73
6	90	86	83	79	76	73	70	69
日の出,日の入り	90°	86°	81°	77°	74°	70°	67°	65°

午前は南から東への角度，午後は南から西への角度を表す．

南緯25°

正午からの時間	3月21 → 9月23	3月31 9月13	4月11 9月2	4月22 8月22	5月1 8月12	5月12 8月2	5月26 7月19	6月10 7月3 ←
0	180	180	180	180	180	180	180	180
1	148	151	154	157	158	160	161	162
2	126	131	135	138	141	143	145	146
3	113	117	121	125	127	130	132	134
4	104	108	111	115	118	120	123	125
5	96	100	104	107	110	113	115	117
日の出,日の入り	90°	94°	99°	103°	107°	110°	113°	116°

正午からの時間	9月23 → 3月21	10月4 3月11	10月14 3月1	10月25 2月18	11月3 2月9	11月14 1月29	11月27 1月16	12月11 1月2 ←
0	180	180	180	180	180	180	180	180
1	148	143	137	130	123	114	103	95
2	126	121	116	109	104	98	92	88
3	113	108	104	99	95	90	86	83
4	104	100	96	91	88	85	81	79
5	96	93	89	85	82	79	76	74
6	90	86	83	79	76	74	71	69
日の出,日の入り	90°	86°	81°	77°	73°	70°	67°	64°

南緯$27\frac{1}{2}$°

正午からの時間	3月21 → 9月23	3月31 9月13	4月11 9月2	4月22 8月22	5月1 8月12	5月12 8月2	5月26 7月19	6月10 7月3 ←
0	180	180	180	180	180	180	180	180
1	150	153	156	158	159	161	162	163
2	129	133	136	140	142	144	146	147
3	115	119	123	126	129	131	133	135
4	105	109	112	116	118	121	123	125
5	97	101	104	108	110	113	115	117
6	90							
日の出,日の入り	90°	94°	99°	104°	107°	110°	114°	116°

正午からの時間	9月23 → 3月21	10月4 3月11	10月14 3月1	10月25 2月18	11月3 2月9	11月14 1月29	11月27 1月16	12月11 1月2 ←
0	180	180	180	180	180	180	180	180
1	150	146	141	135	129	121	112	105
2	129	124	119	113	108	103	97	93
3	115	110	106	101	97	93	89	86
4	105	101	97	93	90	86	83	80
5	97	93	90	86	83	80	77	75
6	90	86	83	79	77	74	71	69
日の出,日の入り	90°	85°	81°	76°	73°	70°	66°	64°

午前は南から東への角度，午後は南から西への角度を表す．

南緯 30°

正午からの時間	→ 3月21 / 9月23	3月31 / 9月13	4月11 / 9月2	4月22 / 8月22	5月1 / 8月12	5月12 / 8月2	5月26 / 7月19	6月10 / 7月3 ←
0	180	180	180	180	180	180	180	180
1	152	155	157	159	160	161	162	163
2	131	135	138	141	143	145	147	148
3	117	120	124	127	130	132	134	136
4	106	110	113	117	119	122	124	125
5	98	101	105	108	111	113	116	117
6	90							
日の出,日の入り	90°	95°	99°	104°	107°	111°	114°	117°

正午からの時間	→ 9月23 / 3月21	10月4 / 3月11	10月14 / 3月1	10月25 / 2月18	11月3 / 2月9	11月14 / 1月29	11月27 / 1月16	12月11 / 1月2 ←
0	180	180	180	180	180	180	180	180
1	152	149	144	139	134	128	120	114
2	131	127	122	116	112	107	101	97
3	117	112	108	103	100	96	92	89
4	106	102	98	94	91	88	85	82
5	98	94	90	87	84	81	78	76
6	90	87	83	80	77	74	72	70
日の出,日の入り	90°	85°	81°	76°	73°	69°	66°	63°

南緯 $32\frac{1}{2}$°

正午からの時間	→ 3月21 / 9月23	3月31 / 9月13	4月11 / 9月2	4月22 / 8月22	5月1 / 8月12	5月12 / 8月2	5月26 / 7月19	6月10 / 7月3 ←
0	180	180	180	180	180	180	180	180
1	153	156	158	160	161	162	163	164
2	133	136	139	142	144	146	148	149
3	118	122	125	128	131	133	135	136
4	107	111	114	117	120	122	124	126
5	98	102	105	108	111	113	116	
6	90							
日の出,日の入り	90°	95°	99°	104°	108°	111°	115°	118°

正午からの時間	→ 9月23 / 3月21	10月4 / 3月11	10月14 / 3月1	10月25 / 2月18	11月3 / 2月9	11月14 / 1月29	11月27 / 1月16	12月11 / 1月2 ←
0	180	180	180	180	180	180	180	180
1	153	151	147	143	139	133	127	122
2	133	129	125	120	116	111	106	102
3	118	114	110	106	102	99	95	92
4	107	104	100	96	93	90	86	84
5	98	95	91	88	85	82	79	77
6	90	87	83	80	77	75	72	70
7								63
日の出,日の入り	90°	85°	80°	76°	72°	68°	65°	62°

午前は南から東への角度，午後は南から西への角度を表す．

南緯35°

正午からの時間	→ 3月21 9月23	3月31 9月13	4月11 9月2	4月22 8月22	5月1 8月12	5月12 8月2	5月26 7月19	6月10 7月3 ←
0	180	180	180	180	180	180	180	180
1	155	157	159	160	161	162	163	164
2	135	138	141	143	145	147	148	149
3	110	123	126	129	131	134	136	137
4	108	112	115	118	120	123	125	126
5	99	102	105	108	111	113		
6	90							
日の出,日の入り	90°	95°	100°	105°	108°	112°	116°	118°

正午からの時間	→ 9月23 3月21	10月4 3月11	10月14 3月1	10月25 2月18	11月3 2月9	11月14 1月29	11月27 1月16	12月11 1月2 ←
0	180	180	180	180	180	180	180	180
1	155	152	149	146	142	138	133	129
2	135	131	127	123	119	115	110	107
3	120	116	112	108	105	101	97	95
4	108	105	101	97	94	91	83	86
5	99	95	92	88	86	83	80	78
6	90	87	83	80	78	75	73	71
7							64	63
日の出,日の入り	90°	85°	80°	75°	72°	68°	64°	62°

南緯$37\frac{1}{2}$°

正午からの時間	→ 3月21 9月23	3月31 9月13	4月11 9月2	4月22 8月22	5月1 8月12	5月12 8月2	5月26 7月19	6月10 7月3 ←
0	180	180	180	180	180	180	180	180
1	156	158	160	161	162	163	164	164
2	136	139	142	144	146	147	149	150
3	121	124	127	130	132	134	136	137
4	109	113	116	119	120	123	125	127
5	99	102	106	109	111	113		
6	90							
日の出,日の入り	90°	95°	100°	105°	109°	113°	117°	119°

正午からの時間	→ 9月23 3月21	10月4 3月11	10月14 3月1	10月25 2月18	11月3 2月9	11月14 1月29	11月27 1月16	12月11 1月2 ←
0	180	180	180	180	180	180	180	180
1	156	154	151	148	145	142	138	134
2	136	133	130	126	122	118	114	111
3	121	118	114	110	107	104	100	98
4	109	106	103	99	96	93	90	88
5	99	96	93	89	87	84	81	79
6	90	87	84	80	78	76	73	71
7							64	63
日の出,日の入り	90°	85°	80°	75°	71°	67°	63°	60°

午前は南から東への角度，午後は南から西への角度を表す．

南緯40°

正午からの時間	→ 3月21 / 9月23	3月31 / 9月13	4月11 / 9月2	4月22 / 8月22	5月1 / 8月12	5月12 / 8月2	5月26 / 7月19	6月10 / 7月3 ←
0	180	180	180	180	180	180	180	180
1	157	159	160	162	163	163	164	165
2	138	141	143	145	147	148	150	150
3	123	126	128	131	133	135	137	138
4	110	113	116	119	121	123	125	127
5	100	103	106	109	111			
6	90							
日の出,日の入り	90°	95°	100°	106°	110°	114°	118°	121°

正午からの時間	→ 9月23 / 3月21	10月4 / 3月11	10月14 / 3月1	10月25 / 2月18	11月3 / 2月9	11月14 / 1月29	11月27 / 1月16	12月11 / 1月2 ←
0	180	180	180	180	180	180	180	180
1	157	155	153	151	148	145	142	139
2	138	135	132	128	125	122	118	115
3	123	120	116	112	109	106	103	100
4	110	107	104	100	98	95	92	90
5	100	97	93	90	88	85	82	81
6	90	87	84	81	78	76	74	72
7						67	65	63
日の出,日の入り	90°	85°	80°	74°	70°	66°	62°	59°

南緯$42\frac{1}{2}$°

正午からの時間	→ 3月21 / 9月23	3月31 / 9月13	4月11 / 9月2	4月22 / 8月22	5月1 / 8月12	5月12 / 8月2	5月26 / 7月19	6月10 / 7月3 ←
0	180	180	180	180	180	180	180	180
1	158	160	161	162	163	164	165	165
2	139	142	144	146	147	149	150	151
3	124	127	129	132	134	135	137	138
4	111	114	117	120	122	124	126	127
5	100	103	106	109	111			
6	90							
日の出,日の入り	90°	95°	101°	106°	111°	115°	119°	122°

正午からの時間	→ 9月23 / 3月21	10月4 / 3月11	10月14 / 3月1	10月25 / 2月18	11月3 / 2月9	11月14 / 1月29	11月27 / 1月16	12月11 / 1月2 ←
0	180	180	180	180	180	180	180	180
1	158	157	155	152	150	148	145	143
2	139	137	134	131	128	125	121	119
3	124	121	118	114	112	109	105	103
4	111	108	105	102	99	96	94	92
5	100	97	94	91	89	86	84	82
6	90	87	84	81	79	77	74	73
7						67	65	63
日の出,日の入り	90°	85°	79°	74°	69°	65°	61°	58°

午前は南から東への角度，午後は南から西への角度を表す．

南緯45°

正午からの時間	→ 3月21 / 9月23	3月31 / 9月13	4月11 / 9月2	4月22 / 8月22	5月1 / 8月12	5月12 / 8月2	5月26 / 7月19	6月10 / 7月3 ←
0	180	180	180	180	180	180	180	180
1	159	161	162	163	163	164	165	165
2	141	143	145	147	148	149	150	151
3	125	128	130	133	134	136	137	139
4	112	115	118	120	122	124	126	127
5	101	104	106	109				
6	90							
日の出,日の入り	90°	96°	101°	107°	111°	116°	120°	124°

正午からの時間	→ 9月23 / 3月21	10月4 / 3月11	10月14 / 3月1	10月25 / 2月18	11月3 / 2月9	11月14 / 1月29	11月27 / 1月16	12月11 / 1月2 ←
0	180	180	180	180	180	180	180	180
1	159	158	156	154	152	150	148	146
2	141	138	136	133	130	127	124	122
3	125	122	120	116	114	111	108	106
4	112	109	106	103	101	98	95	94
5	101	98	95	92	90	87	85	83
6	90	87	84	81	79	77	75	73
7					69	67	65	63
日の出,日の入り	90°	84°	79°	73°	69°	64°	60°	56°

南緯$47\frac{1}{2}$°

正午からの時間	→ 3月21 / 9月23	3月31 / 9月13	4月11 / 9月2	4月22 / 8月22	5月1 / 8月12	5月12 / 8月2	5月26 / 7月19	6月10 / 7月3 ←
0	180	180	180	180	180	180	180	180
1	160	161	162	163	164	164	165	165
2	142	144	146	147	149	150	151	152
3	126	129	131	133	135	136	138	139
4	113	116	118	121	122	124	126	127
5	101	104	106	109				
6	90							
日の出,日の入り	90°	96°	102°	108°	113°	117°	122°	125°

正午からの時間	→ 9月23 / 3月21	10月4 / 3月11	10月14 / 3月1	10月25 / 2月18	11月3 / 2月9	11月14 / 1月29	11月27 / 1月16	12月11 / 1月2 ←
0	180	180	180	180	180	180	180	180
1	160	159	157	156	154	152	150	149
2	142	140	137	135	132	130	127	125
3	126	124	121	118	116	113	110	108
4	113	110	108	105	102	100	97	95
5	101	98	96	93	91	88	86	84
6	90	87	85	82	80	78	75	74
7					69	67	65	64
日の出,日の入り	90°	84°	78°	72°	67°	63°	58°	55°

午前は南から東への角度，午後は南から西への角度を表す．

南緯 50°

正午からの時間	→ 3月21 / 9月23	3月31 / 9月13	4月11 / 9月2	4月22 / 8月22	5月1 / 8月12	5月12 / 8月2	5月26 / 7月19	6月10 / 7月3 ←
0	180	180	180	180	180	180	180	180
1	161	162	163	164	164	165	165	166
2	143	145	146	148	149	150	151	152
3	127	130	132	134	135	137	138	139
4	114	116	119	121	123	124	126	
5	102	104	107	109				
6	90							
日の出,日の入り	90°	84°	77°	71°	66°	61°	56°	53°

正午からの時間	→ 9月23 / 3月21	10月4 / 3月11	10月14 / 3月1	10月25 / 2月18	11月3 / 2月9	11月14 / 1月29	11月27 / 1月16	12月11 / 1月2 ←
0	180	180	180	180	180	180	180	180
1	161	160	158	157	155	154	152	151
2	143	141	139	136	134	132	130	128
3	127	125	123	120	118	115	113	111
4	114	111	109	106	104	101	99	97
5	102	99	96	94	92	89	87	86
6	90	87	85	82	80	78	76	75
7					69	67	65	64
8								53
日の出,日の入り	90°	84°	77°	71°	66°	61°	56°	53°

午前は南から東への角度，午後は南から西への角度を表す．

謝辞

ロバート・クッシュマン・マーフィー博士に心から感謝の意を表したい。卓越した鳥類学者にして海鳥研究の第一人者である博士の助言と助力は、海鳥の生態についての章を書くうえで大いに役立った。またイギリスの優れたナチュラリスト、ジェームズ・ボールドウィンは、この章やほかの箇所で編集上の有益な協力をし、事実に関する数値や有益な批評、あるいは示唆を与えてくれた。また妻の力も大きかった。他の言語から調査資料を翻訳し、進路を導きだすための方法や理論を世界各地で実際に試してくれたが、こうした協力がなければこの本は完成しなかっただろう。長きにわたって支え、励ましてくれたことに深く感謝する。

ハロルド・ギャティ

ナビゲーターたちのプリンス——訳者あとがきにかえて

1903年、ライト兄弟は人類史上はじめて空を飛んだ。それ以来、飛行機はより速く、高く、遠くまで安全に飛べるように発展し、やがて第一次世界大戦での使用を経て、1920年代後半から30年代には大陸間、あるいは世界一周など、数々の長距離飛行の試みが行われるようになっていた。その結果は人々の大きな注目を集め、飛行士たちは英雄として迎えられた。この時代に、ハロルド・ギャティはナビゲーターとしていくつかの歴史的な飛行を成功させたことで世界に名を轟かせた。多くのパイロットが、船員としての経験をもとにしたその正確なナビゲーションを頼りにした。ところが、生来の控えめな性格も影響したのか、その後のギャティはしだいに華やかな表舞台からは遠ざかっていく。そうしたこともあって、現代の日本では彼の名前はあまり知られていない。そこで、本書の内容についてお知りになりたい方にはギャティ自身による簡潔にして的確なまとめである「はじめに」を読んでいただくとして、ここではおもに、20世紀前半という時代を一流のナビゲーター、冒険家、エンジニア、ナチュラリストとして生きたハロルド・ギャティという人物について紹介したい。

ハロルド・チャールズ・ギャティは1903年1月5日、教師であるジェームズ・ギャティと妻ルーシ

ハロルド・ギャティ［撮影年不詳，米国国立航空宇宙博物館］

ーのあいだにオーストラリア、タスマニア島のキャンベルタウンに生まれた。13歳のときにタスマニア州の州都、美しい港町ホバートのセント・ヴァージル・カレッジ中学校に進むと、そこで海と蒸気船に魅了された。時間を見つけては船に行き、船員たちの姿を眺め、彼らの話を聞いた。捕鯨船や木材運搬船などさまざまな船が想像をかきたてた。翌年、士官候補生として王立オーストラリア海軍カレッジに入学するものの、3年後には退学してシドニーの海運会社で働きはじめる。航海士の資格がなかったため、3年間、見習い船員として厳しい仕事に従事することになったが、それはかえって幸いなことだったかもしれない。この間に苦手の数学を克服し、天体に関する知識を得たことが後年の礎となった。外国語ははじめから得意だった。夜には甲板で星を眺めて過ごし、まもなく季節ごとの星の位置を覚え、星によって時間を知ることができるようになり、星座にも精通した。なぜこれほどまでに星に魅了されるのか、南の海で晴れた夜に星を眺めたことのない人にはきっと理解できないだろう、とギャティはのちに語っている。見習い期間はまたたく間に過ぎた。

1923年にニュージーランドの世界最大級の海運会社に入社するが、わずか1年あまりで辞めてタスマニアに帰ってしまう。いくつかの職場で船員や漁師として働き、実際の仕事のなかでナビゲーションの技術を磨いたが、しだいに少年のころから抱いていた海洋冒険の夢は打ち砕かれていった。科学の進歩によって、もう探検すべき海は残されていなかったためだ。1925年には、シドニーの造船技術者ジェームズ・マカロックの娘ヴェラと最初の結婚をする。

1931年，世界一周飛行への出立を目前にしたワイリー・ポスト（上）とギャティ（下）とウィニー・メイ号（ロッキードヴェガ5C 単葉機）．オールド・オーチャード・ビーチにて．［Leslie Jones コレクション］

2年後の1927年、家族を連れてアメリカへ渡り、はじめて一級航海士として200トンの大型スクーナー船グッドウィル号に乗る。またこのころ、飛行機が日進月歩の勢いで進化していたのに対して、航空術や機器の面での発展が遅れているのを目の当たりにした。ほとんどのパイロットは地図を片手に飛行機を運転するだけで、ナビゲーションに関する知識は貧弱だった。そこでギャティは、パイロットにナビゲーションを教える学校を立ちあげた。本書でも言及されるこの学校は、航空計器の製造や修理、航空地図を作成する研究所としての側面も併せもっていた。そうしたなかで、ギャティの関心はしだいに航海術から空のナビゲーションに移っていく。彼が開発に携わった対地速度計や偏流計は、のちにほとんどの飛行機に標準装備されるようになる自動操縦装置の基礎となった。

1929年にはナビゲーターとして、パイロットのロスコー・ターナーとともにロサンゼルスからニューヨークまで飛行し、無着陸で19時間という記録を作った。また1930年9月には、カナダ人飛行士のハロルド・ブロムリーとともに、世界初の太平洋横断無着陸飛行を行うため日本を訪れている。

1931年7月2日，ニューヨーク市では二人の世界一周記録達成を祝う盛大なティッカー・テープ・パレードが催された．[NY Daily News Archive]

ふたりともパスポートを持っていなかったために身柄を拘束され、また予定していた飛行場が使えないなどのアクシデントに見舞われたが、結局、青森県三沢市の淋代（さびしろ）海岸からアメリカのワシントン州タコマをめざして出発した。しかし１９００キロメートルの地点で燃料タンクに問題が発生し、やむを得ず引き返すことになる。霧に包まれ、ラジオもないという状況で、ギャティは推測航法の技術を用いて、またときにはパイロットに代わって自ら操縦桿を握り、出発地点へと無事に帰還した。これは航空ナビゲーションにおける最大の偉業のひとつに数えられている。

その後、隻眼のパイロット、ワイリー・ポストが世界一周飛行のナビゲーターとしてギャティを求めた。１９３１年6月23日にふたりはウィニー・メイ号でニューヨークのルーズヴェルト飛行場から出発。北大西洋からシベリア、ベーリング海、アラスカをまわって同じ飛行場に7月1日に帰り着き、8日と15時間51分で世界を一周するという記録を打ちたてると、ニューヨークで盛大な歓迎を受けた。１９２７年に世界初の大西洋単独無着陸飛行を成し遂げていた友人のチャールズ・リンドバーグはこのとき、記者たちの質問に対し、ギャティは「ナビゲーターたちのプリンス」だと答えている。またこの快挙により、アメリカ合衆国から殊勲飛行十字章を授与された。だがこののち、ギャティは前述のとおりスポットライトを浴びる長距離飛行のナビゲーターとしての活動からは遠ざかっていく。

1931年から1934年にかけて、アメリカ空軍の前身である陸軍航空隊の上級航空ナビゲーション・エンジニアとして勤務。1936年には離婚し、翌年ニューヨークで、（本書にも登場する2番目の妻）フェナと再婚する。1943年にはアメリカ海軍の極地探検に同行し、同年、著書 *The Raft Book* では古代ポリネシア人のスター・ナビゲーションについて解説した。この本はベストセラーになり、アメリカ空軍の前身であるアメリカ陸軍航空軍の救命ボートに標準装備された。戦後はフィジー諸島のカタファンガ島を購入し、ココヤシの農園を経営した。また現在のフィジー・エアウェイズを設立し、1951年に初の商用飛行を行っている。

自身が開発した偏流計の使い方をアメリカ陸軍航空隊の将校に指導するギャティ（1932年）.
［米国国立航空宇宙博物館］

晩年のギャティはさまざまな実務の合間を縫って、5年以上の歳月をかけて本書を執筆した。最後の1年あまりは健康状態が悪化し、書き終えることができるかという不安を抱えながらの作業だったようだ。ようやく最後まで残していた「はじめに」の項を書きあげ、出版社に原稿を送付したのは1957年8月のことだった。同月の30日、午前11時ごろ、彼はフィジーのスバ郊外にあるナウソリ空港で友人との会話中に脳溢血で倒れ、その日の夜遅くに亡くなった。

翌1958年、『自然は導く』（原題 *Nature Is Your Guide: How to Find Your Way on Land and Sea*）はイギリスの William Collins 社から発売された。これはさまざまな立場から生涯にわたって自然を観察してきた彼のライフワークと言えるだろう。当時の科学技術を駆使した旅の方法を書くだけの知識も持っていたはずだが、ギャティはあえて自然そのものから観察力のみで読みとることのできる方法をテーマとした。もちろん、テクノロジーや道具を不要のものとみなしたからではない。ただそれによって、この本はさまざまな読者に、時代を超えて届くものになった。ここでギャティが紹介している方法は、ただ旅先で進むべき道を知るためだけでなく、誰でも、どこにいても自然を観察するために使うことができる。また読者それぞれが、この本の知識を身のまわりの自然に当てはめ、観察力を高めたり、そこに自分なりの観察をつけ加えていくこともできるだろう。若い読者が、自然観察に明け暮れたダーウィンや夜ごと星を眺めたギャティのように自然に親しみ、つぎの世代のナチュラリストとして育っていくきっかけのひとつになるかもしれない。現在ナチュラル・ナビゲーターとして活躍し、著書のいくつかが日本でも紹介されているトリスタン・グーリーもまた、ギャティの影響を受けているという。彼はこの本について、「時を経るにつれて重みを増す、不思議な本の一冊」だと書いている。

訳者としての印象だが、ギャティは沈思黙考型で、できれば人前で注目を浴びるよりも、自分が興味を覚えたものに愛情を注ぎ、それに没頭することを好む人物だったのではないだろうか。まことに勝手ながら、そんなギャティに親しみを感じながら彼の言葉を日本語に置き換えていく作業に取り組んだ。彼の関心の対象は、海や星などの自然であり、船や飛行機でのナビゲーション、そして冒険だった。そうした活動に邁進するなかで、時代のめぐり合わせもあり、ギャティは思いがけずナビゲーターとしての名声を得る。もっとも、ある伝記によれば名声にはまるで無頓着というほど超俗の人物でもなかったらしいのだが。ともかく、その名声があればこそ本書が出版され、後世に残されたという面もあり、また自分が翻訳者として日本での出版に携わることができたことにも、不思議な縁を感じている。この本が長きにわたって多くの読者に読み継がれることを願う。

最後に、この日本語訳がこうして世に出るのは、みすず書房の編集者、市原加奈子さんの力によるものだ。また訳出をするうえでも多くの点で助けていただいた。ここに記して感謝したい。

２０１９年７月

岩崎晋也

参考文献

・Bruce Brown, *Gatty: Prince of Navigators* (Libra, 1997).
・Wiley Post and Harold Gatty, *Around the World in 8 Days* (Orion, reprint, 1989).

著者略歴

(Harold Gatty, 1903-1957)

タスマニア島（オーストラリア）出身のナビゲーター／航空パイオニア．海運会社の蒸気船勤務などでナビゲーターとして頭角を現す．1927年，アメリカ，カリフォルニアにナビゲーションの学校を創設．1931年にはワイリー・ポストとともに最短時間での世界一周飛行記録を更新．その後，ナビゲーション・エンジニアおよび新規航空路線開発者としてアメリカ陸軍航空隊やパンアメリカン航空に勤め，第二次世界大戦中はオーストラリア空軍にポストをもちつつアメリカ陸軍航空軍に帯同して南太平洋に赴いた．1943年にはアメリカ海軍の極地探検にも同行．戦後はフィジーに居を移し，1947年にフィジー・エアウェイズを創立．1957年，脳溢血により死去．ほかの著書に，*Around the World in Eight Days: The Flight of the Winnie Mae*（ワイリー・ポストとの共著，Rand Mcnally, 1931），*The Raft Book: Lore of the Sea and Sky*（G. Grady Press, 1943）ほか．

訳者略歴

岩崎晋也〈いわさき・しんや〉1975年生まれ．京都大学文学部卒．書店員などを経て翻訳家に．訳書に，ムーア『トレイルズ——「道」と歩くことの哲学』（エイアンドエフ，2018），ストロークスネス『海について，あるいは巨大サメを追った一年——ニシオンデンザメに魅せられて』（化学同人，2018），サンチェス・ラメラス『もうモノは売らない——「恋をさせる」マーケティングが人を動かす』（2017），クロス『アーセン・ヴェンゲル——アーセナルの真実』（2016）（いずれも東洋館出版社），ほか．

ハロルド・ギャティ

自然は導く

人と世界の関係を変えるナチュラル・ナビゲーション

岩崎晋也訳

2019年 9月 10日　第 1 刷発行

発行所　株式会社 みすず書房
〒113-0033 東京都文京区本郷 2 丁目 20-7
電話 03-3814-0131（営業） 03-3815-9181（編集）
www.msz.co.jp

本文組版　キャップス
本文・口絵印刷　中央精版印刷
扉・表紙・カバー印刷所　リヒトプランニング
製本所　中央精版印刷

Printed in Japan
ISBN 978-4-622-08836-3
［しぜんはみちびく］